归宿

爱中国，爱保加利亚

LOVING CHINA
LOVING BULGARIA

［保加利亚］韩裴　［中］肖丽　著
陈晓颖　译

中国出版集团
中译出版社

图书在版编目（CIP）数据

归宿：爱中国，爱保加利亚 /（保）韩裴（Petko Todorov Hinov），肖丽著；陈晓颖译．— 北京：中译出版社，2020.3

ISBN 978-7-5001-6050-2

Ⅰ．①归⋯ Ⅱ．①韩⋯ ②肖⋯ ②陈⋯ Ⅲ．①传记文学—保加利亚—现代 Ⅳ．① I544.55

中国版本图书馆 CIP 数据核字（2020）第 023144 号

出版发行 / 中译出版社
地　　址 / 北京市西城区车公庄大街甲 4 号物华大厦 6 层
电　　话 /（010）68005858，68358224（编辑部）
传　　真 /（010）68357870
邮　　编 / 100044
电子邮箱 / book@ctph. com. cn
网　　址 / http://www. ctph. com. cn

出 版 人 / 张高里　刘永淳
策划编辑 / 范　伟
责任编辑 / 张若琳　范　伟
封面设计 / 柒拾叁号工作室

排　　版 / 北京竹页文化传媒有限公司
印　　刷 / 北京顶佳世纪印刷有限公司
经　　销 / 新华书店

规　　格 / 880 毫米 ×1230 毫米　1/32
印　　张 / 10.5
字　　数 / 190 千字
版　　次 / 2020 年 3 月第一版
印　　次 / 2020 年 3 月第一次

ISBN 978-7-5001-6050-2　定价：**89.00** 元

目　录

自序
一切从语言开始——致中国读者

从有记忆以来，我一直有种感觉，总觉得自己身处汪洋大海，那神奇的海上流动着美丽的日月星辰，也蕴藏着浩如烟海的不解之谜，多年来我一直苦苦追寻着它们的答案。所有问题中居于首位的是人的一生将何去何从，人又为何来到这世间？就这样，自打有了记忆，我就对这个世界充满了感恩与好奇，我感激自己生活的小圈子，也对其充满了疑惑——温馨和谐的“小”城、其乐融融的“小”家，还有我那神秘莫测又无比真实的人生——这一切都始于人类的语言，始于一个欧洲“小”国的语言。

我的故事就是从上面这三个“小”开始的，在我看来这些是我的福分。若不是因为这些“小”，我的好奇心恐怕会如脱缰野马般无法管控，我的自信心可能会无端地爆棚，我的想法可能会过于天马行空。多亏有了这些“小”，才让我沉静下来，让我懂得寻幽入微，让我学会宁缺毋滥。早在我很小的时候，就从身边发生的点滴小事领悟到一点，那就是，即使生活本身一成不变，我们的世界和人生也可以韵味无穷。

我来自一个小国的一座小城。我的家乡地方虽小，但语言却无比丰富，历史底蕴也极其深厚！

语言是记忆给予我们的宝贵礼物。我们所有的经历，不管大小，都沉浸在记忆的海洋里——语言不仅记录了我们自己的故事还记载了我们祖国的历史，让我们在回首过去时能知道自己如何从童年一路走来，走向那充满真善美和无限遐想的世界。不过话说回来，无论我们最终到哪里，都离不开家的呵护和温暖，我们用语言演绎各家各户的故事，汇集到一起便有了国家。

从儿时起，我就成了语言和文学的俘虏，我的世界扇动着美丽的语言翅膀叩开了我的心扉——歌曲、诗歌、故事、神话，各种语言形式无一不令我神往。不用出家门，不用跨越崇山峻岭，我就能在那个充满真善美和丰厚情感的想象世界与英雄和恶人一道游走，这让我的内心无比充实。从那时起，我的狭小世界就一直充满了勃勃生机。

我亲爱的中国读者，我希望通过这本书，让你们了解我挚爱的两个祖国——保加利亚和中国，感受她们的美好与安宁。如果你在阅读过程中感觉我的生活如幻似梦，我恳请你不要怀疑它的真实性，我的故事虽不比童话般玄幻，却也堪称充满传奇。我这么说并不是想要破坏故事的神秘感，只是想更好地把它呈现在你面前。让我们借助回忆的翅膀，一起回到我的童年。

韩裴在保加利亚

2018 年 12 月

成长

1. 我与我的父母，拍摄于 1973 年

2	4	5
3		

2. 与大自然为伴的幸福童年
3. 儿时的房间，桌上摆着我的“瓜子灯”
4.《古时传奇故事》是我们这代人最钟爱的一本故事书，里面的插画更是令我们爱不释手
5. 童年时代同样对我影响深远的《保加利亚古老传奇故事》，这是一部汇聚了无数精彩传说的合集，大师用他精湛的文笔把各个故事集合起来，绘制成了一幅令人心旷神怡的关于“远方”的史诗画卷

6
7

6. 12 岁时在笔记本中的随笔画：布莱克索恩领航员——《幕府将军》的主人公“按针”，他头顶上是我画的寅寿君（1984 年）
7. 20世纪90年代中期的创作手稿，包括诗歌、散文、文学评论等

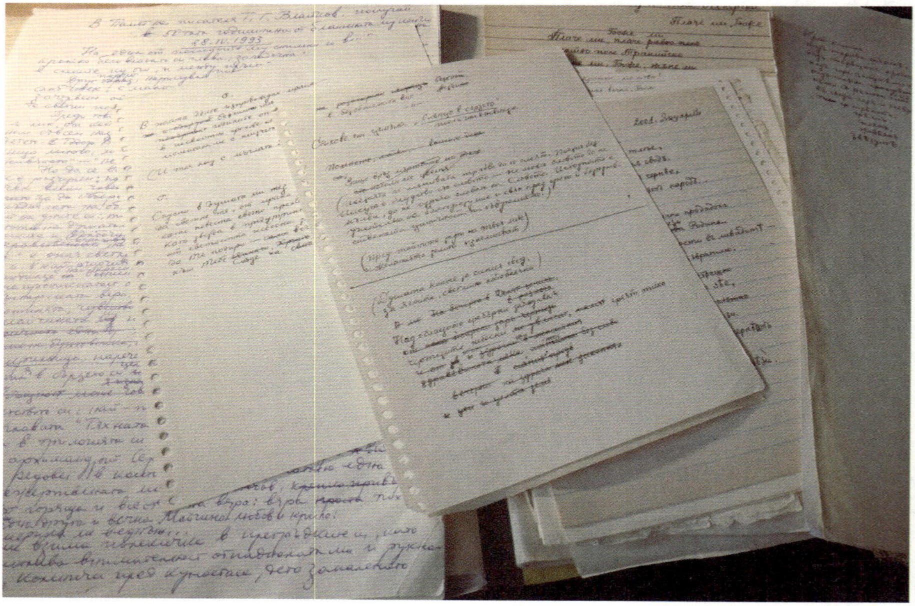

8
9 | 10

8. 昔日的普罗夫迪夫
9. 作为普罗夫迪夫英语学校新生的我（拍摄于 1986 年秋）
10. 就读于普罗夫迪夫英语学校的我正在马里查河边练“功”

11
12

11. 我抄录并注释的两页唐诗（大约写于 1992 年）
12. 我 1989 年记录的单词笔记

13	14
15	16

13. 索菲亚大学开设了保加利亚的第一个汉学班——照片中后排最左边穿蓝色西服的是我，最右边的是我们的客座教授亚历山大·阿列克西耶夫，他负责教我们汉语语音和汉语口语
14. 从这张照片可以看出，我还在英语学校就读期间就已将中国女孩的海报挂在了墙上
15. 和母亲在塞夫列沃的市中心（拍摄于 20 世纪 90 年代初）
16. 第一次尝试的毛笔书法作品（拍摄于 1990 年）

17. 用保加利亚古语撰写的日记

18. 长袍修士

小城

从前，在茫茫宇宙中有座名叫塞夫列沃（Sevlievo）的小城。如今，小城的名字依旧，整座城却已物是人非，成了我记忆中的一道光。即便如此，我记忆中的家乡永远也不会消失，那是一道恒久闪亮的光，铭刻着无法拭去的爱。

记忆如照片——用光影记录着我们的人生。爱将记忆中的暗影抹去，留下无尽的空洞，但正是它的苍白和深沉让我们的记忆之光越发明亮、越发难忘。我们的记忆，成了记录我们深爱的远方的照片。终日为生计奔波的我们，似乎已将它埋于内心深处，任由其日渐模糊。

记忆的碎片，零零散散地珍藏在我的心间，这就是我对塞夫列沃这座绿树成荫、宁静安逸小城的儿时记忆：春天，这里是满眼的嫩绿和清新的气息；到了夏天，这里繁花似锦、鸟语花香；待到秋日来临，色彩斑斓的秋叶飘落，有的红得似火、有的黄得像成熟的哈密瓜、有的则像深棕色的栗子，五彩缤纷映衬着蓝天。那湛蓝湛蓝的天空呀，白天晃得人眼泪汪汪，待到夜幕降临，又变幻成了熠熠的星空，依稀中让你伴着摇篮曲入梦……当然，同样令我难忘的还有城里的人，对我来讲，他们都不陌生，沉默寡言但却古道热肠，有着令人温暖的气息，似那种摇动摇篮的温情。摇篮里的我，虽不会讲话，内心却无比宁静。这一切将成为永恒，他们永远不会离去，那份温情会陪伴我一生。

正是他们的爱引领我开始了我在保加利亚的旅程，我的家也成了我踏上的祖国的第一片土地！

我对自己开口讲话前的时光几乎没有什么记忆，但我知道它们深埋在我的心底，只是大脑对此毫无意识罢了。虽然那段岁月我很难用语言描述，但却不会减少我对保加利亚的热爱，那里是我人生的起点，也将是我最终的归宿。

我的祖先来自保加利亚不同的地方——父系来自保加利亚中北部，母系来自马其顿（Macedonia）和罗多彼（Rhodope）山区。1972 年，我出生在迷人的古城普罗夫迪夫（Plovdiv），那里也是我母亲的出生地。我出生一年后，也就是 1973 年秋，父母举家搬到保加利亚中北部的塞夫列沃。刚刚搬去的头三年，我们一直住在爷爷奶奶家，后来我父母在小城西区买了自己的公寓，我们才搬了出来。我记得那是1976年，我妹妹就是在那一年出生的。

保加利亚语在成为我的崇高缘分之前就已经在冥冥之中捕获了我的心，它抑扬顿挫的词汇和令人神伤的歌谣，如同电闪雷鸣般击中了我的心。不仅是我的奶奶和母亲，周遭的一切都会对我轻声哼唱：斑鸠、微风、蟋蟀、云雀、夜莺、麻雀、鹳，身边的一切……我置身梦幻的大自然，我对保加利亚的爱日渐深刻。与此同时，我呼吸着保加利亚沁人的香气，恕我很难用另外一种语言形容它：空气中弥漫着甜美的味道：椴树、玫瑰、清新的土壤、扎实的树根、雨水淋湿的枝丫、雷雨洗刷过的房檐、花团锦簇的茂盛劲草和郁郁葱葱的大树……家织的厚实毛毯在巴尔干河水中冲洗的味道、弹掉尘土的地垫的味道、奶奶用自纺羊毛编织的袜子的味道，还有自制面包和蜂蜜蛋糕的味道，太多太多。所有这一切都在用独特的保加利亚语言与我对话，只是那时我还不解其意，无法给予回应。

后来，我终于开口讲了第一句话。在父母的记忆中，我讲话的时间比其他孩子来得要早，大概不到一岁。等我一岁多一点，就已经能清晰发出保加利亚语中“R”的发音，这个发音迄今为止仍是我中国太太的痛处。等我再长大一点，便开始尝试用语言描述眼睛见到的一切，开始了无休无止的咿呀学语的阶段。眼下，我自己的儿子也正处在这一阶段。

也就是从那以后，我便开始了和语言为伴的人生。

但是，在年幼的我全心投入语言世界以前，我的身心又被带去了另一个遥远梦境——那是音乐营造的天地，是最高贵的艺术殿堂！迄今为止，我仍不清楚我自幼生活的塞夫列沃小城是如何安排我与中国不期而遇的，那是它的精心安排还是命中注定，我不得而知。中国有句古话，“有缘千里来相会”，我生长的这座小城，几步之外就是祖先的村落，再往外走是广袤的田野，继续往前就到了神秘的巴尔干山脉。这一切似乎是天意，莫名地成就了我通往中国的道路。中国虽然是一个拥有深厚文化底蕴的大国，但它对小事物似乎有一种难以割舍的关注，毕竟是这些小事物构成了我们巨大的宇宙。拿出任何一幅中国画，你都能从中发现他们对细节的关注，哪怕一根头发他们也会做到精益求精。中国古典文学名著也是如此，总是刻画入微、丝丝入扣，简直是我的大爱。中国汉字仿佛成了我窥探中国文化的窗口，在这一点上，世界上没有任何一种语言文字能与其相比！对细小事物的热衷贯穿了我整个童年。眼前哪怕一个小土包，也能成为我的崇山峻岭，我可以让我的塑料玩偶士兵在上面安营扎寨。在我这样一个孩子的眼中，世界满是林林总总的小事件和各种难以置信的冒险，它们有时发生在房间的角落，有时发生在长满青草、野花和树丛的一片只有三步宽的土地！

我的童年无比充实，小小的世界一直保护着我，让我不去觊觎外面的大世界。儿时听过的保加利亚歌曲和神奇故事都为我打开了美好世界的大门，如今哪怕是最有诱惑力的广告也无法与其相比。我想这也是我后来爱上中国的缘由——我可以安心生活在虽狭小却丰富的内心世界，抵御一切极端想法，永远保持自己身心的平静。昔日那些保加利亚语的箴言在我看来与古典的中国智慧如出一辙，前者伴随我成长，后者则令我莫名神往。

长大后，我发现日本文化中也有这种撩拨人心的简约文化，正是跟随着它的指引我来到了远东，来到了中国。

外面的世界

我们珍爱的往往都是小世界，但话说回来，与孩子的世界相比，恐怕地球也是渺小的。客观来讲，孩子的世界的确狭小，狭小到难以想象，但从精神层面看，他们的世界却无限广袤。不论你对“整个人类”和“整个世界”何其钟爱，也无法超越孩子对家的依恋，这或许能解释为何我对那片遥远土地有着乡愁般的神往，因为它与我的童年有着太多的关联。那个异域世界竟然毫不陌生，反而让人感到一丝温情，仿佛早已烙印在我们儿时广大世界的记忆里。

我很小就对外面的世界产生了一种童话般难以名状的眷恋。那种神秘而深刻情感的最初记忆来自太奶奶嘉娜的旧木制床板上印刻的图案。太奶奶的床就摆在暖屋的东墙边，我们所说的暖屋，指的是农村房舍里有炉子的那个房间。太奶奶的那副床板结实牢靠，上面印有精致的图案。其中一条较宽的床板上印刻的那幅画，我一辈子都不会忘记。那是一幅色彩明快的油画，具有典型的保加利亚艺术风格；只可惜等我注意到时，它已历经沧桑，有些模糊不清了，不过，这反而更加彰显了岁月的魅力——青青的牧场上伫立着一幢房子，上空是令人思乡情切的蓝天，飘着一朵轻柔的白云。阳光透过云朵和天空普照大地，柔美色彩透出的温暖，只有一个词可以准确形容，那就是“远方”。我们村里的房子都建有狭长的后院，两排栅栏将其分成三个区域。我三四岁的时候，家人不许我跨过第二道栅栏，那边连着一个古老的粮仓，那时的我想，栅栏那边我看不见的世界一定跟太奶奶床板上的油画一模一样，有漂亮的房子和照亮了房子的蓝色天空，上面点缀着几朵白云。粮仓西墙外就是我外面的世界。

这些细微而深刻的记忆一直萦绕在我的心头。当我还是个小孩子时，“远方”就成了我成长的动力。激励我的不是好奇心或对知识的渴望，而是对“远方”的神往：那个虽然叫不上名字却无限美好的远方啊，是我憧憬能永远生活的地方。此时此刻，我伫立在太奶奶昔日的房间，那木床已不在，火炉已不在，就连粮仓也已消失不见，连同它们一起消失的还有蓝天白云下神秘的房子。但是，那片“远方”的土地还在——它就烙印在我记忆的最深处。

自那以后，我的心就在不知不觉中被“远方”捕获了，自那以后，我感觉那承载了我记忆的家乡，天空总是无比蔚蓝，飘浮的云朵总是呈现出千姿百态的可爱模样。

儿时的词汇，像最精细的画笔，撩拨着我的想象力。我最初对书籍的热爱源于读过的童话故事——有的来自保加利亚，有的来自“远方”。我依稀记得，我得到的第一套书是1978年初别人送我的礼物。那时，我还没有上学，但父亲对我非常严格，虽然刚刚六岁，我已经开始学习识字。最初，我不喜欢学习，感觉那是别人强加给我的任务，但不知从何时开始，书籍成了我的全部，书籍诠释出的美好意向和漂亮的文字表达把我带向了远方。这样的旅程只有书籍才能帮我实现，它们张开文字的翅膀，带我飞往想象中的美好世界。没错，书籍就是我儿时的翅膀。

在众多带我去向远方的书籍中，有几部对我来说有着更为特殊的意义——为了找回曾经的感觉，我每年都会重读这些作品，不仅如此，我还特别盼望能将它们译成中文，希望中国的孩子阅读这些故事时也能感受到我曾经的那份无所不能、前程似锦的美好心情。

第一部作品是《古时传奇故事》，作者是克罗地亚的伊万娜·布尔里奇–马佐兰尼奇（Ivana Brlić-Mažuranić）。这部作品的保加利亚语的翻译无比精妙，我甚至感觉与我同时代的好几位保加利亚作家和诗人的文学风格都深受这部保加利亚语译本的影响。

第二部作品是尼克莱·莱诺夫（Nikolai Rainov）撰写的《保加利亚古老传奇故事》。这是一部汇聚了无数精彩传说的合集，大师用他精湛的文笔把各个故事集合起来，绘制成了一幅令人心旷神怡的关于“远方”的史诗画卷。

有这类书籍与我为伴，文学天性使我对那些传递美好、传奇、浪漫和想象的作品越发心驰神往。若不是儿时读过保加利亚文学作品对浩瀚太平洋的描述，我不可能对中国产生那么深沉的爱。中国文学和文化世界的钥匙同样也开启了我内心的“远方”之门——在那里，天空一定无比蔚蓝，上面也一定飘着白莲花般的云朵。

幸福的家

我的家乡塞夫列沃坐落在一个盆地中，四周群山环绕，在南方延伸着老山魁伟的山背。这样的地势，让我自小就有一种被庇佑的感觉，坚定地认为周围的高山一定会保护生活在低地的人民，我还因此而不由得爱上了我家乡坚强的守护者——层峦叠嶂的群山。

我家住在塞夫列沃城边的一间小公寓里。窗外就是梨子丘。群山拔地而起，遮挡了我眺望远方的视线，不过我仍看得见山后那刺眼的蓝天。房子附近是一片农田，这又让我对肥沃的土壤和丰收的果实产生了一种特别的依恋，它们让我体会到了我的童年世界和我的保加利亚“宇宙”所特有的味道，让我对那些保卫这片土地的不可战胜的守护者产生了无限感激的情怀——那是美得不可方物的巴尔干高地，那是充满了无尽传奇的宝藏!

我喜欢凝望高耸的山峰，特别是乌云蔽日时，灰蒙蒙的天空变得异常压抑，仿似隐藏了无数无法言说的故事。躲在舒服的房间，看着窗外童话故事般的群山，想象着山后面那虽不得见却魅力无限的世界，这就是家给我最强烈的感觉。好在有书籍与我为伴，它们能带我去到那些目不所及的地方。

儿童读物大多都配有色彩明快的插画，但真正有魔力的还是里面的文字，尤其是到了日暮时分，功课做完了，游戏也玩累了，所有玩具都放回到原来的地方后，房间里一片宁静，到了该睡觉的时候。我躺在床上，刚刚洗过的被子散发出清新的味道。我给自己加了一个枕头，把头垫高，枕边的阅读灯发出温暖而明亮的光——我曾把它叫作“瓜子灯”，因为它的形状像极了一颗两头溜圆的巨大瓜子。房间依旧昏暗，瓜子灯只能照到我这一边：深夜的一轮光圈下，我沿着美丽语言开启的无尽长路走向神奇的世界。每当夜幕降临，这里就成了我的必经之路，这是世上最美的路，从我瓜子灯的黄色光晕开始，一直通往那个由内而外散发光彩的世界。

这个世界从来就不乏奇迹，其中最伟大的奇迹就是正义战胜邪恶、真诚战胜虚伪、生命战胜死亡。或许这也是为什么我总感觉书里的世界比窗外的世界更加真实，毕竟我对窗外的世界一无所知。但无论如何，我热爱读书的最大原因或许还是因为书里描绘了美丽的世界，它让我觉得自己一定会获得拯救，让我感受到和平与宁静，让我相信没有任何邪恶能将它摧毁。在儿时的童话故事中，我总能读到智慧——她几乎会在所有故事中出现。从那时起我就爱上了她，爱上了智慧神奇的力量，她似乎躲藏在宇宙的边界，白天无法现身，只有到了晚上她才会从我瓜子灯的金色光环中走出来，走到我的身边。

正是因为生活在这样一个小世界，正是因为过着“一成不变”（娱乐过度的当今一代称之为静默）的生活，我养成了可以忍受一人独处，与文学为伴的必备技能——那是我唯一的童话乐园（电视机是等我长大一些了才闯入了我们的生活的）。那时候，我就明白了永远不要荒废的道理，也学会了要真心爱惜我们的小家。

对家和家人，我有一种无法割舍的依恋。记得小时候我只参加过一次夏令营，营地就在距离塞夫列沃不远的普拉奇科夫茨（Plachkovtsi）。普拉奇科夫茨这个名字来自保加利亚语的“placha”，意思是哭泣。老实讲，入营的第三天，其实也就是在当地学校住下的第三天，我就开始想家，哭着给妈妈打电话让她来接我。我无法忍受如此陌生的环境，我们被安排住在一间摆放着许多床的大教室里。虽然夏令营有很多乐趣，能和其他小朋友一起游戏、玩笑、嬉闹，天气也很给力，阳光明媚，河水潺潺，森林快乐地闪着光，可我就是想回家。直到今天，我还清楚地记得自己对父母的深切思念，除了他们，我还惦念着我那小巧的房间和神秘的书籍，我那甜美和平的小世界。自那以后我发现，只要给我一个装满书的安静房间，我就可以别无他求。当然，如果房间里能有一个眺望青山和梦想远方的窗子，就更好了。

奶奶潘卡

我的文学生涯初始于故事的阅读。如果问我谁对我产生的影响最大，谁让我爱上了保加利亚的一切、开启了我心智的宝库并让我对中北部保加利亚产生了特别的情感，那当然要数我父亲的母亲，即我的奶奶潘卡。我敢说，她天生就是一个讲故事的好手，她语言健康自然，像极了巴尔干清泉的源头。她使用的习语和俗语在任何词典中都找不到。最让我后悔的是当初没能把她精彩的表达一一记录下来，事到如今，她的很多话已如过眼云烟一去不返。好在，仍有一些留存在了我对奶奶爱的记忆里。

在她弥留的一个月，她曾给我讲过一个故事——要不是其他保加利亚作家也写过类似的内容，我简直觉得那不是真的。故事讲述了一个保加利亚女孩的英雄事迹。

故事发生时，奶奶潘卡只有十二岁，故事的主角是我们家的一个亲戚，是个农村姑娘，名叫西美雍卡（Simeonka）。西美雍卡是村里最可爱的姑娘，已经与科柳（Kolyo）订下婚约。不幸的是，当时村里的一伙年轻人打了个赌，说谁要是能在村里传统霍罗舞（很多人围着圈跳舞）活动中亲到西美雍卡，谁就赢了。“你知道那些顽劣的孩子”，说这话时，奶奶的语气中透着对他们的不满。霍罗舞是全村男女老少公开亮相的一个场合，特别对于年轻人来讲，更是他们抛头露脸、获得社会尊重最好的机会。就这样，一位胆大妄为的鲁莽之徒，当着全村人的面强吻了美丽的西美雍卡。姑娘羞愧难当，一病不起，四十天之后便离开了人世。

弗拉迪米尔·克里斯托夫斯基（Vladimir Krestovski,1840—1895）曾在其游记中对保加利亚女性做过如下描述，足以说明他对她们的印象：

> 保加利亚男性对女性的态度体贴而温柔，也就是说妻子对丈夫的顺从完全不是出于恐惧（当然家暴的情况除外），而是在遵循根深蒂固的古老传统；不仅如此，这一点已经成为保加利亚女性的最大特质，她们堪称贞洁忠诚的典范。在保加利亚，你或许会听说哪个未婚女子为了真爱有失检点（其实也并不多见），但绝不会听到有任何已婚女性犯同样的错误。巴尔干，特别是保加利亚，恐怕是欧洲唯一一个还重视家庭伦理的地方，我们还未将欧洲文明中常见的物质至上和道德沉沦“引进”我们的国家。①

---

① 《十七到十九世纪俄国人在保加利亚的见闻》，索菲亚（Sofia）出版社，1986 年，第 378 页。

类似的描述在其他外国人撰写的保加利亚游记及保加利亚当地诗人和作家的作品中也能读到。保加利亚世俗的堕落直到奥斯曼帝国和欧洲文明入侵才开始，从那以后，保加利亚便出现了一些开始效仿欧洲所谓时尚的社交圈。

对我来说，奶奶绝对是忠于婚姻的最好榜样。她十七岁嫁给爷爷，两人便相濡以沫携手过了一生。她去世前的一个月我们去医院看望她，当时她身体已经非常虚弱，起卧都需要护士的帮助，但即便如此，有一次躺下后，当她发现睡袍没有整理好露出了膝盖时，她还是对护士说：

“姑娘，帮我盖好，让人看见不好。我可不想到了这个年纪，再晚节不保。”

这就是我们祖先的美德。难怪他们使用的语言能如此阳光、深刻、沁人心脾。

无解的难题

出于好奇，我对周围的世界总有着无尽探求的欲望。城市图书馆分馆是我最常去的地方，我甚至和那里的一位图书管理员——一位和善的中年女性成了知心朋友。她十分了解我当时的“文学品位”：除了童话和传奇故事，我对自然世界的探索及各种百科全书也十分钟爱——特别是那些有关地理、历史和民族志的作品。如果没记错的话，我就是在阅读百科全书时平生第一次接触到了中文，但具体内容我已经记不清了。我对知识的渴望丝毫不亚于我对美以及人生意义的追求。我完全不记得自己多小时脑子里就冒出了关于人生真谛的问题，但我确切地知道这一切都源于我对“为什么”这一问题的不解，源于死亡首次带给我的震撼。

最初让我产生疑问的是死在车轮下的小鸟或小猫吗？我们的童年时代崇尚的是物质自然论，父母有意无意灌输给我们的也是这种“哲学”思维。虽然出生在一个受过良好教育的知识分子家庭，但我对精神世界及往生来世还是缺乏足够的认识（二十世纪七十年代和八十年代初的保加利亚，这实属在所难免）。死亡标志着人生阶段的最终落幕，但人们对这一话题却避之唯恐不及，它像一种禁忌，所有人都刻意对其不闻不问。我只听奶奶提到过上帝或来世，但她说的时候也是“心怀疑虑”，生怕“犯错”。

早年间的一天晚上，我读完故事、熄了瓜子灯本来准备睡觉的，但枕着自己的手臂的我，内心关于死亡的问题久久挥之不去。我死后也要被埋在黑土下吗？也要被压在地下无法动弹、不见天日吗？再也听不见鸟叫，摸不到我的书和玩具，再也无法在茂密的草丛奔跑，无法拨弄河水了吗？这简直太可怕了。

想到这些，我心痛万分，泪水扑簌簌落下打湿了枕头！后来，等我上了小学，我还把这段心路历程写成了一个短篇故事，起名“夜晚”。

后来不知道是出于何种原因，我竟然把这个折磨人的问题深埋在了心底。不仅如此，我还学着让自己的心肠硬了起来，对此我非常懊悔，现在仍耿耿于怀，我教育我的孩子永远不要这样。奶奶的房前有个托儿所，院墙上爬着许多红色斑点的昆虫，它们的保加利亚名字是“божѝ-кравички”，翻译成中文是“上帝的小奶牛”。这些无害的昆虫非常喜欢阳光，在晴好的日子，哪怕是春天和秋天，它们也总是成群结伙聚集在温暖的阳光下。正是这些小虫子的无助让我童真的好奇心沾染上了一丝残忍，我要么用放大镜聚焦阳光将其活活烧死，要么用打火机向它们喷射。由于我的残忍，一群群热爱阳光的小昆虫最终暴尸街头。我为何要这么做？难道我要用杀戮来报复死亡吗？我必须澄清，日后的我再也没有无故伤害过任何一只小昆虫，我的理由很简单：如果你想要摧毁生命，哪怕是最弱小的生命，你也必须保证自己能够利用它的残骸创造出一个新的生命来取而代之。如果你做不到，就没有权利肆意伤害！

我想我一定在很小的时候就直觉地领悟到了时光飞逝的道理，一直有种感觉：生命——虽如此美好——却毫无意义，因为它做不到永恒！多年来，我一直感觉自己的生命之血在缓慢流失，待到有一天流干最后一滴，我的生命也将宣告终结。由于这种真实、深切、压抑感受的频繁造访，我人生的很多重大选择都深受影响。人的一生有什么依靠？到底有何意义？对时间哪怕有些许的浪费也会令我深感不安。纠结于人生意义的心情在白天还没那么难过，毕竟还有各种事务要忙，但是到了晚上，特别是当我一人独处的时候，那种意识就会特别强烈，尤其是等我到了青春期，它竟成了我深入骨髓的痛。或许正因如此，我才更加珍惜与爷爷奶奶相处的时间，因为我清楚地知道有一天他们将离我而去，而我多么希望他们能永远陪在我的身边！

对人生苦短的感悟给我造成的另一致命影响是让我很早就对死亡有了认识。可是在那个时代、那个年代，没有任何答案能解答我对人生真谛和永生不朽的探求。

当然它对我的影响还不只这些，也是它让我意识到自己与贾宝玉有着诸多相似之处：比如，我们都无法抵抗来自美丽女性的吸引。

这种想法对我的影响越来越大，连同音乐和语言一起，甚至一度成为我对付死亡恐惧的唯一解药，成为我逃避无法回避又无法应对的理性分析的唯一避难所。

那一年，其他的记忆已经淡去，但对保加利亚电视台播放的改编于贝纳丹·德·圣比埃（Bernardin de Saint-Pierre）短篇小说的法国迷你剧集《保罗和维吉妮》（*Poul and Virginie*）我却记忆犹新。回首那段儿时经历，三件事令我激动不已：第一是饰演维吉妮的女子，我被她（维罗妮卡·雅诺 Veronique Janot）的美貌深深打动，甚至一度坚定地以为金发女子是这世上最漂亮的姑娘。第二是其优美的旋律，真正让我产生了“绕梁三日”的感觉。后来我自己学会弹钢琴，便尝试着在琴键上“重塑”自己的记忆（毕竟，我们的记忆谁也无法夺走）；大约三十年后，我终于在网络（You Tube）上找到了它完整的曲子，我发现自己的记忆对它只做了非常微小的改动——那段旋律已经深深地烙印在我音乐的大脑中。最后一点是《保罗和维吉妮》的结局，简直把我感动得一塌糊涂。我幼小的心灵无论如何也无法接受那纯真的金发女孩葬身大海。我至今还记得，看完最后一集，我虽然人在街上玩耍，但心里却波涛汹涌，泪水无法抑制地喷涌而出。于是我跑回家躲了起来，不想让人看到我的痛苦……正是这些记忆强化了我对真善美及人生真谛的追求，成为我走向中国的巨大动力。从一开始我就对它们深有感触，对于过往，我有着强烈的归属感和无处安放的追求，对远古的人和时代，还有那一去不返的宝贵过去，我都有着深深的怀旧情结。

音乐和语言

乐感在我学习汉语的过程中给了我巨大的帮助，汉语恐怕是这世界上最具音乐性的语言了。音乐，是上天赐予人类最好的礼物，但却被我们的时代无情扭曲，贬低成了用节奏组织起来的声调符号，根本无法真正诠释音乐尊贵的精神。我猜想，如果我在青少年时期就已谙熟儒家思想对古典音乐的认识，那我便不会在晃动的荒唐音乐上浪费那么多时间了。现在看来，那种音乐存在的唯一价值就是对高贵的叛逆或“脱离”，而大部分青年甚至根本不知道尊贵为何物。好在我生来就是个“怀旧”的人，喜欢回到过去，喜欢探求文化、语言、人文领域的各种瑰宝。

音乐并非我的人生哲学，也无法阻碍我用哲学的视角看待生命。于我而言，音乐就是一种媒介、一个胚胎，可以防止我在这个现代社会过早出世——要知道，这个社会对于传统文化很不友好且极具杀伤力。我很庆幸自己能在一所音乐小学接受教育，钢琴是我的宝贝乐器，古典音乐是培养我审美的摇篮。

古典音乐的旋律优美而和谐，比任何其他音乐形式如爵士都更令人心绪安宁、心旷神怡。古典音乐让我内心对美的认识更加深刻，也让我对现代艺术本能地产生了一种抵触。我并不是说我无法欣赏现代音乐，相反，我也是披头士的粉丝，正是他们的歌曲激发了我对英文的喜爱，成为我 1986 年考取普罗夫迪夫英语学校的最大动力。但是，在我内心深处，因为对古典音乐的热爱，我对现代音乐可以自行免疫，并不太把它们当回事。而且，也正是古典音乐为我打下了坚实的基础，让我能够更好地解读打破传统审美界限的许多尝试。

我的这种心态被有些人草率地解读为“停滞不前”或“不切实际”，甚至说成是“遗老遗少”。简单粗暴地看，他们的判断或许没错，但即便是那时的我，内心已经无限贴近中国古典音乐及文化所传递的精神：温柔、得体、平和、尊贵，当然还有需要遵守的乐律和需要尊重的适度。所谓纪律，不仅是父母规定的家庭日常作息，还包括能够集中爆发出创造力的内在力量和能力——这与西方现代文化所主张甚至推崇的轻佻的消遣和毫无意义的放纵形成了鲜明的对比。东方崇尚的是难以界定却极具感染力的整体人生观，正是这种人生观拉近了我与它的距离。

中学那几年，我周围的同学都在疯狂地痴迷迪斯科和重金属：但这两样东西我从来不碰。当时迈克尔·杰克逊已经成为冉冉升起的明星，但我还是非常老派地钟情于披头士。我这辈子只去过一次迪斯科俱乐部，从那儿回家后，我深深地懊恼自己竟无端浪费了几个小时站在舞池里摇晃。我的内心被自责不断噬咬，于是下定决心，再不允许自己过这样的生活。从那以后，我常常独处，喧闹的陪伴总是会耗尽我的勇气，但孤寂却能给我满血复活的力量，孤寂成了我的宿命。

我不担心自己会与众不同，但也不会以此自居。对我来说，与众不同既非负担，也不值得骄傲。我有一个不太好的习惯，就是喜欢留意并毫无恶意地指出别人的缺点。但事实上，我并非一个有魄力的人——相反，对于喜欢独处这件事上，我并没什么自信。我之所以会养成这个不好的习惯，完全是因为青春期的骄傲和鲁莽，它们时不时地出现，引发的痛苦让我逐渐学会收敛：对现在的我而言，骄傲根本一文不值——这可以说是我对骄傲最苛刻的评价了。是好是坏，我已不在乎，对照攀比，不过是因为缺乏对人生苦短的深刻认识才会有的表现，完全是在浪费时间和精力。

不知为何，我从很小的时候就对粗鲁和低俗的言辞十分敏感。迄今为止，我从未出于个人意愿使用过任何下流语言，甚至没有发过脾气。（翻译莫言和曹雪芹的作品时，因为必须要再现他们作品中色情的部分，我使用过相关的表达，但这完全是另外一码事。但即便是在做翻译，过程中我也非常不自在。但没办法，我必须保留原作的风格。）

语言对我来说意义非凡，它是世界伟大的创造者。

出于对美好事物及言语韵律的追求，十四岁的我开始撰写诗歌。一次，我在电视上看到莎士比亚的戏剧，从那以后我便开始吟诵无韵诗歌。那恐怕是我第一次尝试满足内心对诗意生活的强烈渴望。语言如同宝石，是值得永远寻找、保存和使用的珍宝。后来，这种精神追求又成了我探索古汉语文字的指导力量。

无聊与精明

一旦你开始思考终极问题，便会开始怀疑全世界。而我，自从明白了生死循环和生命脆弱的道理，便开始为无聊的生命及无端的脆弱寻找新的意义。

内心的世界永远不会让人厌倦，或许会有偶尔的无聊，但人总是会尽量避免毫无意义或停滞不前的人生——也就是说，我们总会充实地活着，不断增长自己的知识和智慧。

经过多年的努力，我终于找到了自己探求智慧的道路。遗憾的是在当今社会，智慧已经被精明所取代。我并不是说现代人尤其是现代的年轻人要比我们那代人聪慧，但他们确实要比我们精明，某种意义上讲，这与现代社会快节奏的生活不无关系。生活节奏如此之快，人们哪有时间寻求所谓的人生真谛。不可否认，对于意义和智慧，每个人都有着与生俱来的渴望，超越了一切。有了它们，我们才能实现内心真正的平静和安宁，才能解答心中“我是谁”的永恒疑问。

我从小就讨厌快节奏的生活，但其中的原因并不像表面看起来那么简单。如果你用艺术家的视角审视这个世界，就会发现速度代表的不是发展和进化，而是意义的缺失。社会不断地前进啊前进，其实是一种躁动不安的表现，说明我们已经越发偏离人类最为重要的能力，即用通透而智慧的方式去欣赏昙花一现、稍纵即逝的美丽的能力。正是因为生命短暂，人类的智慧和人生的真谛才显得愈发重要，由此也引出现代人非常不愿讨论的一个话题：死亡。如果失去了心智，死亡代表的不过就是终结，而不再造成任何困扰；但如果失去了意义，那生活就会了无生趣，人的生命也会从内部开始“土崩瓦解”。

十四岁时我就本能地发现，精明并非解决无聊的办法。要想找回真正的人生，最有效的办法是找到智慧。我的这一觉悟恰好与远东文化深入保加利亚的时机不谋而合。

因为日本文化比中国文化更早进入保加利亚，也就自然成了开启我内心智慧探索的最初动力。一开始，我对那个遥远国度的认识都来自电视剧情。二十世纪八十年代，最打动我的两部电视剧分别为詹姆斯·克拉韦尔的《幕府将军》和《日本岩窟王》。前者让我了解了日本人的生活方式、语言和文化，后者已经被欧化——音乐非常动人，情节与大仲马的《基督山伯爵》颇为相似。后来，詹姆斯·克拉韦尔的这部伟大作品被翻译成保加利亚语，成了畅销作品。不过话说回来，最初让我对远东产生深刻印象的还是由其改编的电影，它让我了解了远东的丝绸、剑道、尊严，还有闲云野鹤的生活和返璞归真的智慧。

日本人有意做出的简约选择及其为日常生活赋予意义的智慧——一杯茶、一叶草——都令我触物生情。我一直渴求过上简单而有意义的生活，因此第一时间便对东方文化敞开了心扉。后来我之所以选择了修道士之路，正是因为对无聊、荒唐、物欲横流、躁动不安的生活厌恶到了忍无可忍的地步。西方社会早已失去了安宁，自二十世纪九十年代初以来，“快节奏”已经对保加利亚人民的生活产生了无法抹去的影响：有些人称之为“新资本主义”时代，即我们的社会虽然尚未形成成熟的意识，却要刻意偏离其早已适应的被动的“安纳托利亚”生活方式。“淘金热”和消费至上的观念充斥着我们社会的每一个角落，令我不得不再次踏上追求中国梦的旅程，对此我将在后面加以详述。

二十世纪八十年代中期，我第一次接触到日本文化。但在此之前，我已经对周遭无聊乏味的生活充满异议，我认为这样的生活毫无意义。但自从看了电影《幕府将军》，我被一个全新、大胆而直白的“人生哲学”一举击中。看到将军面对死亡嗤之以鼻的态度后，我自己对死亡的恐惧，即便不能说被完全克服，至少也有了巨大的缓解。柏木矢部大人在做出“英雄般”自尽举动之前，竟然还能洋洋洒洒地作诗，这种气度简直让我错愕。不过当时的我太过年少，虽然对他视死如归的精神有着由衷的敬佩，但却未能发觉其更深层次的含义：他的做法不正源于对生命的轻视以及对真谛的淡漠吗？经历了内心痛苦的折磨后，这成了我的宝贵经验。我一直担心自己钟爱的一切不得善终，但那段时间，日本武士浪漫的英雄主义已足以消减我内心的恐惧。

红颜至上

人说英雄难过美人关，我还没到青春期就已经意识到了这一点。就是上一节提到的电视剧《保罗和维吉妮》让我体会到了什么是红颜美人及红颜薄命。维吉妮是一个甜美纯真的形象，她就是我的“初恋”：维吉妮一头金色秀发，蓝色的眼睛如天空一般清澈，这很快就成了我对红颜美人最初的幼稚定义，并持续了好多年。我对她的感情虽谈不上至爱，但也绝对堪称不掺杂一丝邪念的欣赏和憧憬。正是这个原因，当我看到故事悲惨的结局，看到保罗和维吉妮这对有情人无法终成眷属，先后离世，我的内心才更加难过。四十年过去了，我仍然能深切感受到内心的痛惜（这样算来，电视剧上演时我只有四五岁的年纪）。

后来，我搬到普罗夫迪夫，就读于那里的一所英文学校，其间我再次因女孩子的美丽而动了心——她们谱写了浪漫唯美的旋律，填补了我在攀登英语学习高峰上艰辛、空洞的心灵。我为红颜美人创作了许多首诗，我心里一直惦念着维吉妮，把我最初的情窦草草交付给了她那金色的长发和湛蓝的双眸。但后来，这种纯真的想象在日渐成熟的炙热躯体下慢慢消融，成了一只我无法想象的巨大海怪。

我非常喜欢披头士，他们的作品成了我那段岁月日常灵感的来源。事实上，读完七年级之前的好长一段时间里，我一直都在艰难抉择：自己究竟该在音乐、语言、绘画艺术和造型艺术中做何选择。我在老家的那些年（一年级到七年级），一直就读于一所儿童音乐学校，但我钟爱绘画，还学了七年俄语。面对这种情况，要想做出选择绝非易事。最后，出于长远考虑，我还是选择了英语——一个单纯的理由就是我喜欢披头士的歌，还特此学了吉他。那段时间，我每天都花好几个小时学他们的歌，不会放过任何一首我好不容易收集到的唱片上的歌曲，要知道那个时候能找到一张他们的唱片是多么不易。当时，披头士是我唯一关心的事，我想了解他们的一切，想像他们一样唱歌。就这样，不知不觉就到了1986年的秋天，我成了普罗夫迪夫英语学校预备班的学生。

普罗夫迪夫是一座浪漫的古城，也是我出生的城市。那会儿，小孩子只能在出生地就读英语学校，我很庆幸自己能生在这里。母亲的祖籍就是普罗夫迪夫，我在外公外婆那生活了整整五年——沙赫巴江（Shakhbazyan）广场旁有一幢三层小楼，他们的小公寓就在那里。搬去与他们同住之前，我在城外位于马里查河（Maritza）边的英语学校住宿了一年。

考虑到我们一年英语学习的强度之大，学校要求所有预备班的学生都住在学校的宿舍——与其他普通学校的学生相比，我们语言学校的学生都要晚毕业一年，因为我们要上一年预备班，保加利亚所有的语言学校都是如此。这一年的学习内容只有英语，目的是要把我们的英语从最基础的水平提升到能读懂莎士比亚。身为一年级新生[①]，学校给我们开设的课程并不多：英语（每天 2 节至 6 节，下午要在宿舍自习室上自习）、保加利亚文学、数学、体育。学了整整一年的英语，我终于梦想成真。我对知识的渴望得到了满足！我必须得说，这一年的时间对我未来整个人生都有着至关重要的影响。

不过，这一年也是令我伤心难过的一年，特别是刚开始的时候。至今我仍然记得当时自己对家和父母的思念。第一次只身一人、背井离乡地生活一个月后，我终于迎来了与母亲的重逢，我在宿舍的院子里焦急地等待她的到来。当时，

---

① “新生”一词我借鉴了美语的 Freshman 一词，希望读者能准确理解保加利亚语中“подготвак”即预备班学生这一概念，高年级学生都称我们为“подготвак”，既表示我们作为新生的单纯，也带有对我们的嘲讽之意。

秋日的微风不仅吹拂着白桦树金色的枝叶，还有我凌乱的头发和迫切的心情。妈妈终于来了，一瞬间，我思念的委屈和痛苦的泪水抑制不住地喷涌而出。那一年，我十四岁。

在普罗夫迪夫的第一年及接下来的几年，我都全心地投入在英语学习的美妙世界与追求女孩的浪漫梦境中。当时我心中的她还是一位金发女郎，而不是什么中国女孩。同是那段时间，我有机会接触到保加利亚的文学，特别是保加利亚的诗歌。我写的第一首诗似乎就预示了我的未来，开篇第一句我是这样写的："我有信仰，信仰将我填满……"

那段时间，我的内心充斥着对爱和美的追求，我不仅战胜了对死亡的恐惧，内心还变得充实起来。所谓死亡，不过是在坚持不懈付出一生后有意义的终结。

诗人堂吉诃德

那几年我创作的所有作品如今都已不知所踪，对此我感到万分遗憾——诗歌、散文、翻译作品，一样也没留下。那时的我，文思如泉涌，语言仿佛成了我生存的唯一目的，而我，则成了舞文弄墨、知音识曲的小小少年，每天花在读书写作上的时间都有好几个小时，文字创作也成了我钟爱的美好追求。

因为对文学与日俱增的热爱，我成了学校文学社（在保加利亚称之为兴趣课外班）的一员。活动期间，我们不仅会分享文学知识，还会把自己创作的作品拿来交流。记得有一次，课外班要求我们写一篇散文或诗歌，于是我写了一篇《堂吉诃德》。身为一名多情的骑士，堂吉诃德始终无法放弃心中的执念，他渴望回到高尚的中世纪，找回尊贵和正义。不过在他看来，更重要的是找回追梦的灵魂。当今社会对所有浪漫主义的逐梦人来说都是一种残忍的存在，所有浪漫的逐梦人都与之格格不入。那时的我，就已呈现出将会选择一条奇怪路径的征兆，但我需要面对真正的选择是大概一年后——我之所以用“奇怪”一词，是想要着力表现当我告诉家人和同学“中国是我的梦想”时他们的反应。总体来讲，我撰写的关于堂吉诃德的文章已经非常明确地表达了我的想法，即紧跟时代、遵从世俗或许并非有意义的高尚事业。我也开始产生了堂吉诃德般的怀旧情结，过往的岁月，虽然我不曾亲身经历，却成了我精神的家园。我的人生哲学不是建立在物质基础上，是堂吉诃德首先教会我何为“有意义的疯狂”。我的许多选择可能都会遭到世人的嘲笑，对此，我已经做好准备，只要我觉得它们是有意义的选择，即使别人嘲笑又何妨？渐渐地，我意识到自己在某些方面和堂吉诃德没有什么两样，但同时，我又像极了贾宝玉，过去如此，将来也会如此。

从那时起，我就下定决心，一定要将语言和文学作为我毕生的追求。那些年，对语言和文学的热爱为我未来的精神追求打下了坚实的基础，或许很大一部分原因是因为我们宿舍里没有电视机。后来，看电影成了我们主要的视觉娱乐，毕竟我们的选择远不如当今年轻人丰富。阅读占据了我们大部分的时间，相关的讨论和文学社已经不再仅仅作为课外活动而存在，相反，它们已经成了我们真正意义精神生活的重要组成部分。我写的《堂吉诃德》不仅仅是一篇散文，更是我人生的一种指望，是我逐梦人生的指望。

爱上《少林寺》、爱上汉语

永恒的夏天

二十世纪八十年代中期，中国对于我们保加利亚人来说还是一个陌生的神秘国度。每次说到远东，我们首先想到的都是日本。可以说，对于保加利亚人（抑或是所有的欧洲人）来说，二十世纪八十年代是我们与冉冉升起的日本相识的时代。那会儿，我们看的许多亚洲电影和电视剧都来自日本或关于日本，其中最畅销的作品要数马尔科·塞莫夫（Marko Semov）的游记——《说日本性的日本》，开篇他就写道："如今的日本已经取代了美国"。对此，我们许多保加利亚人都深有同感，"日本奇迹"已经成为广泛使用的表达方式。当然，我也不是说我们对中国一无所知，但对我们那代人来说，每次提到远东，我们首先想到的一定是日本，我得出这样的结论或许有点武断，敬请各位的谅解。但是二十世纪八十年代中期，我们还见不到一丝“中国奇迹”的踪影，没有人能想到有朝一日中国将在东方甚至全世界崛起。

虽然我对中国的探索纯属偶然，像一次美好的邂逅，但内心深处，我早已为此做好了准备。一直以来，我都对远东充满了好奇，特别是对其武侠电影有着无法割舍的沉迷。我记得曾看过一部朝鲜的电影《神笛少侠洪吉童》(1986)，电影讲述的是一位皇家公子的传奇故事。因为庶出的身份，少年一直遭到朝鲜皇室达官显贵的歧视和排挤。他从小跟爷爷生活在一起，爷爷是一位归隐山林的了不起的道士，武功高强，可仰手接飞猱，用点穴就可以将敌人制伏。跟随这样一位奇人，洪吉童日后成了一位大英雄，为救国抗敌立下了汗马功劳。但即便如此，皇上还是没有应允他与一位贵族小姐的婚事，于是洪吉童毅然决然离开故土，踏上了一条追求自由正义的道路。

我是到了二十世纪八十年代中期才对中国有了较为直观的认识。记得那是一个周日的晚上，保加利亚国家电视台的固定节目《下周大屏幕》播放了一则推介新电影的广告——介绍的是新星李连杰的首秀电影《少林寺》。

我瞬间就被小虎子(李连杰饰演)的武功所征服，他只身一人，赤手空拳就敢迎战手持兵刃的官兵。那段时间，我周围男孩子的内心都怀着一个“武士”梦，希望能像游侠骑士一样保护弱小、匡扶正义，我们玩的许多游戏都有“好汉”(保加利亚版的罗宾汉，或中国版的武侠)、“印第安人”“牛仔”等角色。这些游戏最吸引我们男孩子的地方就在于我们虽然势单力薄、手无寸铁，但却总能奇迹般地战胜劲敌，根本原因就在于我们是正义的化身，而对手代表的是邪恶。在我们小孩子眼中，正义必将战胜邪恶，这是自然界不可抗拒的规律，也是我们游戏和人生所信奉的法则。

带着如饥似渴的心情，终于等到电影院上映了《少林寺》。那时候，我们整座城市只有一家电影院！那个年代，电影院真的是通往另一个世界的大门，可以让人远离日常的单调乏味——像是我们从教室和家构成的两点一线的世界向外面远眺的窗子。每次赶上塞夫列沃电影院上演大片——比如讲述保加利亚第一位统治者阿斯帕鲁可汗(Asparooh)的三部曲、刻画保加利亚施洗者“鲍里斯一世”(Boris)的影片、《神笛少侠洪吉童》和其他杰出作品，排队买票就成了一项艰巨的任务——排上几个小时买到票已经算是幸运的了，有些电影甚至会卖“站票”。然而，今时今日，那家电影院已经连同旁边的几家书店一起被商场所替代，这不得不说是一种倒退。伴随着电影院的消失，我们童年的秋叶也一起枯萎凋零。好在，那火红色彩的光泽和人潮涌入电影院的难忘画面还保留在我的记忆里。

记得第一次看完《少林寺》，我就被其中的三点深深打动，分别为中国高深的武术、中文优雅的旋律以及牧羊女白无瑕（丁岚出演）的美丽。在此之前，我从来没有看过甚至听过类似的内容，所以这部电影意义重大，甚至是我走向中国旅程的起点。当我看到少林寺三个明黄色的大字赫然出现在银幕上，听到汉语清澈泉水般抑扬顿挫的节奏和令人陶醉的音乐，我的“中国梦”就在不知不觉中诞生了。

也就是那时，我内心第一次感受到中国带给我的一种归属感。情窦初开的我甚至梦想未来能在中国邂逅我的爱人。起初我的梦中情人是牧羊女白无瑕，也可以说是她的扮演者丁岚。我对她的爱，一方面纯粹来自对她美丽的痴迷，另一方面也源于我内心无法抗拒的征兆，那就是远方我心爱的姑娘就来自中国那个神奇的国度。

在我继续讲述我的故事之前，让我们倒退一年回到 1987 年。那年，我的父母已经意识到我对远东的兴趣，我亲爱的父亲一直全力支持我的努力和梦想，介绍我认识了一位塞夫列沃的小伙子。在那个不是谁都能够习武的年代，他是我们周边为数不多真正练过中国功夫的人。他对我言传身教，我还记得他所有的“教材”要么是他自己手抄的，要么是从其他书上复印的，他甚至会亲手把上面的汉字抄下来。1987 年，能看到这样的书实属不易，但我的内心并不满足，中国还未开始在我的面前揭开它那神秘的面纱。

1988 年夏末，我毫不犹豫地做出了一个重大选择。一个普通得不能再普通的日子，母亲直截了当地问我说：

“你想学中文吗？”

老实讲，我当时还真没考虑要学中文，只是把它当作一个梦想。那个夏日深深地烙印在我的记忆里——我家红色瓦片的屋顶和门口的椴树都见证了我欢乐的童年，直到今天，我和家人还其乐融融地生活在此地，我也是在这里完成了中文典籍的翻译工作。那一天晴朗欢愉，阳光透过我房间朝南的窗子照进室内。

“想！”我不假思索地答道。

我觉得就是在那一刻，我对中国爱的萌芽已破土而出，得到了日光的抚摸和滋养。

那时的我已经在普罗夫迪夫英语学校学习了两年，与母亲的对话让我激动不已。梦想和憧憬吸引我一步一步走向中国，那里生活着我“亲爱的中国姑娘”，每次想到她，我脑海里呈现的都是丁岚的模样，她的一颦一笑和优美的歌唱流露着深情又可爱的纯洁气质。她的甜美笑容、绾起的乌黑秀发、挺拔的鼻子和深邃的丹凤眼完全占据了当时我对东方女子的想象。她高亢的嗓音像清澈的山泉在我心中回响，让我日日夜夜充满着渴望。蓦然间，这个丁岚模样的女子——带着她的歌声、活泼又收敛的个性，还有她一袭红装纯洁而热情的新娘模样——成了我热爱的中国的象征。那时的我，因为满心满眼都是东方，甚至完全遗忘了西方世界。

以下是我 1989 年创作的一首小诗：

歌颂天空？但它已拥有太多传颂，
欢乐与幽怨已将它填满，
海洋，也是一样，已被诗歌束缚——
咸涩的委屈灼烧了太多的伤口。

于是，每天清晨，我凝视东方，
出神地看着太阳升起的地方，
我欣喜若狂，噢！中国，你神秘地崛起，
不由分说地走进我的人生。我知道，我已无路可退。

1988 年的夏天——我第一次爱上中国的夏天——成了我人生重大的转折点，也就成了我永恒的夏天！

爱上词典

自从做出学汉语的决定，父亲就为我联系了一位大学汉语教授——斯内日娜·戈戈娃（Gogova）博士。她帮我弄到了几本已故的张荪芬老师（1918—2010）编写的教材和词典，张老师是保加利亚的第一位汉语教师，我有幸在二十世纪九十年代末与她有过一面之缘。要知道，如今她的书已经很难在市面见到了。除了她的书，我还弄到一套四册的堪称大部头的

《汉俄大词典》。就是这些仅有的汉语工具书帮助我于1991年考进了索菲亚大学东方新语言研究学院的汉语系。

那段时间，继《少林寺》之后，其他中国电影也陆续登陆保加利亚影院。另一部坚定了我学习汉语决心的影片是《侠女十三妹》，还是由丁岚主演。我记得，电影散场后，当我走出普罗夫迪夫共青团电影院时，内心再一次被旋律优美的汉语所征服，没想到它还有那么多类似“R”的卷舌音，我之前还以为这样的发音只存在于英语中呢。

从 1988 年起，我开始自学汉语，当时只有首都索菲亚才设有汉语课程，而我因为住的地方离那儿有一段距离，所以没办法去上课。尤其到了学期中（从九月到次年七月），我在英语学校的课业非常繁重，完全没有时间学习汉语，于是我就利用假期回到家乡塞夫列沃或我家位于斯托基特的乡间别墅自学汉语。回首那段岁月，我发现自己对知识有着强烈的渴求，哪怕没有人教，只是凭借教材上的解释，我也执意要学会汉语的发音！没错，虽然张荪芬老师不在身边，但毫无疑问她就是我的汉语启蒙老师。我认认真真、不折不扣地听从张老师的教诲，直到 1991 年夏天，我才终于弄到那本教材的录音磁带，那时距离我开始学习汉语已经过了四年之久。不难想象，直到 1991 年夏，我才有机会纠正自己的错误发音。我至今仍清楚记得，当我终于有机会听到纯正的汉语时，虽然只是磁带上的录音，我的内心也已无比激动和痴迷。

虽然汉语自学期间我有许多毛病——发音有错、学习方法有误等，但它带给我的好处也是无比深远的——十六岁就刻苦学习汉字的经历，对我后来的大学学习生活产生了无法估量的影响；更准确地说，汉字是我童年以来对中国热爱的最本真诠释。张老师总是不厌其烦地讲解汉字的结构及其正确的书写方式，我还特意影印了一本俄国大学教授汉语的教材——里面用的是繁体中文。可以说，我最初接触汉语的过程无比幸福，我很有幸可以同时接触到简体和繁体两种汉语书写方法。

我一边学习张苏芬老师的教材，一边查阅四册汉俄词典。我之所以翻阅词典，不仅仅是因为缺少其他汉语读物，更是因为我深深爱上了它——早在十五岁就读于普罗夫迪夫英语学校预备班的时候，我就养成了查字典的习惯。那会儿，我买了一本有2.5万个词条的英语—保加利亚语词典，从头到尾看了整整两遍，每次都把自己认识的单词标注下来——目的就是提醒自己还有哪些单词不认识，以便日后着力用心学习。从那时开始，我就爱上了学习新单词、掌握新语言带给我的成就感，那种成就感远远大于游戏和表演的乐趣。老实讲，除了中国功夫，我对其他体育项目都毫无兴趣。

当然，那段时间我也没有停止过对散文诗歌的尝试，我和几个同学经常就诗歌交流经验，讨论诗歌的写作风格和意义等。那会儿我能接触到的中国文学都是俄文译作——当时，普罗夫迪夫市中心有一个很大的俄国文学专卖书店，我就是在那里买到了我人生第一批译成俄语的中国文学作品——鲁迅的短篇故事、冯梦龙的中篇小说、路遥的中篇小说《人生》。《人生》所讲述的质朴的农村生活深深地打动了我——自1986年离开家乡后，我一直渴望过上那样的日子——为此，我还特意为英语学校的文学社写了一篇文章，介绍路遥和他的作品。那篇文章深得我们文学老师高尔吉娜·科里谢娃（Gergina Kolisheva）的欣赏，她大力支持我对中国文学的追求。

自那以后，大部分的假期都被我用来学汉语了。当我的同学随心所欲地四处旅游或从各种游戏娱乐中寻找乐子的时候，我都在始终如一、心无旁骛地研究我的汉语教材和词典，精神上大快朵颐的同时，我还体会到古代人物的魅力，总而言之，我在“玄之又玄”的世界越走越远。

到了夏天，我经常待在斯托基特村，那里有我最忠实的伙伴——铺满细沙的河畔和穿过山间罗西察（Rositza）河（露珠河）的潺潺溪流。我常常在岸边沙滩上练习汉字，待河水将其冲刷干净，就再重新烙印上我的字迹。不到自己清楚记住它们的一笔一画，我决不罢休。当我从事这一切活动时，唯一秘密的监视者是天空中盘旋的山鹰，唯一秘密的见证人是古老石桥下的圆石。风儿袭来，它好奇地打量着我一遍一遍书写的字迹——我那幼稚蹩脚的笔迹——山风与我一道重复着它们的含义和旋律。沉浸在汉字书写的诗意中的我，常常花几小时甚至几天的时间在岸边练习，任凭高地各种昆虫在我身边嗡嗡打转，任凭巴尔干山鸟在我身边飞翔盘旋。除了它们，我身边不再有任何打扰。

我对习字的热情越来越强烈。记得有一次，爷爷在我们房子周围浇筑散水，趁着水泥没干的工夫，我就在上面刻上了我从中俄大词典中学来的最喜欢的几个词组，还写下了当天的日期：1988 年 6 月 18 日。我的大作保留了整整三十年，直到后来有人在上面又刷了一层水泥它们才消失不见，不过它们却成了我心中永不褪色的记忆。

最初学汉语的那段时间，我遇到了我的第一批中国朋友，第一位名叫吴陈。他离开保加利亚之前看到我对汉字书写的热情，于是便将他的几本 1988 年《神州学人》的旧杂志“赠予”了我。我还记得当我读到其中一篇文章时我是何等震惊和怀疑。文章出自一位中国教授之手，他当时就认为二十一世纪是属于“中国的百年”。如今看来，他的预言一点也没错。

总而言之，我学习汉字的热情越来越强烈。中国朋友留给我的任何有中文的纸张，哪怕是旧报纸的剪报，我都悉心地、分门别类地保存起来。我非常喜欢“收藏”汉字，无法放弃内心的执着。

求学时我写的许多诗都是为了畅想我心仪的中国女孩，她成了我心中纯洁的象征和毕生的追求。至今，我仍记得在老家塞夫列沃的一个晚上，我跟几个朋友散步时跟他们说：“无论如何，只要结婚，我一定要娶一个中国姑娘！”不过，这可不是我与中国唯一的浪漫渊源。

我之前就说过，不论过去还是现在我都非常喜欢翻阅词典。每次查阅中俄大词典，都会有几个繁体字、词组和名言警句给我留下深刻印象。我发现，了解中国古代文化能给我带来莫大的满足感，但要想了解中国传统文化，就必须透彻理解中国文字所代表的含义。了解“萤雪”一词后，我对汉语内心的膜拜和归属之情简直溢于言表，对此我仍记忆犹新。我们不妨一起看一下词典对这个词的解释：

萤雪，即萤火虫和积雪发出的光——暗指那些境遇艰难的文人；该词来自一个典故，讲的是两个穷困潦倒的文人穷到买不起灯油，晚上读书时只能借助萤火虫和积雪发出的微光。

身为一名学生，我被他们的治学态度深深打动，当然打动我的不仅是勤奋的象征意义，还有这个词所呈现出的唯美意境：夜幕下一群萤火虫飞舞，像天上的繁星，照亮了穷困文人的书桌；积雪成堆，映衬着皎洁的月光，反射出些许光亮，营造出无法言说的寂静。

后来，我成了索菲亚大学汉语系的学生，每个学生都收到了一份来自中国大使馆的礼物——袖珍版的《新华字典》。从那以后，不论走到哪儿，我都随身带着它，只要有空便拿出来看看。那会儿，哪怕是去跟父母爬山，趁父母边走边采蘑菇的当口，我也会翻看我的字典。虽然跟在父母身后，我却无心采蘑菇，总是时不时拿出我的袖珍字典，找到一些词汇，先是大声朗读，然后合上词典反复练习，直到记住为止。

暑假结束了，我再次回到普罗夫迪夫英语学校，可是这次，我发现自己对英语的热情消退了，不像我对汉语的兴趣那般强烈。当时我最大的希望就是能够随心所欲地使用汉语，想说什么就能说什么，想写什么就能写什么。为了做到这一点，不管说什么、写什么，我都会在心里默默翻译成汉语。有时在课堂上，我也会尝试用我记得的最原始的汉字记下老师的讲义，记在我最常用的笔记本上。有一次，我被生物老师逮了个正着，她一脸困惑，要不是同学为我做证说我是在学习汉语而不是在玩闹，她一定会好好教训我一顿，改改我的“毛病”。

我对这些表达汉语方式的喜爱激发了我对古代汉语和中国传统文化的兴趣，对汉字书写的痴迷也强烈彰显了我对远古和经典的感情。汉字总能给我一种特殊的感觉——想象一下，如果你能通过语言回到过去，切实感受并触摸到远古的世界，你就能明白我的意思。传统的中国与儿时激励我的两大力量脉脉相通，即美丽与真谛，而汉语正是这二者的完美结合。诗情画意的表达中凝结着不朽的思想，美妙的词组中蕴藏着不变历史的统一和永恒，这些特质在我以前接触的语言中都不曾见。语言和人一样，也会消瘦、衰弱，直至死亡，而在我看来，汉语却不会这样。得益于不断积累的表达和传统，汉语从不挥霍，它注定会越来越健康、越来越丰满。令人神往的书面汉语中积蓄着文学历史的真谛和独特魅力。

我自己也没想到，我小小年纪就已经想好了一生的归宿。儿时的我，从未肆意地玩耍或狂野地梦想过，我一门心思地想要发掘人生的真谛（在那些乐天派的现代人士看来），甚至到了“狂热”的程度。我的疯狂追求让我跟同龄人在一起显得格格不入，青春期以来，我就一直觉得自己生活在现代社会有一种强烈的孤寂感。我弥补社交不足的方法就是埋头苦读，我一边努力，一边想着那些借着萤火虫和积雪的光亮读书的文人。

星尘之间

我的家人都非常开明，没有任何宗教信仰，仅有的两个特例是奶奶和外婆。我这里所说的开放指的是他们都崇尚唯物主义，信奉人性自由，特别是在两性关系上，都非常开放。他们给了我最好的文化教育，让我接触到古典音乐和文学，但对文化中宗教的部分及婚前贞操这类问题，他们却只字未提。相反，他们对我说婚前性行为不仅正常，而且还很健康。随着传统文化——东正教——如中文“大道日往”所形容的那般越来越流于表面（丧失其重要地位）、沦落成历史遗留，自由主义便成了保加利亚人生活不可分割的一部分。而我，虽然十来岁就接受了自由主义的思想，但十年后我才真正理解它的危害……对此，我将在后面的章节中进一步阐述。

我陷入对汉语的痴迷时只有十六岁，当时我的性格特点是精力充沛、肆意妄为，疯狂地渴求一切“合法的放纵”。因为自己的成长经历，我对那些束缚了我冲动的哪怕一丝丝良知都深恶痛绝。而同时，我对人生真谛和精神生活发起的“毫无人道”的浪漫追求又驱使我将我亲爱的中国姑娘理想化，对她，只对她，我希望我能够保持忠诚。如果让我用更富诗意的语言形容当时的我，那就是在星与尘之间，我被钉在了十字架上。

凡尘，犹如我们卑微的天性，强大无比。我好几次都产生错觉，误以为自己坠入了爱河。英语用“坠入”一词表示恋爱，真是恰如其分。好在，我从未与任何人分享过“坠入爱河”的感觉，以至于我很快就能重新找到内心的自由。我迷恋上的第一位姑娘简直就是“维吉妮”的翻版，或许是因为我对金发碧眼有着无法割舍的迷恋。她是我们学校的校花，比我大一岁，身后总是跟着成群结伙的追求者。或许正因如此，她在我面前总是摆出一副高高在上、不可一世的模样，虽然接受了我为她写的诗，但却连我相貌平平的模样都没记住。第二次见到我时，她问她那个不太漂亮的同伴说：

“是这个吗？”

关于她，我后来的记忆都已模糊，对此我倒是无比感激。

那段岁月，诗歌成了我的宿命。每次遇见我心仪的女孩，我都会为她写一首诗。以下就是这样一首情诗，我很庆幸它能在（后续我将详述的）“文学大清洗”中幸免存留下来。

我哼唱摇篮曲，给我喜欢的姑娘

安心睡吧！晚安，我可爱的姑娘！
夜风轻敲绮窗。
歌声悠荡，马里查河已进入梦乡。
街灯闪烁，如眼睛一眨一眨。

晚安，你的纤纤玉指！
晚安，你的善睐明眸！
旋即黎明将至，所以安心睡吧，我可爱的姑娘！
睡到黎明破晓，睡到天边亮起第一道光。

对诗歌的热爱注定我将像“落魄的文人”一样拥有孤独的安宁（或许别人并不认同）。那段时间，总有一股强大的力量让我摆脱温柔乡的禁锢，因我还有更高的追求，只是当时我并不清楚。然而，当时的我考虑欠周、心浮气躁，不懂得该顺应那股强大的力量。于是，虽然我坚持不懈地想找一个可爱的保加利亚女孩做女朋友，最后却总是竹篮打水一场空。

每次尝试都以失败告终，我亲爱的中国姑娘头上的光环也因此变得愈发明亮。每次在爱的海洋漂泊沉沦，为了避免溺水身亡，我总会拿起笔书写我的中国姑娘，重温现实中无法得到的爱情。我亲爱的中国女孩，每次都能将我从窘境中解救出来——我坚定地相信，有朝一日我定能与她相遇，她一定有着丁岚般的美丽。

我相信，生而为人，每个人都会有超越凡俗的伟大梦想。人类需要仪式，需要祷告。但我们必须清楚，仪式的存在必须有其真正的意义，不能为了仪式而仪式，否则仪式必将消亡。因为没有宗教信仰，不了解宗教仪式，于是我自己发起了一个仪式：每天晚上，我都要喝一杯纯净水，向上天倾吐心事，希望自己的思想和心灵能像水一样纯净。纯洁成了我人生至关重要的理想，此时此刻，繁星战胜了尘土，但是，毕竟前路漫漫……

死亡和来世

我在普罗夫迪夫英语学校的生活平静而乐扬（请允许我自创了这个词）。音乐和诗歌一样，是我生命中重要的部分。在英语学校的日子，我每天都会拿起吉他自弹自唱。

但那段时间，我还未走出“死亡情结”，武士的死亡觉悟（包括对生命的无端蔑视）已经失去了其短暂的作用，死亡再次成为我生活中无法忽视的一种存在，我时常思忖死亡的“意义”。“为什么？”成了一个无比尖锐的问题。

我永远也不会忘记那个阴沉的日子，住在普罗夫迪夫公寓楼时，我们的一位邻居突然离世。我从我家二层公寓的西窗望出去，看到他的尸体被抬走时用粗布毯子裹得严严实实。

我被眼前的一切惊到了，完全看不见逝者的脸，整个人被包裹着。他，再也无法看到蓝天白云！他的眼睛被毯子蒙着，以后还将被泥土覆盖。人类的脸——竟然要埋葬在地下！他的双眼——再也无法看到这个世界，从此将变得空洞，变得了无生趣！

死亡那看不见的空洞双眼，成了那些年我的恶魔和梦魇。一想到虚无的空洞和荒唐的无端消耗，我的内心就无法释然！我们头顶的蓝天怎么可以被泥土残忍地埋葬，怎么可以被岁月一锹一锹残忍地埋葬，直至死亡？它们蒙蔽了我的双眼，可我渴望光明，渴望无尽的人生。那段岁月，我的人生的确可以用渴望生命来形容。

我惧怕死亡——我努力成就的一切都将以毫无意义的虚无的形式而终结。要我与死亡女神陛下为伴，我感觉到自己学习中文、实现中国梦的所有努力都丧失了意义。我曾经有过强烈的感觉，感觉到宇宙万物的“圆融”和简单统一。世间万物都该是整体的延伸，都有存在的意义，要永久地合而为一。人的一生要和谐统一，要超越所有充斥在我们身边的虚荣和荒芜。

我一路钻研，迫切想要摸索到答案，这对我是生死攸关的大事。我开始阅读所有我能找到的关于死亡的书——但这类书本来就不多，我能找到的就更少了。好在，我在书店找到了一本伊万·卡尔切夫（Ivan Kalchev）教授的《死亡随笔》，那是一部集合了从古至今关于死亡哲学文章的合集，因为有了它，我终于能够了解史上所有伟大哲人对死亡的态度。有些人的想法令人安慰，有些人的我不敢苟同，但总的来说，这本书始终是一本哲学作品，而哲学永远无法给我强有力的答案。没有人能跟死亡争辩，而哲学能做的只有争辩。我本能地需要永恒的生命能给我一个慈父般的拥抱！

读书时，我对短暂和永恒的感受还没有那么强烈，毕竟我还可以在鲜花盛开的中国梦花园里任意游走，我的内心已经被它完全占据。生命还年轻，其中的一切，即使转瞬即逝也十分唯美。我还清晰记得十六岁那年的一个宁静夜晚。我沉浸在汉字的和谐世界里，坐下来慢慢品味一杯普通茶叶泡的茶水。那是我有生以来第一次明确感受到“享受当下”带给我的愉悦：简单、宁静、缓慢生活带给我的幸福，生命中的每个细节带给我的快乐——人生一直奔涌向前，我们无法回到原点。我被眼前静谧的美深深打动，还特意为那杯夜茶写了一首小诗，具体内容我记不清了，但开头的一句是：

我最后的那杯茶——你完美到了极致……

如今的我终于知道，这宁静致远的文化几乎完全属于亚洲，不过其实我们也有类似的心态（也可以说是心灵的文化），因为那时候（直至现在），凝神冥想、返璞归真和谦虚低调也是东正教所奉行的生活方式。

即将告别童年的我，将永远珍藏我儿时的记忆，即使离开了家乡，我也不会遗忘。

大松绑

保加利亚这段时期发生的事件都颇具争议，而我作为直接参与者，亲眼所见和亲身见证的一切则显得异常真实而痛苦。

那是 1989 年，整个世界都在经历改变。保加利亚的变革发生在 1989 年 11 月 10 日，即我们所说的——“十一 · 十事变”。在那以前，保加利亚是一个社会主义国家，我们称之为“九月起义”后的保加利亚（1944 年 9 月 9 日）。

我儿时的保加利亚可谓是风平浪静，我们不管买什么东西还是做什么事，都是按照国家的计划行事，管理模式甚至到了“无聊”的程度。我们的生活总是处在周而复始的循环状态，并不希望有任何改变。然而，改变还是不期而至，没有一丝征兆。当时我们感觉到“自由”突然降临，而我们却没有丝毫的准备。如今再想想，当时突如其来的东西并非自由，我认为把“十一 · 十事变”后的时期称为“大松绑”更为准确。保加利亚有一句谚语，翻译成中文就是“松绑”，意为让人放开手脚，也就是给人平等的自由。这当然是好事，但同时，伴随自由而来的还有准备不足，所以也是坏事。

我一直都惧怕生活发生巨大改变，在自然界，激烈就意味着暴雨、天气异常和地震。正常来讲，自然界的任何变化都要遵循宇宙形成之初就存在的自然规律。

“十一 · 十事变”发生时我正好十七岁，当时的我还是普罗夫迪夫英语学校的一名学生。我们的学校成立于社会主义时期（1958），许多人都为其付出了巨大的心血，其中非常重要的一位是柳本 · 赫里斯托夫（Lyuben Hristov），他是最受学生爱戴的一位校长。

我们几乎是以道听途说的方式知道了“十一 · 十事变”的到来——当时可谓消息满天飞：说托多尔 · 日夫科夫（Todor Zhivkov）[①] 政权已经被推翻。“到底是谁说的？”——最初我们都怀疑这个消息的真实性，但后续出来的官方报道证实了事变的发生。整个时代被彻底推翻，曾经的红色政权变成了蓝色，保加利亚迎来了所谓的大松绑。而我们这群放飞梦想的年轻人，似乎也迎来了新的梦想，迎来了自由和希望。

随着事变接踵而至的影响令我极度震惊。“大松绑”接管了我们的学校，“自由”取代了纪律。学生们开始了一系列的疯狂举动，过道里嘈杂喧嚣，“变革之风”抽打着我的脸。学生们终于如愿以偿脱下了学校的制服，换上了五颜六色、花红柳绿的衣裳。我内心的直觉告诉我，为了所谓的“自由”，我们历经几十年建立起来的东西必将顷刻崩塌。那种自由像春日奔涌的河流，让我们一时间无法承受，它并没有帮助我们建立新秩序，反倒引发了数年的混乱和痛苦。

---

① 托多尔 · 日夫科夫（Todor Zhivkov, 1911 年 9 月 7 日—1998 年 8 月 5 日）：1954 年 3 月 4 日至 1989 年 11 月 10 日期间担任保加利亚人民共和国（PRB）共产主义领导人。

“新秩序”如期而至，它对杂草说：你的好日子来了——快快生长、繁殖，长遍整个保加利亚。之前行动有序的莘莘学子，一时间都沦落成了杂草丛生的荒芜。“十一 · 十事变”发生没多久，我就预感到即将到来的毁灭和堕落。我开始怀疑从西方刮来的“变革之风”，自由带来的是蓄意计划的社会混乱、动荡和恐惧。我的中国梦变得愈发强烈。

梦想实现之初

我还清楚地记得自己准备入学考试的那段日子，可谓是全身心地投入。我报考的是新设的汉语研究专业，需要考英语和保加利亚文学。考试那年夏天，我常在我家乡间别墅后院的那棵李子树下铺上一张毯子，坐下来敲打我的那台好利获得（Olivetti）牌打字机完成文学课的作文，又或是花上几个小时阅读英文书籍。

终于迎来了考试的日子，可我感觉自己没有完全准备好。我跑到塞夫列沃当地的教堂点了一根蜡烛，祈祷自己能够金榜题名——当时，我最大的梦想就是成为索菲亚大学的一名学子。

上大学之前我就去过位于纳伊乔 · 参诺夫（Naitcho Tsanov）大街 79 号的东方语言文化中心。我还清晰地记得自己第一次走进三层的那间小屋时的心情，我怀着恐惧和敬畏站在门口，迟疑片刻后才敲门走进去，在那里我看到了未来的老师。

自从那次去过中心后，我变得更加刻苦，一心想要成为那里的学生。我的祈祷真的得到了回应，一位参与阅卷的大学教授对我说，我的文学成绩在所有考生中排名最高，英语成绩也非常不错。他还说，所有人都没想到我会选择这样一个专业——我成绩那么好，完全可以考一个更好的专业，而我却把汉语研究填报成我的第一志愿。我没有回答他的问题，但内心清楚自己想学这个专业，原因很简单——我要将毕生的时间和精力用于了解中国和中国文化，希望能“正式开始”我的中国梦的征程——我盼着日子过得快点。得知考上汉语专业后，我第一时间跑去了索菲亚，登记了我的名字——我得知新设的汉学专业的院系代号原来是 001。

秋天来了，我终于如愿以偿上了索菲亚大学，那年是 1991 年。最初，我们专业只有五个学生，不过后来又增加了几位新同学。那一年对于保加利亚来说是转折的关键年，而对我来说，则是接触学习汉语的一年。我亲爱的读者们，你们几乎无法想象每次走进学院的图书室时我是多么兴奋和激动！我等这一刻已经等了太久！我渴望阅读中文书并认真学习汉语和汉字——每天（每夜，如果有可能的话）——我都感觉自己是世上最幸福的年轻人。我的家人也给了我全力的支持。在那个危机四伏的黑暗年代，我开始将自己封闭在书籍构成的小世界里，心中有梦想的灯为我照明。我挚爱的保加利亚在每况愈下，而读书成了我内心唯一的安慰。

我几乎每天都会在图书室待几个小时，抄写汉语书上的单词、词组乃至整页书的内容。除了我自己大学的课程，我还常跑去新保加利亚大学旁听科鲁姆·阿采夫（Krum Atsev）新开的课。后来，我经常去他家拜访，他十分乐意抽出宝贵的时间讲评我最初翻译的古汉语诗歌。他还借给我一些唐诗集，我特别喜欢，竟大胆计划抄录并翻译其中的一些作品，哪怕完全不成体系也没关系。至今我仍然保留着那两本记录了我幸福时光的笔记本。

早些时候，我终于如愿买到两本真正的汉语词典，我经常把它们当成书一样去翻阅。一本是《现代汉语词典》，另一本是《同义词词林》。后来，我抄写了《同义词词林》上所有的词条，单纯是出于我对丰富的汉语同义词的喜欢，希望能把每一个词都烂熟于心。

大学上课一切如常，每门考试我都能轻松应对。要不是外界环境悲观黯淡，我在汉语系的生活肯定是既简单又充实，然而，多事之秋不允许我们安心求学，毕竟索菲亚是保加利亚的首都，近代史中的几乎所有大事，好也罢，坏也罢，都在这里发生。就算我想置身事外，也不可能不受到外界的影响，我们的社会、我们的国家还有我挚爱的我们的语言，都发生了天翻地覆的改变，我无法超然物外。

黑暗迷雾

在索菲亚大学的前几年，我们正好赶上保加利亚动荡的“过渡时期”。即便是在普罗夫迪夫，我已感受到我国政治制度的坍塌：基本食品匮乏、犯罪率上升、人心惶惶，就连语言体系也从优雅沦落成下流粗俗，有失体面——保加利亚语开始大量吸收外来语，但却一点点淘汰了优美的保加利亚词汇。不仅如此，最令我无法接受的是色情杂志的公开发行。几乎所有打着“民主”旗号大行其道的报纸好像同时收到了信号，纷纷刊出裸体照片。我想这是有人蓄意为之，目的就是要彻底颠覆我国人民已经支离破碎的道德。或许当时只有社会主义党和民主联盟两家政党官方报纸还保持着气节，没有同流合污地刊登裸体内容。那时的我甚至不敢买报纸，就是担心看到什么不雅图片。

考虑到这一点，再加上其他一系列原因，我开始参悟我国社会环境变化的罪恶本质。于是同年，也就是 1992 年，我回归了东正教信仰，也回归了保加利亚人民秉持了几百年的价值体系，要知道，是传统的价值体系一直支撑我们甘苦与共向前发展。事实上，在如此可怕的道德危机中，保加利亚许多年轻人反倒开始回归传统，寻找国家信仰，希望能够在骇人听闻的新闻和绝对自由的洪流中拯救仅存的人性和理想。

同一时期，政客们也开始高谈阔论，说要通过类似“冲击疗法”拯救保加利亚，这简直是一种讽刺。我之所以认为是讽刺，是因为羽翼未丰的媒体的确会时不时给我们大量“冲击”，但它们的手段都非常拙劣，总是企图用一些色情中伤的流言新闻来营造“过渡时期”的社会氛围。更为糟糕的是，这种新闻风格成了一直沿袭的“传统”，就在昨天，我一反常态买了一份报纸《保加利亚的今天》，本来以为会看到一些弘扬国家和人民的内容，但老天啊，没想到还是曾经“冲击疗法”的新闻风格——粗俗不堪、编辑无序，都是些关于犯罪、无礼、流言的文章。保加利亚过去彬彬有礼、互帮互助、将心比心的优良传统之所以被破坏，我们的国家之所以出现道德沦丧，可以说“过渡时期”的新闻风格有着不可推卸的责任。

在那样一个年代、那样一个时期，我成了索菲亚大学中文系的学生。虽然我钟爱的汉语系的学习生活让我实现了自己的一个梦想，但同时我也在经历伟大祖国和语言遭受迫害的噩梦！这种时候，我们所有人都需要信仰和净化，当然，我终于在保加利亚东正教会找到了宽慰——那里是我们文明的摇篮，是我们祖国的根基，从根上讲，它也是保加利亚所有人民的母亲。教堂的穹顶成了我能看到璀璨星辰的唯一一片天空——它穿破了笼罩那个时期的黑暗迷雾。

从那时开始，我又重拾了写作的习惯。之前，为了能专注汉语学习，我已经有几年的时间不写东西了。现在之所以重拾写作，其中一个原因是为了发泄生不逢时的郁闷，当然，另一个原因或许根本不肖说，那就是通过诗歌和散文，可以抒发我对保加利亚国家和人民的热爱。我们家园沦陷、伦理败坏，甚至我们整个社会都因道德沦丧和遗忘历史而陷入污浊的泥沼……最可怕的是我们竟然忘记了孝道，相较而言，中国文化却对其高度重视。以下是我撰写的《我伤心的索菲亚》一文的节选：

如今的保加利亚已经奄奄一息！她的灵魂已意志消沉，她的精神家园已全面沦陷，一切就连大自然都黑白颠倒，近来的冬天和夏日已经错乱无常。每个人都在叫嚣着改变，广播在播，大街小巷都在鼓噪。这段时间，保加利亚的灵魂也在日趋堕落，像一具腐败的可怕尸体，就连保加利亚的名字也惨遭践踏。人民的理想——我所说的不是“国家”关于领土、物质和世俗的理想，也不是过去和现在统治者傲慢的雄心，而是保加利亚灵魂的理想——已经付之一炬。媒体的无耻行径早已成为公开的秘密……

黯淡而乏味的天空笼罩在城市上空，昔日那里可是清澈的源泉——带着蔚蓝色温暖的笑脸，宁静的苍穹庇护着大地，南边吹来的风和煦温暖。临近正午，长着邪恶面孔的云黑压压袭来，吞噬了太阳，湮没了明媚的四月的天空……

湿冷的雪落在开满鲜花的枝头，摧毁了花朵后便羞耻地融化掉。很快，太阳开始火伞高张，将街道烤得不住地痉挛，却没有一声哀怨。春日，枝头仅存的是罪恶的花朵，被突如其来的风雪凝成了冰凌。面对上天冰冷的警告，罪恶之花不为所动，在空气中散发出诱惑人的污浊……

肆虐的瘟疫、危险的疾病在我们的国土上蔓延。我伤心的索菲亚已不再属于我们，我们苦难的国家已不再属于我们！

我相信，那时许多理智的保加利亚人都能感到我们的国家已经面目全非。我这篇文章写在被誉为终结了“社会主义黑暗时代”的“光明结局”，但事实上，正是那个背信弃义的时代标志了我童年的终结。

光明到来

我相信，越是在黑暗的时代，希望就越强烈，光明就越耀眼。夜晚的天空越是漆黑，指引方向的星光就越是明亮！

然而，在光明照进我们的生活之前，我们只能痛苦地追寻。

好在，我在索菲亚的生活圈不似外界那般晦暗。我深深地沉迷于我的梦想，差一点就要早于上天的安排提前“梦想成真”。由于我太想去中国，太想去邂逅那令我魂牵梦萦的梦中女孩，我差一点就把每个中国女孩都当成了我的那个她。怀着对浪漫的渴望，我感觉每个中国女孩都是美丽的化身。

以我的运气（后来我才知道），在当时的保加利亚我无论如何也不可能在大街上遇到中国女孩。当时的保加利亚本来就没有多少中国人，在我们学校我能接触到的中国人就更少了。我很幸运能在早年间遇到我的教授和导师刘广徽博士，至今我还对她亲切的面容和微笑记忆犹新，每次去北京，必定会去看望她。

一天，我在大学主楼食堂吃午饭时注意到一个亚洲姑娘，我的心为之一动！乌黑的秀发、圆润的脸庞、清澈的丹凤眼……

我亲爱的读者，请你千万不要把我当成见一个爱一个的花花公子——因为事实绝非如此。你可以把我想象成一个从来没有经历过恋爱的少年，为爱着了魔，如今终于遇到了心仪的人，眼前的一切令我激动不已！

是她？不是她？

如今我已经记不清自己如何与刘小燕成了朋友［我和最要好的同学马里纳·卡纳提（Marina Kanetti）后来干脆喊她小燕子］，但最初跟她聊天时，我总是战战兢兢，仿佛自己面对的是来自梦想国的仙女。我说过，当时在我眼中，每个中国女孩都是美丽的化身（今天的我恐怕还是这么认为）。这就是我的红颜美人——这就是我梦想的生活！

后来我得知她已经嫁给了保加利亚人，再后来，我们就成了好朋友，常常聚到一起，滔滔不绝地聊上好几个小时，分享保加利亚和中国的一切。索菲亚冬日寒冷的天空下，我们经常一边闲逛、玩文字游戏，一边彼此倾诉梦想。我几乎已经接纳她走进我的中国梦的圣殿，她把远在北京的妹妹介绍给我认识，我还和这位妹妹通了一段时间书信。刘小燕是个善于言辞、友好和善的姑娘，优雅精致、彬彬有礼，但我们的交集并没有持续很久，具体原因你后面会了解。不过无论如何，能遇到一个来自中国的姑娘，还能偶尔聚在一起畅聊几个小时，这段记忆已经足够美好而且难忘。

这是我求学之初的一段光明的岁月，我曾借由一位虚构的人物［我的小说《回归》(2002—尚未完成)中的兹维托斯拉娃(Svetoslava)，意为“荣耀归于光明”］对其做出如下描述：

雨水冰冷，生存也是如此。大雨还要下整整一晚，明天、后天……也不会停。兹维托斯拉娃瘫软在孤寂的床上，目光盯着天花板上阴影中的几点亮光——窗外街灯微光闪闪，周围任何光影的变动都会映射在天花板上。丈夫至今未归，她却也毫不挂念，最近她有许多书要看。然而，在她的内心深处却埋着一口深井，像宇宙一样古老，掩藏着她无尽的忧伤。今天，走在外面，冰冷的维多山(Vitosha)风吹打着她的脸颊，在心里，她却在纠结自己那一去不返的童年。她努力回忆，希望回到过去，但每次都无功而返，内心留下的只有孤寂。亲爱的伊望不在身边，整个世界变成了一股昏庸的风。

说白了，大部分人的世界都离不开食粮——能够满足各种官能和身体的食粮……正因如此，人的内心才有了必不可少的依赖，但由此带来的痛苦绝不亚于失去宝贵的自由——与死亡无异。最终，我们做出的所有选择都变得毫无意义，当你踏上人生最后一块踏板，它会发出最有哲理的提问：“那又如何？”

可是，兹维托斯拉娃早在忧伤郁积之前很久，就已燃起了对自由的渴望，虽然那条路充满艰辛。求学之初的一天夜里，夜色与今晚很像，想到人类的命运，想到浑浑噩噩的人生，她痛苦万分，几近坠入无底的深渊，她站上了最后一块踏板。与此时一样，她还是躺在床上无聊地盯着天花板，气若游丝。这是她此生最后一次拿起人生这本书，她希望能找到哪怕一点薄弱的证据，证明在这个不看、不听、不说话、百无聊赖、无情无义的宇宙中间，始终还是有人在守护着她，会将她拥入怀中，会为她啜泣流泪……她看到书里只有一句话：“我是世界的光——跟随我的决不在黑暗中行走，必有生命之光。”①

这句再普通不过、连小孩都能理解的话走进了她只有一息残存的灵魂深处，人类思想的生灵在那里为灵魂筑起了堡垒，在四周围起了护城河，被无数理由、道理、想法守护得戒备森严……然而，堡垒坍塌，城墙破裂，黑暗处照进了光。这一刻凝结成永恒，接下来的长夜、接下来的岁月，直到今天，她的世界都有了光明。就在那一刻，时间为兹维托斯拉娃停下了脚步，若有所失的忧伤融化成了光。

---

① 约翰福音第八章第十二节。

从此以后，她对“世间万物”失去了兴趣，内心的光如此明亮，令她着魔，她在心里找到了无限宽广的世界，她曾经遗失的熟悉的童年世界。什么都没有丢失，一切都安然无恙，我们的童年不过是对此失去世界的记忆。童年后的一切——所谓的成熟，不过是一条永无止境的自我辩护之路。找什么理由都再无意义。

（《回归》第六章）

内心突现光明究竟意味着什么，这一点很难用言语形容。但我可以告诉你，接下来的几个星期，我的人生发生了改变。虽然外面还是那个黑暗甚至更加无聊的社会，但我已把灵魂托付给了光明，日复一日，我追随基督的想法也日渐清晰而坚定。

长袍修士，
别了保加利亚

灵修之路

如果整个社会都已陷入疯狂，那渴求人生真谛很可能导致“疯狂”的决定。因为痛苦，所以才要克服自身缺点、成就丰功伟绩，这是非常强有力的理由。要知道，如果生活一帆风顺，你可能根本不会有所作为。

保加利亚正在遭受磨难，我们也在忍受痛苦。我们成了精神世界的孤儿，怀疑一切成了普遍的价值观，导致人心分崩离析。每个人都可以切实感受到我们的世界越来越冷漠，我们加入“欧洲”、接受“欧洲价值”的举动，在我看来是一次毫无准备的社会大脑手术，手术的目的就是要把疯狂的新自由“价值”注入我们的社会，颠覆我们的基础价值观，摧毁根植于东正教义的精神智慧和道德。

那段时间，我选择自我封闭，过着半修行的生活，这也没什么好奇怪的：一直以来，我都本能地认为一心求学、沉迷书本的生活与归隐的生活没有太大区别。如果你也像我一样，梦想成为一位汉语学者，那也需要全情投入。我甚至想过，等毕了业，我索性就回到农村过一种闲适的田园生活，有时间就翻译一下中文的经典名著和诗歌，这就是我的终极“抱负”。

我领悟了东正教的修行生活，它的美好网罗了我整个灵魂，我那已经被喧嚣的当今世界折磨得疲惫不堪的灵魂。我追求的不是自在的生活，而是极简的人生。我不想让大脑被物质世界的东西占据，于是开始大量阅读东正教的禁欲类书籍，有些彻底改变了我的人生轨迹。“简而言之，他被书中的内容深深吸引，整夜爱不释手，从日落看到黎明，从破晓看到黄昏，细心地研读……”[①] 当时我读的书有《奥提纳修道院的圣长老》还有《萨洛夫修道院的圣谢拉菲姆》，两本书都是谢拉菲姆·阿列克谢夫修士大司祭（Archimandrite Seraphim Alexiev）的作品。回顾以往，是他的第二本书让我彻底下定决心，远离外界的纷扰，与世长“辞”。我开始穿起黑色的长袍，蓄起胡须和头发，变得不苟言笑，甚至戒掉了荤腥；女性，特别是年轻的姑

① 摘自米格尔·德·塞万提斯的《堂吉诃德》的第一章。

娘，自然也成了我的头号天敌。这样明显的改变自然也影响到了我的父母和师长。我彻底改变了我的人生轨迹和目标——放弃了一直以来学习中文的梦想。事实上，我甚至觉得中文可能成为我全新旅程上的障碍，于是逐渐减少了在中文上花费的时间和心力。

此外，我还拜读了罗斯托夫（Rostov）市的都主教圣迪米特里（St. Dimitry）撰写的十二卷《列圣传》，同时还开始定期去教堂做礼拜，学习宗教仪式中使用的古斯拉夫语。再后来，我又购买了圣迪米特里用斯拉夫语撰写的其他作品，花了大量时间斟酌其中每一个漂亮字符。《列圣传》散发着某种难以言喻之光明，与其相比，东正教的古老礼仪更盈满着这神秘之光。你们早就知道，我一直都是个崇尚古老经典的人，所以加入了一个信奉传统的新教会——保加利亚旧历东正教会。追随古老传统一直都是我的梦想，基督教传递的那些古老而真实的思想令我深深痴迷。保加利亚人民几百年来一直都信奉东正教，我可以通过它与祖先进行最深入、最生动的交流。我的感受无比真实，那种真实甚至超越任何三维世界带给我的感受。我来到了一个从未涉足的精神家园——一个充满美好、真谛和生命的世界。每个字、每句古老的赞美诗都传递着永恒、生命和神圣终点的主题。圣人的作品和唯美的表达照亮了我的灵魂。渴求神圣化成了我人生唯一的追求，后来，待我对 20 世纪的圣人——上海和旧金山的圣伊望 St. John——有所耳闻后，我决定自己不能再无动于衷——我要成为像他一样的人。当然，我这是痴人说梦，我很快就意识到了这一点，但无论如何，我还是非常非常努力地做了好几个月的尝试。

我开始学习罗马尼亚语作为自己的第二专业，原因很简单——我加入的保加利亚旧历教会在与罗马尼亚旧历教会的兄弟沟通时，需要有人做翻译。我已经成了一名秘密的见习修士（毕业之前我无法当修士），所以必须听从师父的安排[①]。再说，这对我来说也不是什么难事，因为我（直至今日）一直都是个积极热情、思维活跃的年轻人——掌握一门新的语言，于我而言与开辟一条新的精神道路没什么两样。更何况，既然我学习汉语的热情骤减，总需要有些别的事情能取而代之。就这样，从 1994 年 11 月我开始学习罗马尼亚语，整个过程非常开心，一年以后，我的罗马尼亚语水平有了巨大的长进，1994 年就通过了相关的考试，后来，学校就安排我与学罗马尼亚语大四的学生一起上课了。

但是，我真的能够放弃我挚爱的中国和汉语吗？

永别了，浊世！

虽然我修行的想法已经越来越明确，但内心却呈现出一种强烈的不安。纠结与矛盾深藏在我心底，只是当时的我并

---

① 此处的安排指的是师父交代给新教徒或小修士的任务。

没发现，直到多年后我才意识到。

1992年末，具体是10月31日，我造访了位于首都克尼亚热沃区（Knyazhevo）的“圣母庇护”修道院，那是由一位真正的现代圣人——索菲亚市的圣谢拉菲姆大主教（卒于1950年）建造的女修道院，每天都有无数人去祭拜他位于索菲亚市中心俄罗斯教堂下的圣墓。10月31日是修道院的圣堂之主保节，各路朝圣者都可以享用纪念使徒及福音四书之一的作者圣路迦的仪式上的餐食（圣路迦教堂就在修道院前面不远处）。院子里熙熙攘攘站满了年轻人，男孩子都留着长胡须，女孩子都戴着头巾（依照俄罗斯东正教的传统，女性不戴头巾不宜进入教堂）。

那里接待我的是一位个子不高的修女，脸上洋溢着亲切的笑容，她就是令我永生难忘的学识渊博的玛格达莉娜修女，同时也是一位技艺精湛的圣像画家。我能感受到她的真诚，于是便向她倾吐了我内心的焦虑和痛苦——我爱中国，想一辈子致力于汉语学习，但在中国，我该如何继续信奉我的东正教（1992年的我，尚未决定是否选择修行之路），那里恐怕连一座东正教堂都没有？我内心矛盾不堪、煎熬难耐。玛格达莉娜修女听了我的自白，对我的困境深表同情，最终正是她的宽慰令我感到释然。她能言善辩，给我讲述了日本圣尼古拉斯（St. Nicholas）的生平故事：尼古拉斯二十八岁就选择只身前往日本，在那里学习了八年日语，向日本人传播了东正教的信仰，并最终成了第一位东正教的日本圣人。听了这个故事，我感动得热泪盈眶，虔诚地祈祷有一天我也能像圣尼古拉斯一样，把我的东正教信仰与我挚爱的中国人民分享。像个幼稚的孩子，我一边祷告一边落泪。

后来，我决定当修士，对失去中国梦的担忧也因此来得愈发强烈。我能感觉到我师父并不太支持我对中国的爱，或许他是担心这不利于我精神的成长——基督教人生信奉的是爱上帝，为了获得基督的爱，我们可以远离外界的一切，甚至是家庭和家人。我对基督的爱确实能达到这种程度，我本人也确实离开了家庭和家人，这还给我的家人和我造成了不少的伤痛和眼泪。但是，中国……中国已经烙印在我内心深处的一个隐蔽角落，我会让它一直埋藏在那里，永远也不会将它彻底抹去。

1995 年毕业前夕，我得到了一个难得的可以去中国学习一年（并获得硕士学位）的机会，但我坚定地回绝了，当然我给出的官方理由并不是我内心的真实想法。真实的情况是，我已经无法离开修道院，我的精神导师对我说，如果我去了中国，就会断送我的基督教人生。就这样，我毅然决然地回绝了远赴儿时梦想国度的宝贵机会。

那段时间，我总有种预感，好像等我去了修道院，去了我心灵的归属之地，就必须得放弃所有与汉语有关的学习机会。这种感觉再度引发我内心的强烈不安、恐惧和难过。我开始向伊尔库茨克的圣主教英诺肯提祷告，圣英诺肯提在中国被视为东正基督教的守护圣人。我开始加倍刻苦地学习汉语，担心一旦毕了业，便再也无法从中文系图书室借书了，我甚至强烈地感觉到自己似乎马上就要与所有中文书说再见了……于是，我大量地借书，大量地阅读……有时一读就是一个通宵。其中有一本书令我永生难忘，那就是巴金先生的《家》，我记得自己凌晨三点读完了最后一章，泪如雨下、抽泣不止，眼泪一半是为了鸣凤，另一半是为了我即将告别的中文书。再一次，我诚心地向伊尔库茨克的圣英诺肯提祈祷，请求他永远不要让我断送我与中国的联系！

1996 年，我搬出了自己住的地方，永远地搬进了“修道院”——2001 年以前，我住的一直是我侍奉的主教的私人住所。后来，我们终于有了自己的房子，虽然是很小的一栋，但它成了我的修道院，虽置身乱世，却与世隔绝。

那段时间，我虽然已经毕业，但还未拿到学位证书。不过，我已经穿上了修行长袍，告别了那个“残忍、污浊、日渐衰败的世界”。

焚毁桥梁

自从我回归了东正基督教，也即刻开始了我本人的“过渡”时期。当时的我还是索菲亚大学中文系的学生，所以还不能如愿穿上一袭黑袍，但我已经渐渐做好准备，准备与外面的世界割断联系。我的决定令我的父母非常伤心，特别是我的父亲——时至今日，我对此还心存愧疚，当时的我为什么那么笨拙直白、思想简单，简直到了愚蠢的程度。

我的新世界如火如荼地绽放，而我的旧世界却已被付之一炬，我努力将自己解救于旧世界的烈火——解救于骄傲、欲望、贪婪和仇恨——我具体的做法就是摧毁连接我与外界的所有桥梁和道路。问题是——我曾走过的路太多了，要想彻底摧毁，就意味着我要切断我的家族历史，甚至包括我与父母和爷爷奶奶曾有的温暖生活。而他们，特别是我的父亲，曾经给予我太多、太多亲情，无论我怎样小心翼翼，都将给他们带来巨大的伤痛。但是，我实在别无选择……

我最先烧毁的是连接了我和音乐的桥。

我与音乐的渊源可以追溯到很多年前，那会儿我上七年级，正面临着中学专业院校的选择。我当时有三个想法：艺术、音乐和语言；这三个领域，我都颇有天赋，能为我未来事业的发展打下良好的基础。事实上，音乐是我最看好的方向——我非常小的时候就有了非常精准的音乐记忆，我的内心总是流动着旋律，每天都会花时间用现成的或自创的音乐来表达我内心的欢愉或忧郁。上学期间，我每天会听好几个小时的音乐（而不是花这些时间去“交际”）。小学一年级到七年级，再加上刚上中学那段时间，我始终坚持去塞夫列沃儿童音乐学校学钢琴。音乐学校教授的课程当然不止钢琴，我们还在那里系统地学习了音乐史、音乐理论和试唱，等等：十二岁生日那天，作为生日礼物，我收到了人生第一部留声机唱片——披头士的《情歌》——正是它激发了我对现代（即非古典）音乐的热情，我开始学习弹吉他，学习唱披头士的歌曲。

对我之前做的所有选择，父亲都给予了我大力的支持。他甚至还想方设法帮我淘弄披头士的作品（二十世纪八十年代，没有点关系和朋友，想弄到披头士的作品着实不易，只能通过非正规渠道才能获得）。

我的“音乐史”还见证了我成立的几支乐队，第一次是与普罗夫迪夫英语学校的同学一起，不过我们聚在一起更像是一种消遣。第二次是与我父亲的朋友伊万·卡尔切夫（Ivan Kalchev）一起，他结婚时，我的父母是这对新婚夫妇的证婚人及其未来子女的教父母。伊万·卡尔切夫是个很有天分的歌手，在他音乐发展的道路上父亲向他提供了许多帮助。他曾经有过自己的乐队，也曾去挪威打拼了几年，为了生计，也曾在各种公共场合做过表演。每次回到保加利亚，他都会在饭店演出，我刚好有机会与他进行了一次“专业”合作，说专业是因为——为我的演唱现场伴奏的是专业乐队，并配有专业的音响。我和伊万成立了一个二人组合，起名“两代人”，我们不仅在普罗夫迪夫广播台录制了两首自己的作品，还参与了好几个广播表演和访谈，甚至还上过一次保加利亚国家电视台。当年的我已经考取了索菲亚大学，成了一名大一新生。

作为流行歌手，我的最大成就还是要数1991年参加的一次达人秀，主办方是保加利亚国家广播电台和电台乐队指挥威利·卡扎斯扬（Vili Kazasyan，1934—2008）。当时的达人秀与如今类似的节目没什么太大的区别，比如英国的“达人秀”或“好声音”等——当然，很多国家都有类似的节目。当时是父亲发现了那个选秀节目，强烈鼓励我报名参加。我接受挑战，参加了第一次试镜，演唱了约翰·列侬的《想象》，然后就晋级了真正的挑战赛。所有参赛者都要演唱两首歌，一首英文、一首保加利亚文。英文歌我选了面包乐队的《没有你的爱，我迷失了自己》，保加利亚文我唱的是保加利亚伟大的流行歌手瓦西尔·德诺夫（Vasil Naydenov）的作品《适应》。选秀比赛我获得了三等奖，我的演唱得到了专业人士的赏识，甚至好几家非常有名的流行音乐公司都向我抛来了橄榄枝。但1992年的夏天过后，我的心灵已经离尘嚣越来越远。父亲带着巨大的遗憾卖掉了专门为我买的昂贵的罗兰德（Roland）混音设备。不仅如此，我与所有现代音乐统统做了了断，一心只听古典和中世纪教堂音乐，但我知道，就连古典音乐我也听不了多久，师父对我非常严格——他认为修士的灵魂不应与外界有任何联系。

那些都是我热情似火的岁月，这样的日子将一去不返。（但是……谁又知道呢？）除了音乐，我还得放弃文学，因为我写的作品，特别是我的诗歌，充满太多激情的梦想和非基督教的情怀。而我，要像最原始的基督徒那样生活，绝对不能多愁善感，对此，我心意已决，不容妥协，家人为此流了好多眼泪。现在想想，最令我后悔的是我当时的草率决定并非出于爱——对真理和上帝的爱——而是因为对这个世界（包括对保加利亚当时被迫选择的社会制度，而非对保加利亚人民）的恨。二十世纪九十年代初是保加利亚最黑暗的岁月，政府许下承诺将带给人民光明，但黑暗却成为永恒。我们过去的一切，包括仅存的道德和宝贵的语言，都不分青红皂白地遭到了毁灭。

我感觉自己迫切需要彻底净化，纯洁、忠贞——这些字眼成了我那段时间日记里的热词。

接着，我焚烧了带我通向世俗文学的桥。出于正当但恣意的热情，我把之前自己创作的所有作品——诗歌、日记、短篇故事——一股脑烧掉。这还不够，我还交出了自己全部的文学收藏。我爱上了极简生活，抛弃了一切不必要的东西，既然音乐和书籍是我的仅有宝贵财富，那最先抛弃的就该是它们。我要切断我与世俗的一切关联，让我的内心得到绝对的自由。我希望自己带着赤条条的灵魂走向荒野的人生。

但是，有些东西，即便我不愿承认，早已经深入我心，无法割舍。

修士堂吉诃德

一朝成为文人，就意味着一辈子都是文人。早在上学前班的时候，我就已经表现出了对书籍的热爱，即使把我扔到偏远山区的山洞里独自生活，我也会带上我的书陪着我。我想我最可能带走的除了《中俄大词典》，还有我那古老的斯拉夫语的圣经。

我彻底投入到我的新喜好中，每天阅读教会书籍，早晚用教会斯拉夫语做祷告，而且斋戒生活也开始了一段时间。

我深感自己属于上帝，属于他的神圣教会，每天，我都因生存的意义和伟大的使命感而倍感充实和积极。后来，我意识到这种感觉一直陪伴着我——有些事情必须要做，就是因为它深远的意义重于我们短暂的世俗人生。这么一想，一件事越难，需要付出的代价越多，也就显得越有意义，否则就不值得我们付出孤注一掷的努力。作为东正教基督徒，我的毕生追求就是内心的善良和纯净，我会永远忠于东正教古老的真理。

这需要我用一辈子的时间去学习、阅读、找寻到人生真谛和无私忘我的新境界。首先我能做的就是全心全意钻研上帝的圣言，即《圣经》及其他一些古书。

东正教的修行需要奉行三大德：对师父的顺从（所谓师父，通常是指具体某个修士，最好是生活圣洁的修士）、朴素（也可以说是清贫）、童贞（或贞洁）。这是东正基督教修行的三大基石，没有它们，也就没有真正的修行。东正教传统对这几点的规定非常严格，不仅要求肉身做到这些，就连在精神世界也必须严格奉行。不洁的言语和行动自然属于违规行径，但就连叛逆的想法、物质的欲望、淫乱的意象，甚至是睡梦中的儿女私情都是修士修行的劲敌。事实上，如果我们做不到绝对的诚实坦诚，那整个灵魂的修行之路就毫无意义。具体说来，尊师，要求我们日常生活中哪怕再小的事都必须征得师父的赐福（即允许），包括读一本书、（为了虔诚目的）外出、召集集体祷告，等等。对于年轻人来讲，这样的生活刚开始很容易，像做一个游戏，但渐渐地，这种违背自身意愿的生活方式——哪怕小孩子都不曾体验过的自我否定——成了我无法忍受的podvig[①]（克修），几乎没有几个真正专享上帝祝福的（或被假师父欺骗的）灵魂能够忍受。

客观条件所致，我的修行过程只能在首都完成。我隐居在一间狭小的公寓房里，任凭索菲亚的芸芸众生在我周遭活动，任凭全世界监督我的修行。目光总会出卖你，不管你内心有多么坚定的忠贞，对于我一个年轻的弟子来说，做到贞洁绝非易事。于是，我尽最大努力让自己沉浸于书海，潜心苦读、祷告，这样的生活一直持续到2010年，自那年以后，我便永远告别了修道院。事实上，我开始隐居那年是1994年，当时我只有二十二岁，待我重新回到俗世，已经有三十八岁的年纪。过去整整十七年，我的心里和生活中只有上帝和书籍。

修行之初，我要接受很多考验，以证明我的心已经与汉语和中国文化划清了界限。只有这样，我才能让师父相信我修行的心无比真诚、强烈、至死不渝。在这方面，我已经尽了自己最大的努力。

自从我与东正教和它禁欲的教义结缘后，我就开始了自我否定的生活，我对极简的生活并不陌生，本来就没什么家当（除了一些书，这你猜也猜得到）、没什么朋友、没什么"乐趣"，

① Podvig系东正教术语，是指自愿承受苦难的灵修功夫。

所以修行的生活对我来说并不难。老实讲，对追求“享乐”和“自在”的世俗生活，我无比质疑甚至鄙视。对我来说，一件事如果没有深刻的意义，如果稍纵即逝不留痕迹，那它便是一种浪费，甚至是一种卑劣行径。“性行为”也属于这种情况——如果不是为了结婚或生养——“性行为”就是不洁的可耻行为。我需要付出巨大努力才可能打赢这一仗，二十二岁的我，决定终生保持童贞，一生修行。东正教义教导我们，哪怕是一丝不洁的想法都会散发出肉欲罪恶的污浊，于是我便尽最大努力远离姑娘，远离我国新兴的“民主”报纸以及媒体不知羞耻地向大众展示的下流图片。出于同样的考虑，我也戒掉了看电视的习惯，最后一次去看电影大概也要追溯到 1991 年或 1992 年。

待我开始了我的修行之路，我亲爱的中国梦中女孩也被我一并放逐，我真切地意识到“过往一切”可能导致的潜在风险，所以盲目地毁掉了之前撰写并收藏的所有诗歌、短篇故事和其他作品。自我否定像一股旋风，像一阵暴雨，我希望经历了它们，我的良心能得到净化，过去所有的幻想和对上帝法则的践踏都能得到洗刷。如同堂吉诃德在读到关于骑士精神的小说时有所领悟一样，我在研读《列圣传》时，也和堂吉诃德一样幼稚地认为，要想得到重生——不是肉体的重生，而是精神的重生——我必须将之前的自己彻底焚毁。我了解到许多圣人，他们为了成为全新的自己，便十分残忍地对“过去的自己”下手，有些甚至丢了性命。

入住新居所后，我不仅中断了汉语学习，甚至连那四册大词典也碰都不碰。我把它们放在衣柜顶上，连看也不敢看一眼。起初，我的新生活非常忙碌、美好而专注，让我疲惫到想不到还有其他事要做，但渐渐地，我那休眠于良知下对中文的爱被再次唤醒。最开始，我时不时会羞怯甚至内疚地问师父，可否让我继续学汉语，并说我只是想巩固之前学过的知识，但师父的答案是：不行。

我等啊等，不知过了多久，我又尝试了一次，答案还是：不行。

痛苦，切实的、隐隐的痛苦，我始终无法摆脱。每次看到词典，我的内心都充满恐惧和无声的哭泣。

1997 年，我们前往澳大利亚参加纪念活动。为了让我准备给悉尼卡巴拉玛塔（Cabramatta）的华裔东正教徒的演讲，师父终于同意我继续学习汉语，但同时也警告我不能过分依赖。我欣喜万分，默默流下眼泪，跪在地上，为没被伊尔库茨克的圣英诺肯提放弃而祈祷。我感觉，虽然我想以更高尚的天国之爱为借口否定我对中国的爱，但却发现自己对中国的爱更加浓烈。

我信奉东正教，但也胸怀中国梦

澳大利亚之旅是我修行路上的重大转折点，不仅给了我巨大的灵感，还让我有了两个意外收获。去澳大利亚之前，师父同意我写一篇教会斯拉夫语的礼文，我满怀热情和感动完成了这一使命。

一切准备就绪，我把我的作品发给曼哈顿伊拉里翁(Hilarion)主教（现任都主教兼域外俄罗斯正教会的首主教）请其确认，他十分满意。于是，1997年6月23日和24日两天，卡巴拉玛塔的东正教堂使用了我创作的赞美诗。我对基督的爱和对中国的爱终于有机会合二为一，当时我内心的感动和幸福，恐怕这一辈子都不太可能再有机会体会！我的第二个收获是在澳大利亚结识了世界著名的汉学家兼虔诚的东正教徒耶利米亚·L.诺曼(Jeremias L. Norman)教授（1936—2012）[①]，并与他结成了长久而深厚的友谊。自信奉基督教以来，我第一次不再需要否定自己对中国的爱，虽然我自己的主教和师父并不鼓励我的中国情结，但我终于找到了一位挚友，并且得到允许继续使用我的词典。无论如何，长久以来一直郁积我心中无法忍受的痛苦终于告一段落。

因为我答应为澳大利亚东正教会翻译东西并为其创办小型杂志《正光》（意为东正教之光），所以他们帮我买了一个专属于我个人的第一个汉字输入应用软件，安装在了我们修道院的第一台电脑上。虽然只印了两期杂志，但真正令我开心的是自己终于有机会在教会使用中文了。

终于能再次使用汉语开展工作，于是，我第一时间请

---

① 参考 http://asiasociety.org/education/remembering-professor-jerry-norman。

求师父答应我从之前就读的汉语系图书室借阅中文书。之前教过我的索菲亚·卡特洛娃（Sofia Katârova）教授给了我很大的帮助，因为我已经毕业，所以只能用她的图书卡借阅。我借的第一本书是《红楼梦》，多年后重读它的第一章，我激动不已；但待我读到第五章末和第六章初描写宝玉的春梦以及他与丫鬟发生关系的部分时，我内心感到强烈的不安。我毅然决然地把书收了起来，之后很长一段时间都把它当成违禁的淫书。你看，孤立于现代社会外的修行（或单身）生活已经令我在基督教思维下（特别是内心）对得体的认识及对欲望和诱惑的敏感无比强烈，到了俗世之人无法想象的程度。我想，儒家对人性的弱点非常了解，像东正教徒为虔诚所做的努力一样，儒家弟子也基于可见的心理本质为恰当行为制定了标准。事实上，只有当你吞下过欲望的诱饵，或你的心灵一直都沉迷于淫秽，你才会对诱惑有更加敏锐的反应。之前我接触过的“西方文化”已经给我灌输了太多的想法，对我来说，哪怕是一点点微小的刺激也可能带来巨大的风险——敏感的灵魂可以被西方享乐主义文化轻松点燃。

为此，我严禁自己继续阅读《红楼梦》。

但与此同时，我又不断利用最初安装的互联网来寻找汉语对真善美的诠释，其间，我查到一本非常有趣的书，以前从来没听过，书名为《围炉夜话》，作者王永彬，该书可以说是一部儒家思想集锦。这是一个暖心的发现：儒家对真善美和高尚人生的认识与东正教的教义不谋而合！那一刻我才明白，保加利亚的东正教和中国的儒家思想正是我们两国传统文化如此契合的真正原因。多年以后，我娶了我的中国妻子，再次为自己的推测找到无数证据——刚认识，我们就发现彼此的价值体系非常相似。后来的婚姻生活也充分证明我东正教的背景和她深入骨髓的儒家思想从未发生过任何实质性的冲突。我发现，正是因为她的中国文化背景，她信奉东正教要比现代西方女子容易得多。

我继续学习《中俄大词典》里的内容，继续把东正教的文章译成中文。大词典让我对古汉语的措辞有了更加深刻的认识，词典里用的都是繁体字，这为我后来翻译繁体撰写的汉语文学也打下了良好的基础。那段时间，我在网上阅读了大量的中文古诗。为了方便学习，我还把它们打印出来，此外，我还从书上抄了几百页的汉语单词、词组和段落，希望能把它们统统记住。

文学的明快色彩

不管尽多大努力，我始终无法放弃对文学的追求。如果失去色彩明快的文学世界，我将生无可恋。

就这样，我重拾了已经放弃了多年的文学创作，但这次，我写作的目的发生了天翻地覆的变化，我不但效仿优秀的传说故事以打造美好的幻想世界，而且还会在写作时，保持明确的宗教意识。因为这点，我的写作方法也呈现出以美刺为核心的中式风格：既歌颂，又批判。一方面，我开始使用保加利亚古文创作教会赞美诗和祷告词，若不是有教会，保加利亚古文的俄语发音变体，即教会斯拉夫语，根本无法得以保留。我的整个写作过程既纯净又充实，尽管我想烧毁连接我和过去的桥，尽管我想在废墟上重新开始，但却发现自己再次偏离初衷回到了过去的理想和浪漫。在我当下正在撰写的小说《回归》中，我描写了自己的那段经历，讲述了一个唯美而伤感的故事。故事中，一个年轻的保加利亚家庭选择归隐深山，回归远古生活，他们想保护自己的儿女免受日益堕落的现代社会的影响，希望在与世隔绝的环境下将他们抚养长大，只教他们说保加利亚古语，即十一世纪的传统语言。事实上，这部作品反映了我早期求学期间的许多想法。

我写的最多的作品是短篇故事、散文、随想和儿童故事，但我也投入了大量的诗意和热情在赞美诗的写作中。我的写作天分得到了我的教会的认可，还因此被任命为圣卢克出版社的撰稿人兼编辑。

在我“文学的第二阶段”(1993—1996)，也就是我就读汉语系期间，我开始重读童年的书籍，特别是那些故事类作品。我之所以这么做，主要是想收集适合孩子阅读的故事和传说，希望至少能够抵消那些愈发做作、夸张甚至卑劣的“儿童”文学所造成的负面影响。那些电子游戏和经典电影的翻拍更是不可理喻，如果用经典的标准衡量，它们简直粗鄙不堪、破绽百出。多年来，保加利亚一直崇尚无神论，因此在我们的儿童文学中，基督教道德和形象处于一种完全缺失的状态。为了完成作为一个年轻作家的使命，我开始为儿童和我这样的年轻人撰写传说和故事——包括《花开枝头》《夜晚》《那个女孩叫孤寂》《幸福啊，纯洁的人！》《忧伤之人的喜悦》《歌曲》和《小蜘蛛》，等等。

在我撰写的所有童话、故事和信件中，你都能嗅到一丝味道，那就是我在崇尚刺激、道德缺失的世界里对美好事物一直有着不切实际的追求。虽然我的故事内容都是虚构的，但却无一例外都来自我真实的感受。比方说，我的短篇故事《歌曲》讲就是我乘公交车上学路上屡次“发生”的故事，因为是文学创作，我把个人经历进行了浓缩和集中的处理。故事的主人公名叫叶夫吉尼，是个青年人，保加利亚的社会道德沦丧给他带来了巨大的压力和痛苦。公交车就是社会的缩影，鱼龙混杂，就连车上乘客使用的语言也是五花八门。同样地，在保加利亚“民主”时期之初，公交车已经成了人们日常发泄喜怒哀乐情绪的地方，也是展现无形冲突的舞台，凸显了叶夫吉尼（Evgenii）那年轻的灵魂与物欲横流的世界格格不入。他费尽心力，尽量不对他人的道德选择品头论足，但与此同时，他又会因为他人道德的缺失感到万分的痛苦：

“欲望，总是让人两眼放光，”叶夫吉尼思忖着，“他们以为那是与生俱来的天性，或许正因如此，哪怕欲壑难填，他们也总是心安理得，仿佛自己的做法并没有任何异常，更有甚者还觉得自己的做法不仅正确，而且正当。在当代图书中，你能找到哪怕一页的内容未被无处不在的腐化堕落污染吗？报纸也罢、小说也罢、哲学专著也罢、诗歌也罢——无一不在鼓吹这种堕落，宣扬无法遏制的、污秽的欲望……他们甚至连儿童文学也不放过！历史上，何时有过这种状况：误人子弟的做法竟被当成培养孩子的正确方式？我儿时读过的作品，翻版再印时竟被配上了令人作呕的插图：那曾经谦和的少女——睡美人，俨然已经沦落成了无耻的好莱坞荡妇，眼里充满了欲望……哦，我的上帝！过去几百年的基督文化和内敛的希望都去了哪里？谦逊的道德美人都去了哪里？‘纯洁美丽的双眼’‘孩子的灵魂’都去了哪里？……

眼下，我亲耳听过的！小孩子的用词，若是回到我的童年时代，简直无法想象，那是只有流氓才会说出口的话；公交车上，我听到放学回家的孩子们吹嘘自己从录像或杂志上学来的关于男女之事的‘成就’和‘功绩’——在我爷爷奶奶的那个年代，这简直是罪过，到了我父母那一代，社会虽然开放了一些，但也绝不会有人在公共场合提及此事。还有一次，我听到一个只有两岁左右可能连‘妈妈，我爱你’都说不顺的小女孩，竟然冲着将自己带到人世的母亲说出一句脏话，我简直不敢相信自己的耳朵！”

……

见证了公交车上的一幕又一幕，叶夫吉尼闭上了双眼，仿佛要与周遭的世界隔绝开来，他内心听到了神圣的教会赞美诗——《尔童贞之美》，那是一首赞美上帝母亲的作品。歌词冲出他的灵魂，带给他无尽的宁静，霎时间泪水夺眶而出。但是，他突然意识到周围人的目光，于是选择就近一站跳下车。走在街上，他呼吸着清晨清冷的空气，“东方，朝霞泛红，迎来了金色的晨光……”

《那个女孩叫孤寂》讲述的是一个以现代世界为背景的童话故事，宣扬的是孤寂之美：人只有独处，才能活得简约而纯良。故事中的女孩不仅拯救了邪恶之城的孩子们，还教给他们朴素生活的真谛。写作过程中，我效仿了中古世纪汉语中篇小说的写法，在故事中穿插了许多古典风格的诗歌。

在我最初的故事中，我的用词非常讲究，希望能把丰富精美的词汇呈现给读者。我早期创作的一个重要目的就是要展现保加利亚语言的华丽及丰富，事实上，即便到了现在，写作时我也会考虑这一点。但同时，因为我对古语的执着，我的写作风格似乎也总是倾向于使用大量传统而古典的表达方式，这也能解释为什么后来我一直钟爱阅读并翻译中国的古典文学。

“我的祖国已病入膏肓”

诗歌一直深深扎根在我的心里，无论如何，我也无法放弃。但教会诗歌已经无法满足我发泄心头情感和思绪的需求，于是，我开始像读书时一样撰写广义的诗歌。后来，我把我这个时期所创作的诗歌都收集了起来，编纂成了一部诗集，起名为《献给故乡和内心的忧伤曲调》。如今，保加利亚已经完全占据了我的思想，成了我的痛苦和忧伤，它的苦难成了我的主旋律，也自然而然成了我诗集的主题。

1999 年我听到一首令人心碎的歌，歌词源自俄罗斯诗人谢尔盖·别赫特夫 (Sergei Bekhteev) 的一首诗。他的诗歌都是在祭奠他沦陷的祖国，其中一首非常打动我，让我也燃起了献诗祖国的想法，毕竟我的祖国也已陷入四面楚歌的私有化危机和经济日渐萧条的泥潭。这些诗成了我心中的“楚辞”，是我对每况愈下的保加利亚社会发出的哀恸。曾经社会主义的保加利亚绝对不会让受过良好教育的人沦落到在垃圾箱里翻找面包以求果腹的窘境：

大地寒冷刺骨，
阳光洒在盲人身上。
那边有一位老人：他灰心地
在垃圾箱里翻找吃食果腹！

他眼中没有一丝希望，
灵魂已被垃圾埋葬，
如同我们的保加利亚，已被痛苦埋葬，
骗子和叛徒却为虎作伥。

此刻的“祖国”没有任何怜悯之心，
此时的世界根本没有爱的充盈。
基督教谴责的一切罪恶，
我们的人民都糜烂地沉溺其中，丝毫不计后果。

记忆中那美好的保加利亚啊——
那无人怜悯的老者——
本应安享晚年的时光，
他却流落街头，在垃圾中独自毁灭。

（《老者》，2001）

令我感到心痛还有我国对不雅事物的疏于监控——我之前就说过，粗俗无礼已经遍布全国，即使到了现在，情况也没有明显改观。二十世纪九十年代初，色情图片充斥着每一张报纸，即使到了昨天（2017），我发现附近超市还在出售《花花公子》。我写的许多诗歌和短篇故事，讨论的主题都是社会堕落，当然，我对色情艺术本身没有任何偏见，只要它们处理得唯美含蓄（而非粗俗露骨），只要可以避免影响儿童……以下是我另一首小诗，灵感来自中文小说《孽海花》之名：

花朵落入淤泥，
山林褪去青绿，
冬日来临，春花散尽，
童年已消失不见。

从成熟的婴孩眼中，
我看到罪恶轻蔑闪过，
那纯真的眼眸不知去向何处，
幼小的心灵在喧闹中萎靡。

多么恐怖！——这个世界，
一个孩子，竟深陷沼泽，
在灯红酒绿、醉生梦死中长大，
活成了一朵孽海花。

农村逐渐消亡，因为它们根本留不住当地的年轻人。看到我的长辈的境遇，我心如刀绞，多年来他们辛苦劳作所得的积蓄，顷刻间被新时代的巨鲨吞噬殆尽。我爷爷奶奶那一代老人，不该拥有这样的命运！面对过渡期的国家，有些人甚至选择自行了断。后来我才发现，我在下面这首诗中描述的情境在许多人的作品中都曾出现，包括弗拉迪米尔·扎雷夫（Vladimir Zarev）、高尔基·斯托耶夫（Georgi Stoev）、斯拉维·安格洛夫（Slavi Angelov），等等。

我的祖国已病入膏肓。
她眼中
已彻底褪去了告别的光。
照亮了我备受奴役的祖国的寂静月光，
刻薄地掠过，好像已经为杀戮做好了准备。

保加利亚决疣溃痈，
流氓地痞，恶贯满盈，
他们四处叫嚣、奸淫掳掠、无恶不作，导致人心惶惶，
就连我们的语言也遭到滥用、谩骂和中伤。

地痞流氓，西装革履，
油头粉面，道貌岸然……
我们那被囚禁的土地上，散落着味道刺鼻的露珠，
它们在光秃秃的草原上若隐若现。

那是一个瘫痪的时代，灵魂已行将就木。好在，天空中还有星星，泥沼里还有百合。

每个人对祖国的爱都深沉而美好。我曾经多次在索菲亚附近的山里徜徉，倾听过往无声的话音。内心深处，我听得见人民在痛苦中哭泣，我能做的只有不断、不断地为他们祈祷。我躲回到过去，住在幽暗的小教堂里，四壁画着漂亮的图案——渐渐地，我爱上了保加利亚的过往，宁可与生机勃勃的死亡相伴，我也不愿迁就行尸走肉般的生命。我对过去黄金时代的追求非常有中国特色，汉语中还专门有个词形容这种情愫，即“怀古”。我的感怀如此强烈，真想一辈子待在那种情绪里永不出来。那段岁月，我为我热爱的保加利亚默默流下了太多眼泪。

青山巍峨

不论是当时修道院的生活，还是如今书房里的研修，我都好像在乘船远游——船不靠岸，就无法下船。修行期间，每年我都会跟随师父去山里徒步一两次，首选都是我家乡间别墅所在的斯托基特，冬天、夏天我们都去过那里。后来，我们有了更远的目的地：雄伟的罗多彼山脉间悠闲的格拉村。

巴尔干山脉和罗多彼山脉的共同点就是雄伟巍峨，保加利亚优秀的作家常常将这两座山写进他们的民谣、诗歌、短篇故事及小说等作品中。

从一开始我就不喜欢生活在乌烟瘴气、喧嚣拥挤的首都，那里让我感到十分压抑。虽然理想主义让我在那里坚持了一段时间，但后来内心反抗的声音简直呼之欲出。骨子里我一直就是个农村小孩，这一点永远也不会改变。因此，走进高山大川对我来说不仅是为了呼吸新鲜空气，更是为我提供了灵感和活力的源泉。保加利亚山区的美，溢于言表！我国“巴尔干瑞士”的美名绝对实至名归！

每次回到巴尔干山区，或是后来造访罗多彼山脉，过去梦想的色彩、遗憾的怀旧情结和保加利亚土地带给我那深深的归属感都会令我的宗教生涯掀起波澜。诗歌、故事、传说，从四面八方朝着我的心扉低声细语，让我注意到身边发生的潜移默化的悲惨变化。我们山间别墅的所在地——斯托基特村——在我年少时曾是那么生机勃勃，除了当地人，周边地区的人也会去那里的别墅度假。那时候，房前的草坪都打理得井井有条；那时候，羊儿成群结伙地在山坡吃草，年迈的牧羊人虽饱经风霜却面带微笑；那时候，山间有四通八达的羊肠小道。

2014 年，待我再次回到这里，发现剩下的只有萧条和忧郁。大量的房子已经废弃，原来住在那里的人都搬去了更好的地方；年少的我曾经走过的乡间小路已是杂草丛生、人迹罕至——有些老路甚至已无法通行。在集合了我所有诗歌的诗集《山野气息》（我正在将其翻译成中文和英文）中，我把自己长久以来的伤心感触记录了下来：

……温和的村民逝去，

树林和村庄也消失殆尽。
保加利亚何在？

那段时间，即二十世纪九十年代初期和中期，在高山丘陵、山谷小溪里重新发现保加利亚的悸动让我创作出了大量的诗歌、散文和短篇故事。包括我正在撰写的小说《回归》。亲爱的读者，请你牵起我的手，让我带你一起游历我的祖国，领略它无尽的魅力和传奇！

下面这首诗，我要献给秋番红花，某年秋天，我和最好的朋友曾一同将它摘下：

除了天空，世间没有比它们更加柔美的颜色！
热情无比，却保持温暖的沉默，
泪光中，闪过童年，
那不曾被盗走的快乐——无法言说，不可捉摸。

明日，即使没有它们青草也会苏醒，
蜜蜂将被冻结在没有花朵的叶间。
而它们，会在圣像旁闪闪发光，
弥留之际，选择将你我原谅。

诗歌是上天赐予的礼物——能记录我们人生最宝贵的时刻，能展示困在渺小躯壳下不为人知的伟大。

巴尔干（老山）的五月，精彩依旧：

下了一天的雨，我们刚刚踏上老山的地界就感到沁人心脾的苍翠。

整个世界绿意盎然！绿油油的山间小路上点缀着罕见的丛生植物和小簇的花朵，调皮地向你飞溅出晶莹剔透的雨滴。小巧的露珠、小巧的雨滴，还有那满眼的碧绿。远离都市的美好时光啊！保加利亚的芬芳！我眼前的一切——每只昆虫、每叶青草、每朵天竺葵和野百合都好像会讲保加利亚语一样，用我们共同的语言在我耳畔倾诉衷肠。此时此刻的我和小草、飞鸟一样，心中毫无积怨，毫无忧愁，毫无愚蠢的纷争。

来到这里的第二天夜里，我把房间的窗子完全敞开，我想清楚地听见那外面带着露水的蟋蟀一波接着一波的歌唱。一切仿佛回到了五十年前，这歌声应和着山间河水的微波潺潺，萦绕在被雨水打湿的枝蔓间。

万籁俱寂——仿佛回到了几百年前。老山那美好的夜啊，还唱着昔日的歌谣，那个胜国的歌谣。这难道不是因为那片苦难的土地依然带着沉重的枷锁？

我真想成为一只渺小的蚂蚁，远离人间的罪恶。在一堆思路清晰的疯子中间做一个真正的疯子，这太过荒唐，还是让我当一只蚂蚁吧……这样，我就可以远离人群和他们的恶意。

终于，碧蓝艰难地穿透厚重的云朵，染遍了天空，天空也随之舒展开来，给了大地一个淡淡的微笑。远山解开紧锁的眉头，水流潺潺的露珠河上泛起了朦胧的迷雾。

一切都变得陌生：一切都藏在了苍翠背后——连绵几日细雨后那浓郁饱满的翠绿背后。青草也欣喜若狂——经过整个夏天的燥热，它们不知自己为何会得此恩宠！山路两边的原野上装点着七星瓢虫——它们肯定是把自己当成了野草莓，落在青草间一动也不动——啊，那落满七星瓢虫的原野。车前草肆意长得老高，中间伸出几朵淡黄色的野花，我不知道它们的名字，索性唤它们叫小金花！顾名思义，它们像极了散落在草丛间闪闪发光的金币！别的花儿我也叫不出名字，淡紫色的花朵簇拥在一起——我姑且叫它们紫莓。上帝的人间是多么美好！

草地上还点缀着一种有五片花瓣的花朵，再优秀的画家恐怕也难把它们画到画布上。我自然也不知道它的名字，花瓣呈淡雅的蓝色，看它如此聪颖低调，我想它或许是五月天空遗留在大地上的孩子。

如果每朵花都是一首歌，那我眼前定是在上演一场无声的交响乐——有的低吟，有的哼唱，有的无声地蜷缩在青草间等待加入整齐划一的合唱，有的声如洪钟，有的大声回响。所有花朵虽静默无声却和谐一致，那是山谷间独有的默契。我真同情那些生活在都市里的人，他们错过了什么！

我在一棵刚刚披上新绿的山毛榉下席地而坐，想把我看到的奇迹记录下来。百年的峭壁边，长着一棵小杉，周围随意长满了一丛丛野草；每株植物上都装饰着晶莹的露珠，那是天堂的眼泪！昨天夜里，它们翻滚着滋润了枯萎的松树和新生的山毛榉。春雨姗姗来迟，眼前的一切让我感觉那个燥热的夏天距我们已不止一年，好像已被时空的峭壁完全隔断。如今，没有什么能逃过春天绿色的蔓延，上帝的手在每一叶青草、每一片树叶上写下了明媚的诗篇！

（节选自《春日三联画》，2001 年）

巴尔干山脉也不是时刻都能焕发出勃勃生机。有时眼前死气沉沉的景象也会令人胸中郁闷，让人想回到几百年前以获得内心暂时的宁静：

对面的山脊阴沉了下来。东方的天空依旧清澈蔚蓝，像蕴藏着遗失宝藏的浩渺大海。南方的闷雷越来越近，闪电——闪着锐利的白光——一道接着一道。暴风雨来临之前的悬念，因为山林的寂静和内心特别的忧思而略显和缓。终于，五月久等的春雨扑簌簌地开始发出低语。

天空放晴后，我出门去散步，沿途看到一些旧房子的废墟，它们或许是奥斯曼帝国的遗迹。每每看到这样的场景，我总会心生幽怨，内心的平静随即也被彻底打破。

那些破败的房子都位于巴尔干半岛地势较低的高地上，要想走到它们跟前得走过连接两座山脊的一片宽广的原野。

我走近废墟，在茂密的毛草中小心前行——草地上植物繁杂，有野草、草药、山花、青草，看样子这里曾是个漂亮的花园。小鸟的啾鸣和蟋蟀灵动的歌喉此起彼伏，打破了山林的沉寂。老房子就伫立在我眼前。

我的第一反应不仅仅是惋惜。那曾经的或许属于主人的正房，现在已经残破不堪，其中一个房间只剩下了一面墙和破败的木头窗框，看样子至少有几个月甚至几年的时间没人涉足过此地。周围充斥着浓烈的腐烂木头、古老石料、农舍门槛和遥远过往的味道。正房旁是一个豢养家畜的厩楼，遗留下来的草料把石墙染成了一道道黄色，房子周围的野草已经长到齐腰的高度。每个角落都散发出莫名萧索的气息，茂密的青草在一团团矢车菊蓝色花丛的映衬下，让人更加深刻地感受到这些房子临终前的静默。

我感觉自己回到了一百年前。

那时候，这里生机盎然：鲜花点缀的草原上回荡着孩子们欢乐的歌声。眼前这枯萎的枝干上旧时或许悬挂着摇篮，里面躺着金发的婴孩——被奴役的土地的子孙。除草、修剪、锄地，艰苦劳作了一上午的新娘，终于可以 坐下来休息片刻。生活在高地饱经风霜的她，轻柔地摇动摇篮，为宝宝哼唱古老忧伤的保加利亚歌谣。此时，她那留着胡子的丈夫并不在身边——或许是在别村甚至是在国外挣钱养家，又或许是赶着羊群在山间草地上放牧。她只身一人带着孩子，既要料理家务，又要照顾刚出世的婴儿。即便如此，她也总能驾轻就熟地把一切打理得井井有条，过着所有保加利亚人曾经拥有的宁静生活。

南部的巴尔干山脉见证了所有这一切，我眼前是它白雪覆盖的巍峨山顶。但是大山却寂静无声，可怜啊，这忧伤的传说它该从何诉说。于是，它啜泣不已，直哭到茂密的野花、杂草、草药长满了山坡。

如今，茂密杂草包围的庭院和房子注定将成为被遗忘的地方。房子的主人和他的妻儿已不知了去向，他们的尸骸或许早已变成了尘埃。几十年过去了，降过的大雪、刮过的大风，摧毁了墙壁和庭院。春天，残破的家园又遭到瓢泼大雨的突袭；房子下面钻出了大量的稗子、荨麻、劲草，也没有放过曾经的家园。一棵棵大树聆听着各种声音的成长，唯独忘记了人类的语言。只有那棵躯干已经腐烂的酸樱桃树，永远铭记着母亲的忧伤歌谣，那是一百多年前它曾听过的歌谣。或许正因如此，它才成了整个园里最弯曲、最空洞的一株——这一切都因为它有着慈母般的忧愁……自那位母亲去世后，它便把忧愁压在了心底，哽咽着回顾关于另一位母亲的记忆……保加利亚，我们的祖国母亲！

（《废墟》，在美丽巴尔干的写生，2001 年）

偏离轨道

1999 年，我们教堂接待了一批来自俄罗斯的朝圣者。他们给我们带来了一些卡带，里面录的都是爱国音乐和诗歌，这些内容令我心潮澎湃，开启了我人生新的阶段——我对俄罗斯和俄罗斯文化的热爱，更确切地说，是让我对基督教和东正教产生了更深刻的情感。俄罗斯人对祖国的热爱及其为创造爱国文化所做的努力令我十分感动，他们讲究精致、崇尚经典美以及传统价值观，这一点与现代西方文化截然不同。在我看来，当今世界，除了俄罗斯，中国恐怕是唯一一个能保持超高艺术文化水准并能继续创造经典之美的国家了。

我对俄罗斯文化及语言的发掘与痴迷一直持续到2004年，而后则因爱上了金发碧眼的俄罗斯姑娘而终结。那个女孩儿名叫尤利娅（Yuliya），是我在网上结识的网友。当时的我，虽然过着与世隔绝的修行生活，但对女生的情感却来得比以往更加深厚汹涌。我一心想要离开修道院，步行奔赴圣彼得堡，就是因为那里住着我心爱的姑娘，我想去到她身边，与她为伴。不过，我无法离开我敬仰爱戴的师父，于是内心便开始了无尽的挣扎，每日每夜，我都会以圣灵、修行的名义鞭笞、践踏自己的心灵。

最终，心灰意冷的我采取了非常极端的行动：我请求师父给我改名，准我升级为长袍见习修士——这是见习修士和氅衣修士的中间阶段，需要更改名号，但还不需要受三戒盟誓。如今，我意识到自己当时的做法的确是不计后果，我不过是想通过更改名号的做法让自己摆脱俗世的自我意识，进而掩藏起自己对家的渴望。之前我就曾经因为对家的眷恋而差点于1998年离开修道院。之前我对中国的热爱与我对“中国女孩”的憧憬密不可分，而如今我对俄罗斯的热爱又与漂亮的俄罗斯姑娘紧密相连。请相信我毫无亵渎之意，在我心中，心仪的姑娘身上集合了俄罗斯女性所有的美好特质：温柔善良、忠贞不渝，基督教深入其骨髓，愿意为了我们共同的传统文化精神理想奉献终生。

再后来，我对维多利亚文学产生了兴趣，也就又爱上了勃朗特刻画的简·爱，一个生于英格兰信奉基督教的维多利亚时代女性形象。似乎，我永远无法停止对灵魂伴侣的追求，她一定得是个优雅文静的女性，愿意与我共度一生……似乎，我的修行目标远不如家庭梦想强烈；似乎，我虽然迫切渴望出离尘世，渴望为捍卫保加利亚传统东正教文化而隐居，但我尚未在社会和世间找到属于我的真正位置。

我集中学习了一段时间俄语，包括阅读、翻译等。更改名号的同时，我仿佛也更换了早已伤痕累累的心脏。因为割舍掉了爱，我的心已凄惨苍白，但（当时的我以为）那就是我的宿命，是我自己选择的宿命。经过多少个抑郁的白天和痛苦的黑夜，经历了多少次的祈祷和自责，我终于鼓起勇气，给那位俄罗斯姑娘写了一封信，那是我寄给她的第一封信，也是最后一封。寄出后便石沉大海，杳无音信。

我主内亲爱的朋友和姐妹，尤利娅，

忧伤已消散，内心的痛苦已成了过往……现在我的心中

只有与你相见和分离带给我的感动和快乐，你高尚而纯洁的灵魂带给了我莫大的快乐。虽然此生我们无缘相见，但我心中一直默默发誓，我会永远把你当作我的妹妹，至死不渝！……

我亲爱的中国读者，你一定看得出我结束一段不可能恋情的办法多么具有中国特色——既然不能相爱，至少可以成为兄妹。我当时并没意识到自己骨子里竟一直是个中国人。其实即使到了现在，我对自己的认识也不够准确。

但我对尤利娅爱得太深了，即使做了了结，还是无法释怀。于是，我开始为她的守护神迦太基的圣尤利娅撰写光荣赞歌。

从那以后我有了新名字——成为长袍修士后，师父给我起名艾弗提米（Evtimii）。我继续苦习保加利亚古语，时不时也会看看中文。然而，我对祖国保加利亚的爱惨遭美帝和西方蹂躏带给我的痛——特别在其1999年轰炸塞尔维亚之后——变得越来越强烈。在我看来，保加利亚发生的一切简直就是对人民的背叛，而人民才真正代表了我一直坚守的东正教的信仰、文化和精神价值。看到科索沃的东正教堂被几百上千人亵渎、破坏，我痛苦难耐——于是我开始学习塞尔维亚语，后来还有幸翻译了塞尔维亚二十世纪两位伟大神学家兼哲学家的作品。这两位大家相继被塞尔维亚东正教会奉为圣人，他们分别为：奥赫里德（Ohrid）和日查（Žiča）的圣尼古拉·韦利米洛维奇（St. Nikolai Velimirovich，1880—1956）和他的弟子圣优思丁·波波维奇（St. Justin Popovich，1894—1979）。

这段时间，我不仅开始用保加利亚古语写日记，还开始撰写我的小说《回归》的初稿，这似乎是我针对许多人背叛“古老”保加利亚、背叛精神传统的做法发起的一种“报复”行为。

自从我放弃了回归世俗的想法并改了名字后，我的精神世界的确安生了几年；我继续撰写新的教会赞歌和诗歌。2005 年到 2006 年，我还开始了一项新的大工程——撰写了我的第一本圣徒传记史书《巴塔克的众殉教者》（1876）。这本书激发了我许多灵感，也赚取了我许多眼泪。可以说，我把自己对水深火热中的祖国和人民的热爱、对他们坚持不懈和不屈不挠的赞美，以及对他们面对死亡时坚守信仰的崇敬，统统放进了这本书里。该书同年发表，配有精美的插图，素材都来自巴塔克（Batak）历史博物馆，在此之前，那些文献从未公开发表过。为了纪念殉教者，我还用教会斯拉夫语创作了一篇赞美诗礼典，殉教者中很多还是小孩子，甚至是襁褓中的婴儿。2008 年到 2009 年，我用两年时间把整部书译成英文，其中一些章节还被刊登在一家纽约的期刊上，编辑是已故的挚友艾萨克·兰博特森（Isaac Lambertse），是一位美国学者，对俄语和教会斯拉夫语都有深刻的认识。

2007 年，我开始了莫名的焦虑。起初，我还可以下意识控制这种情绪，甚至对其没有什么明确意识，但后来，因为自己长期独居，生命中只与宗教书籍、祷告为伴，导致我的大脑似乎再也经不起任何挑战。再加上因为无法与外人接触，我开始强烈感受到“对外界的渴望”——独居这么多年，出现这样的想法非常自然，但因为我已经抱定了修行的选择，所以这种想法显得非常大逆不道。我渴望恢复修行之前的生活的想法像种子一般不断生根发芽，终于破土而出。即便如此，我修行的决心并未因为内心的痛苦而有所改变。

事实上，我内心痛苦的根源并非对外界的渴望，2007 年也罢，2017 年也罢，我与外界的距离并没有什么差别。之前，我生活在古代保加利亚的东正教时代，如今，我依然生活在东正教时代，唯一不同的是如今的我身处在古代的中国——终日与中国的古典书籍和文化为伴；之前，我整日生活在修道院自己的房间，如今，我每天待在自己的书房，从黎明到日暮。早在 2007 年，我并不知道自己内心痛苦的根源。

或许，我需要与真正的人接触，哪怕他们不如我身边的人那般完美、那般有精神追求——我需要接触深受苦难的人，我想给予他们我的爱和感动、我的慰藉和祈祷。偶尔，我也会走出修道院，外出购物。独自漫步街头，我会想象并祈祷自己能“在外面生活”，或许我可以“成为医院的护工”，伸出双手救助苦难之人于疾苦。哪怕，我能做的只是对他们微笑，只是在修道院高墙之外为他们祷告。我产生了奇怪的孤寂感，那是一种前所未有的感觉。

伴随这种感觉而来的还有我重新燃起的对家庭生活的渴

望，这种感觉来得含蓄而缓慢。我渴望恋爱，但当时那种渴望还不够明显和强烈，还在我所能掌控的范围之内。

内心怀着对接触他人的热望，我想出了一个非常好的办法，既能让我分享我的爱，又不必与外人真正接触。我想把自己喜欢的书读给别人听，因此大约是在 2005 年，我创建了一个有声书网页——那应该是保加利亚第一个类似功能的网站。当时的保加利亚，有声书并不流行，于是我开始从我们图书室里的宗教书籍录起，此外我还录制了一些宣传道德的世俗文学和历史书籍；再后来，我又录制了一些经典小说。接下来的那段日子，我用英文录了几千页的作品，包括查尔斯·狄更斯 (Charles Dickens) 的众多经典，如《老古玩店》和《小杜丽》(*Dorrit*)，还有贝纳丹·德·圣比埃的《保罗和维吉妮》。我把这些作品，包括许多其他录音，都发布在了美国 Librivox.org 网站上，发布时我用的要么是那段时间的笔名——埃利斯·克里斯托夫 (Ellis Christoff)，要么是我的修行名号 Euthymius。直至今天，你还可以在网上找到这些免费的资源。

到了 2007 年末，我的焦虑和忧郁变得愈发强烈，这个是一个无意识的过程，所以我对付它的方式也非有意之举。我开始收听英语有声书，收看以前的英国电影。在毫无意识的情况下，我渐渐偏离了自己的修行理想，随之而来的是内心压力的加重。其实当时的我并未清楚意识到问题的严重性，尽管这种感觉已经于 1998 年和 2004 年先后发生了两次，但我以为这次不过是又一个新的“缘分”。但不可否认，虽然一切来得悄无声息、不着痕迹，但“偏离轨道”的危机已经深深埋下了伏笔。

2007年到2010年，我在担心和恐惧中结束了自己修行的理想，我永远也不可能成为一个虔心信奉的真正的修士，为了坚持年轻时修行的理想，我已经对自己非常苛刻，也为此承受了巨大的压力。如今想想自己当年的真诚执着以及不切实际的浪漫，我不禁泪如雨下。

我每天夜以继日地工作，让自己没有时间忧伤。我收听有声书，一听就是几小时，几万页、几十万页英语、俄语和其他语言的文学作品在我的脑海里过了一遍又一遍，这在打造了我语感的同时也为我愈发强烈的绝望情绪提供了发泄的出口。那段时间，我内心的绝望已经从下意识那深不见底的深渊对我虎视眈眈了许久。我尝试着利用所有可能的精神手段——拼命阅读，给自己安慰。音乐也给了我很多帮助，我开始哼唱甚至录制我学生时代的歌曲——现在想来，我简直该感到无地自容：我一个修行之人，竟然演唱世俗的音乐，真是太可悲了！但是话说回来，骨子里，我还是个修士吗？

一旦一个人的衣着、行为开始与内心、本性相悖，他就会感到无比沉重，至少我是这样。我无法做双面人，过双面的生活。我相信，任何坦诚之人都会为戴着假面具生活感到困扰，甚至感到羞耻。这也是造成我2010年离开修道院的一个主要原因——如果没有修行的心，外在的修行不过是一场令人质疑的宗教表演。

2008 年末，为了与外界分享知识和爱，我产生了在网上教英语的想法。可以说，那段时间我那压抑了多年的对中国和中国人民的爱终于突破了日渐低调含蓄的坚硬外壳，涌出了我的心房。

就这样，我告别了人生的“有声书阶段”，开始了英语教学季。我关注了一些语言交流网站，在上面交了一些笔友。然而，我内心的压抑却愈演愈烈，到了前所未有的程度。所有的孤寂感再加上我的中国梦在我内心深处纠结缠绕，残忍地夺走了我的快乐、慰藉和睡眠。于是我加大了英语工作的强度，大量地阅读、收听，希望能掩盖内心的无助失落以及无法继续修行的痛苦。停止修行绝非我的本意，若是几年前，我想都不敢想，但是，当我独居一室把最好的青春年华献给修行时，我深感自己丧失了与真实世界接触的机会——我接触不到真实的人民，无法了解他们的痛苦、忧伤、欢乐，以及他们不必亦步亦趋遵守各种规矩的简单信仰……与其做一个与世隔绝的修士，我更想拥有普通人的生活。

那段时期，也就是在我出发前往中国以前，我写下了一些极致黑暗的小诗。

我从未经历过比这更寒冷的岁月：
冰霜凝成的太阳，从地平面升起，

寒冰打造的月亮，悄悄然降落，
雪片聚集的星辰，若隐若现闪着寒光……

寒夜像贞洁烈女的头发——
一道道绿光穿透了我的心脏：
你能否听见古板的吟游诗人
乖戾躁郁的气息？

然而，这才是炙热夏日的开始：
人们挥汗如雨——而我却燃烧在寒冰里……
你能否听见这世上幸福之人
嘈杂聒噪的喧嚣？

我从未见过比这更冰冷的微笑：
冰霜的眼，切入我脆弱的爱，
只有上帝无数火热的露珠
能融化我的悲痛，
保护我那
脆弱的
灵魂。

那段时间，中国女孩的形象再次在我脑海里出现，像一个历尽时间的海洋、经过世事的变迁仍无法沉没的梦想。起初，她们不过是我诗中的爱意表达：

终有一天，我将停止心跳，
会看到大海和青草。
你也会在那里，我的朋友，
与我做最后的道别。
最后一次，牵我的手，
最后一次，与我倾诉
爱和温柔。
在抑郁的日子，我从未听过忠贞的情话，
在战斗的日子，也只听到皮鞭啪啪作响，
在孤独的日子，我强忍住泪水，
却忍不住痛苦啜泣……
终有一天，你会明白我的爱，
我爱你的土地、人民和你，
终有一天，你会怀疑我的初衷，
是否真的不求回报……
趁我的心脏还在跳动，
我希望你能给我回应：
直到有一天，我看到大海和青草，
直到有一天，我和你在那里拥抱……

但后来，我的情感越来越强烈，仿佛在寻找一条通往早期追求中国梦“秀晗”（我在 1988 年时假想的中国女孩）的道路：

草原上蝉声四起，
白色云朵轻柔地飘过天际。
我独自一人，走进它那柔软的阴影，
流着泪，穿过山野的孤寂。

露水已风干，天空高远湛蓝，
我的青春已一去不返，眼窝黑暗深陷：
我四处寻找友善的脸……却只看到无情，
我被湮没在孤寂中茕茕孑立……

我的中国女孩，你何时会用温柔的手
轻抚我受伤的心灵？
在这片孤独的土地，我对你思念无比……
一切，太过艰难……秋蝉与我一同哭泣……

天空中流动的云朵提醒我，
我的人生也在漂浮不定，带着一连串的苦痛……
何时才能结束？……我能否找到爱的归宿？……
好在，我还有一滴希望的泪水，我将它小心翼翼地保留……
那希望或许就是我对家庭幸福的渴求吧？
我一定会再次拥有幸福，

我的笑容会照亮你的世界。
每逢阴雨或夜幕降临，
我的双眼会带给你光明。
我会真诚而温柔，
会重新呼吸，重新去爱。
伴着轻柔温和的音乐，
我的心会再次歌唱。
我一定会再次拥有幸福，
与你携手前行。
每逢阴雨或夜幕降临，
你的笑容会照亮我的世界。

这段时间，我的抑郁情绪越来越严重，以下是我离开修道院两个月前写下的日记：

抑郁的情绪似又卷土重来……起伏的思绪像炽热的熔炉，但身边却一个人也没有。我爱的人无法给我理解，我的一举一动都在听从建议、仿效先例，却未获取一丝安慰，或一滴同情的眼泪。我不是一个骄傲的人，不会站出来说："我很好！"我知道有时候我一人应付不来，有时候会暴露自己的缺点——我需要真实的人陪在我身边，在我因痛苦沮丧而焦灼时，可以关心地抚摸我的额头。

时光流转，我躺在床上，仿佛置身火热的熔炉。在我触及不到的远方，是爱的梦想的蓝色天空。在我看不到的地方，有的是我未曾找到的心灵。我似乎一直与世隔绝，但如今看来，超然或许是个错误。我并非英雄，我的心灵无法承受被孤独和绝望湮没。上帝呀，请不要拿开你的手！我需要你的庇佑！需要你的呵护！上帝，请不要弃我而去……我是你的孩子！

那里有一汪湖水，我希望与不曾相识的她一起遨游，哪怕一小时也好。今天，我终于看到了那湖水，一片平静。调皮的微风拂过水面，水声潺潺，我的心感到了片刻的欢乐，她，就在我身边。

可是今天，乌云黑压压袭来！我亲爱的读者，我不想无端抱怨或牢骚满腹，我只想用墨水把我的痛苦书写下来，好让我不再为它流血。如今看来，我当时在日记里写下这些只是为了内心的安慰，若是我的心被痛苦灼烧，我至少可以将它抽搐的痛苦倾诉给毫无情感的白纸，有心之人自会为我流泪。可是，那天的夜是我见过的最黑暗的夜，竟感受不到哪怕一个朋友用泪水带给我的安慰。

请伸出你的手，

握紧我虚弱的手，不要放开。

好多了……真的好多了……我需要你！

请留下来陪我！不管你姓甚名谁：请不要留下我一个人……

请不要放开我的手……人生苦短……我需要你！

人的一生，总会有些时候想拥有自由——绝对的自由——按照自由意志，做出重大的决定。然而，若想获得这样的自由，需要付出多年的努力，忍受巨大的痛苦，因为他害怕听从自己内心的声音，还没成熟到为自己的人生负责。草率决定往往都源于幼稚或绝望，有时还兼而有之。我不知道是何原因，当苦难无比深重，当你失去了所有气力，对灵魂的斥责却越发固执，越发想要将你吞噬。那火舌越来越炙热，想要吞噬你最后一点自由，灼烧到令你无法忍受，万般无奈，你放弃了自我，或陷入绝望，或拒绝思考，将自己交给命运。

每到这个时候，你最真挚的朋友就会出现，他从未想过会成为你的依靠，但却愿意帮你找回自由，默默承诺给你毫无保留的宽恕和绝对的“支持”，那种支持只有真实的自由才可能给予……

最终，我决定离开修道院的生活，回归“红尘”——我的决定并非出于野心或激情，而是因为精神和肉体的封闭带给了我巨大的负担，因为一个潜心修行十八年的男人成熟的经验，事实证明，那不是我的归宿。这个决定花了我整整一年半的时间。与以往不同，这次我没有草率行事，毕竟这对我的一生来说是至关重要的一步。终于时机成熟，我踏出苦难花园的瞬间，内心顿时被宁静平和填满。接下来的一个月，我始终保持那份心情，整整一个月我都在为离开做准备，都在为前往中国的征程做准备。

退隐生活的最后几年最是艰苦，很多时候，我真想放弃一切，做个“普通人”，我想象自己成为医院的看护，帮助修道院“高墙之外”的人。最后几个月，我一直幻想自己去了中国，成了一名教师，我还专门为此写下如下诗句：

我想象着
我第一批可爱的中国学生，
我们一起艰苦努力，
我们一起弥合小的磕碰，
到了最后：
我们彼此深爱，难分难舍，
含着泪分离，
欢笑着重聚……
我想象着
最初他们年幼懵懂，
后来日益成熟，
学会克服困难，
学会艰苦努力、学会彼此呵护，
后来他们变得越来越坚强，
学会应付未来的
艰难生活。

我想象着

下课以后，
我们可以一同漫步
或谈笑风生，或默默无语。
有些学生难过时会来找我，
抓住我的手，
在我眼中找寻安慰，
找寻爱的支持……
我想象着
我该如何应对他们的忧伤，
用我全身心的爱，
用我全部的气力，
用我内心拥有的一切：
我完全属于我的学生，
我可爱的学生，
他们如同我的孩子！
哦，我那可爱的未曾谋面的孩子，
我那来自中国的孩子，
你们想要学习更多知识：
我渴望给你们我全部的爱，
全部的知识，
和全部的心思，
毫无保留，都给你们……

我想象着……

不……我已经爱上了你们，

我向你们伸出手，

我的中国孩子。

虽然我还不是一个合格的教师，

但我的爱可以弥补我的缺点，

我对你的信心，

能给我强大的力量

让我继续前行，

继续生活，

我向你们伸出手，

我亲爱的中国孩子！

自从回归“尘世”我便下定决心：我要把命运托付给上帝，不再为任何事操心，我要向上帝打开心门，让他引领我走上我该走的路。然而，把人生交给老天并不容易，因为老天隐形不可见，导致你无法左右自己的决定。而我们，虽如蝼蚁，却总想控制一切，甚至控制自然界：风云雨电、遗传基因，如果可能——甚至控制生老病死。经历了过往的一切，我不想再不分青红皂白地将自己的命运托付给太多人，我决定从此以后，我要把人生全权交付给基督，我儿时曾以难以捉摸的方式见过的基督。后来，我在中国三年的经历证明我的决定非常正确。

当时的我，并不能确定中国就是我唯一的出路，但内心的一股力量却促使我选择了中国——曾经那个幼稚的梦想，如今召唤着我的灵魂，成了我人生的宿命。通过一些中国朋友和网上的学生，我了解到中国学校需要英语教师，而我自二十世纪八十年代末以来每天都在使用英语，用它思考、交谈、写作。不仅如此，我还翻译了几千页的作品、阅读过几万页的文章，我相信到中国教英文对我来说是个绝好的机会。那会儿正值 2010 年 8 月，去中国教书似乎成了我唯一的机会——1993 年到 2000 年，我全身心地投入到精神和文学活动中，我的简历记录的都是我最日常的活动：语言学习、翻译、编辑、录音、写作等。后来，我把简历发给了一家招聘外国英语教师做志愿者的中国公司。他们通过 Skype 对我进行了面试，随即接受了我的求职申请，签了合同后，我被告知将被派往中国山西省大同市。带着无限的好奇，我在网上对大同做了一个小小的调研——毕竟，我要在那里生活整整一年！

对于一个从未涉足过中国的保加利亚人来说，中国的地图太具迷惑性了，我从地图上找到大同，发现它距离北京并不远，心里多少有了些安慰。我开始还梦想着每个周六周日都可以坐火车奔赴首都，如今想想，当时的自己真是可笑。

八月初的那两个星期，父母对我突然的决定并不是太放心，当然那也并不完全出乎他们的意料。我“改变人生方向”的心意已决，不想再勉强自己，只想听从上帝的安排。我与自己的内心达成一种默契：只要一切平顺，只要前路没有障碍及无法超越的困难，只要有人打开了一扇门，那就意味着上帝之手正引领我在无法预知的道路上前行。我决定了，我要“顺势而行”，不想再像以前一样“撞得头破血流”。那两个星期，我一直与家人“和平谈判”，最终得到了父母的默许，虽然他们没有正式点头，但我知道他们心里的真实感受。父亲甚至对我说：“中国就是你的命运。”

后来一件无关紧要的小事差点打破了我的全部计划。临行前的一个星期，我的北京雇主通知我说我将被派到其他地方，不再是大同——大概意思就是我要从大同的学校被改派到另一所学校。起初我不太介意，只是希望公司负责外事的女同事不要再次调换我的工作地点，毕竟我需要根据工作地点的气候选择打包的行李（我只能拿两个行李箱，总重量不能超过20公斤）。我被派去的地方是四川省广元市。年少时，我总对四川有种田园闲适的联想——当然，我的想法仅来自地图和图片——后来，等我读过几篇关于广元的科普文章后，把部分行李换成了适合南方潮湿天气的衣物。我想，我在成都有朋友，在那里工作肯定一切顺利。我之所以还抱着这样的迷思，是因为我无法想象保加利亚和中国地图上的比例尺有多大的差距。好吧，虽然距离北京有点远，但至少——四川是我大学期间梦想的地方。

别了，保加利亚

一生中总会有些时期、有些日子、有些时刻你会发现自己所做的一个简单选择彻底改变了一生。而事实上，当这样的时刻来临时，你并没觉得这个决定有多难做，你眼前的路似乎非它莫属。我的“中国人生”似乎就取决于这样一个单一时刻，取决于一个几秒内做出的决定。话说回来，其实我也别无选择，虽然是关乎一生的重大决定，但对方给做决定的时间只有几秒。

出发奔赴中国的前一晚，我独自一人走在博加托沃狭窄的后巷。就在几天前，我还曾和父亲在博加托沃水库上划船——那是一个人工湖，承载了我童年许多幸福时光。可如今我写书的当下，博加托沃水库已经彻底干涸，湖底杂草丛生、荆棘密布，甚至还长出几棵小柳树，人工湖已被稗草取代。很久以前，爷爷曾在水库工作过，那时候，平静的湖面能倒映出蓝天白云。记得那天傍晚，我最后一次与父亲一起泛舟湖上，后来，水库被一些从国家手里租赁了使用权的人彻底破坏，很多国有财产都难逃这一厄运。

当日傍晚，我独自一人漫步后巷，似与过去做怀旧的道别。我即将奔赴另一片土地，另一片大陆，那里路途迢迢。我有一种预感，待有一天我再次归来，或许很多东西都变了；我想留住对家乡的记忆，好集结勇气前往我热爱的遥远中国。

往事如梦。自从二十世纪末离开家和家人，直至现在，我好像一直都过着放逐的人生，有时候很美好，但大多数时候是伤感，笼罩着无谓的忧伤。那时候，我十分理解林黛玉多愁善感的性格，而如今，2010 年 9 月 14 日的此时此刻，我的心仍隐隐作痛。压抑的心情依旧像漆黑的影子包围着我，但这次却蕴藏着截然不同的肌理：那就是我对未来的光明期许——中国。我完全不知道自己将去向何方，不知道未来会是怎样，我拥有的只有信念。

出发前的一个星期，我有一次邂逅，后来发现那次偶遇对我在中国的生活有非常幸运的帮助。当时我去老家塞夫列沃的一家小书店买一些必需品，万万没想到竟遇见了二十年未曾谋面的塔尼娅（Tanya）伯母，她是东正教马尔科（Marko）神父的妻子，他们的儿子是我的发小儿。我们当即认出了彼此，当时母亲跟我在一起，于是伯母就邀请我们去她家小聚。在她家，我又见到了马尔科神父，真的是久别重逢！

在备受磨难的灵魂深处，我一直默默渴望得到轻柔温和的话语为我送出的祝福。那天，我们滔滔不绝地聊天，乘着回忆的翅膀回到了过去美好的时光。过了有一阵，母亲和我虽意犹未尽但却不得不离开。走到门口，马尔科神父突然给了我一直难以启齿索要的祝福祷告：愿上帝和圣母保佑你在中国的生活一切顺遂！

这些话，这温柔的发自肺腑的祝祷，我永生难忘。我亲爱的读者，读到后面你就会知道这些话对我有多大的帮助。我只身一人在中国，每当必须做出人生重大选择时，都从这些话中汲取了巨大力量！这次与神父的碰面是多年来的第一次，也是最后一次。第二年夏天，等我从中国回到保加利亚，马尔科神父已经离开了人世。太晚了，我还没来得及感谢他对我的爱的祝福，他就离开了。此时此刻，请允许我向你表达诚挚的感激，我亲爱的神父！

出发那天，天光特别明亮，似乎预示着新的明天和新的时代。清晨，父母跟我一起出门，父亲负责开车，母亲也坚持要送我。我好像又回到了童年，每次暑假结束他们都会送我回学校，把我从家乡塞夫列沃送到普罗夫迪夫的英语学校。但是这次，他们内心得有多么焦虑、多么担心、多么难过！但同时，他们又是多么信任上帝、信任我。

我一无所有，只有一份与一家网上找到的公司签的合同。好在我还有三个女性朋友，虽然是在网上认识的，但我对她们非常信任。对了，还有我第一个学习中文的语伴、同学兼好友——来自重庆的闫 Ann。后来她一直像姐姐一样照顾我，给我提供了很多帮助，有一次甚至说如果需要的话她会寄钱给我。此外，还有一个来自江西的英语老师欧阳小琴，英文名字叫 Melody，我们的关系也像兄妹一样亲近。她们无时不在，当我需要帮助时，是她们给了我家人般的关爱。中国的女人，中国的尊严和骄傲！中国母性的精力！即使到了现在，每次想起她们对我的真挚友谊，我依然忍不住热泪盈眶！

我把全部家当塞进一大一小两个行李箱，除此之外还带了一台笔记本电脑和几本书。

一切准备就绪，到了必须离开的时候，父亲母亲给了一个大大的拥抱，又最后一次握了我的手——那是2010年我们的最后一次握手。我只身进入乘客专用通道，爬上二楼，回头看了看依然站在外面的我亲爱的父母，他们也看到了我，一边朝我挥手，一边抹去脸上的泪水。我永远也不会忘记父母那宝贵的牵挂的泪水！

我需要在维也纳机场转机飞往北京，转机时间长达七小时，于是，我坐在候机大厅里，透过落地玻璃窗看着外面温暖的阳光。正值9月，西落的太阳已经悄悄收起了锋芒。我不禁想起我的中国梦，这个梦我做了太久、太久！即使此时此刻，强烈的期待无声而神秘地包围着我，我还是不敢有“重回昔日的奢望”。于是，我拿起笔，从一个旧笔记本上撕下几页纸，开始撰写本书的开篇……晚霞的光，透过巨大的玻璃窗洒满了候机大厅，宁静而神秘。这一天结束了，多年以来的梦也结束了。从此以后，我要开始接触现实世界，我仿佛看到窗子在我面前敞开——我变成一只小鸟，飞去了异国他乡。

初到中国，佛山的英语老师

第三次派遣

飞机终于着陆北京，我的世界也因时差被迫提前了五个小时。下了飞机走进机场，我感觉自己仿佛成了破碎沙漏中的一粒散沙，被周围的沙粒裹挟着安静而快速地下滑。这是我第一次踏上中国的土地，我心潮澎湃。

我脚下就是伟大的中国土地，头顶就是广阔的中国蓝天，我正顶天立地伫立于天下（中国的天地之间）。

这，就是中国！

虽然我的大脑已疲惫不堪，但还是忍不住胡思乱想：这里的一切与我以前接触到的事物完全不同。我问自己：这就是你儿时起一直心心念念梦想的土地吗？

自己成了漂泊海上的一叶小舟，千里迢迢离开了我熟悉的小世界。

好奇和热情暂时消除了我的疲惫，我沉浸在中国给我的第一感觉中无法自拔。

中国的人可真多啊！我想认真体会，感受它的脉搏，我想仔细消化听到的每一个中国字。

久违了，我的中国！

忽然间，我心生恐惧：公司的人会来接我吗？茫茫人海中，他们能找到我吗？

好在我的紧张情绪很快就得以消解，没过多久我就听到 Cathy 赵的声音——她就是我在保加利亚时通过 Skype 给我做面试的人。

“韩裴！”

人潮人海中看到一粒自己认识的“沙”，我激动不已，愉悦的心情立即打消了内心的焦虑。

Cathy 赵是我受雇公司的联络人，我们随着人潮转了个弯，转眼间便走出了机场大厅。驻足外面，我第一次看到头顶上真正的中国天空，黄棕色的天，好像是为了映衬沙漏中沙子的颜色。这里的空气令我呼吸困难。

司机刘先生是个热心肠，因为我们都没吃饭，他就把车停到了一家快餐店门口，我们每人吃了一碗面条。刘先生的食量至少是我的四倍，吃饭的速度也如风卷残云。不过，当时的我可能比较虚弱，坐了那么久的飞机不说，过去几个月的痛苦经历也已让我几近崩溃。

初到北京刚好赶上它的沙尘期，因此我的第一印象不是很“好”，跟我事先预想的不同：繁忙的街道，土黄色的天空像一张巨大的破旧床单，笼罩在雄伟的石头居所上，无数座巴别塔高耸入云。这是个庞然大物，但却透着无限感伤。空气中弥漫着汽车尾气的味道，发动机的轰鸣好像发自地球的内脏。北京的确是个现代化大都市，却没有丝毫浪漫的味道。不过，这只是北京给我的第一印象，与两年后即2012年9月我看到的古都北京有着天壤之别。

中文学了这么多年，我终于有机会开口使用了，身边的每个人都会说中文，我都可以用中文跟他们交流。我有种莫名其妙的感觉，仿佛自己是个休眠了多年后终于苏醒了的机器人，钢铁打造的舌头不仅锈迹斑斑，而且电量已不足。

接下来又发生了一个令我不解的变故。刚刚回到公司办公室，我就发现自己被派往教书的地方不再是广元，又被换成了另一个地方。刚到公司总部，我就被告知将被派往佛山，那里的一所学校急需一名能说中文的英语教师。

“你看，”他们说，“那里是南方的武术之乡，你不是特别喜欢中国功夫吗？”

毫无疑问，我无权反对，但刚落地就又被改派的消息实在我心头笼罩了一层阴影。更不幸的是，我对公司的猜疑还得到了我那些中国好友的认同。

当天下午，我见到了网上结识一年的好友麻小姐，跟她讲述了我的欣喜和担忧，她也对我的公司心存怀疑。要知道，我已经有将近二十年的时间没有与外界打过交道，况且，我此时所在的这个地方虽然是我一直深爱的国家，但毕竟还是异国他乡，在这里，任何人都有理由忽视我，甚至可以将我随意湮没、吞吐。

跟麻小姐聊完天，我们足足等了一个小时才叫到一辆出租车。我的酒店位于这座特大城市的一片非常破旧的区域，等我最终抵达我入住的毫无品位的酒店，夜幕已经降临，好像给这座喧嚣的城市蒙上了一层烟雾缭绕的面纱。

这时，我遇到了第一个真正的考验！酒店走廊，我巧遇了一位二十来岁的青年，他告诉我他想回新西兰，还说雇用我的这家公司“欺骗”了他。

虽然我已是泥菩萨过河自身难保，但对方的“不幸”还是引起了我强烈的兴趣。于是，我把他请进我的房间，足足听他抱怨了两个小时，这无异于在我本已焦灼的恐惧和疑虑上火上浇油。最终，怀疑让他心头燃起一团怒火，而我，则彻底陷进了自己编织的圈套。

夜深了，我感觉非常不适，大脑飞速旋转，琢磨着该如何摆脱“诈骗公司”的“魔爪”。新一波压抑情绪再次袭来，搅得我彻夜未眠，整整一夜我都在回忆自己从保加利亚一路走来经历的噩梦。

那天夜里，我又联系了麻小姐，还有山西的Doris以及我的好友（即两个月后成了我妻子的）肖丽。麻小姐建议我立即摆脱这家公司，先凑合着搬到别的酒店住下，她还答应帮我在北京找个落脚的住处，再帮我联系一份可靠的工作。

恐惧简直无所不能！有了恐惧，苍蝇也能变成鳄鱼，细沙也能变成沼泽，普通人也能变成恶魔。

第二天一大早，我偷偷离开了酒店，叫了一辆出租车赶到北京中央火车站附近的一家酒店，希望能从“骗子公司”的视线范围彻底消失。就因为轻信了那个新西兰的家伙，我差点断送了我在中国的未来。现在想想，他那会儿可能只是一时“情绪失控”罢了。但哪怕我再恐惧，也撒不了谎：这也就是为什么当我乘坐出租车赶去新酒店的路上接到公司代理打来的电话时，我还是选择对他们和盘托出实情。无论如何，我都感觉自己是个受害者，这可能与我之前的生活方式有关。毕竟过去很多年，我的生活完全丧失了自主性，并由此而产生了可怕的孤独感。

我的意识一定是经历了太多的烦忧，我竟然开始用一种无比困惑、不合逻辑甚至毫不坦诚的方式与公司的人沟通起来。那些毫无恶意的人该如何看我呢？无论如何，他们还是赶到了我新入住的酒店，想要听听我最终的决定：我是否会遵守合同，继续履行承诺？我给远在保加利亚的父亲打了电话——这么关键的时刻，我还能向谁求助呢？电话那头父亲的声音虽然遥远，却还是能听出他对我的担心。我在公司的朋友也在尽最大努力安抚我被煽动起来的恐惧和疑虑。

就这样，到了做抉择的关键时刻。

快速做出决定后，我的心也安定了下来，未来在中国的路也捋顺了。当下，我想起马尔科神父的祝祷，那一刻，我清楚地回忆起我来中国的决定是多么顺利，我是多么信任我那在天上的父和造物主。可此时此刻，我为何要以如此的方式与之对抗呢？我为何会对我天上的父有如此倔强的怀疑呢？

那一刻我意识到，如果我向恐惧低头，向“人的理性和逻辑”低头，那我唯一的选择就是回去保加利亚，再也不涉足中国半步！然而，在保加利亚我也一无所有，人生再次中途退却，父母也不会愿意养活这样一个儿子吧。这种想法让我心头一沉，多年来我对第二故乡中国的热爱及我为它所做出的努力就这样将遭遇可悲的裁判吗！？

终于，到了我做决定的时刻。

各种群情激愤的想法、恐惧、逻辑、虚假的结论到最后都要分解成一个个单一的想法、单一的决定。

这个决定即将决定我的一生，我将我的命运完全交于上帝手中！我知道自己并非孤独无助。

过了这一刻，各种胡思乱想就归于了平静，几近将我沉溺的恐惧不安的浪潮也将退去，好像被一只无形的手彻底隔断。

我顺从地将自己托付给那只手，我的心也终于因接受了对它的信任而获得了真正的宁静和泰然的安定。

“我的造世主天父，求你给我安慰！我将完全遵从您慈悲的天意！”我说。

接下来在中国的几个月，我经历了无数考验和不安，但我内心的力量却从未动摇，反而越发坚定、越发坚韧。我摸索着学会了信任，学会安心接受自己的决定，不再期冀别人无法给予的一切。2010 年下半年，我在中国经历的一切都让我更加坚定，倒不是对信任本身更加笃定，而是更加确定如果我们真心真意相信上帝，那就一定能够达成心愿。我们内心有任何风吹草动，上帝都一清二楚。即使在令人无法忍受的最黑暗的深夜，他也洞悉一切。

我们回到公司办公室，Cathy 赵非常生气，一句话也没对我说。我请她原谅我，请求在场的每个人原谅我，因为自己草率鲁莽的决定给他们造成的麻烦，我万分抱歉。我相信我之所以如此唐突，不仅仅因为我连续两晚的失眠，更是因为多年的压抑情绪和一时的丧失理智。虽然我引起了大家的恐慌，但中国同事还是接受了我的道歉，与我握手言和。他们把我送到火车站，送上车，我们挥手作别彼此，接下来的几个月都不能再见了。

广东—佛山—南海

夜幕缓缓降落，我乘坐的从北京开往佛山的火车却还没有出发。那时候，我完全无法想象从中国的北方到南方有多么遥远，只知道自己还得坐二十四小时的火车，至于说中国的车站、火车、卧铺车厢都是什么样子，我还不得而知……

“你不用担心！”公司人力资源主管Ray张安慰我。他亲自到车站送我，告诉我说，“中国的火车是最安全的交通工具。”

去火车站的路似乎也很遥远，灰蒙蒙的天、棕色的天空、车水马龙的街道，似乎是要一起送我去往未知的南方，去往那个我毫不了解甚至从未听过名字的地方。好在前一天晚上我偶遇了我的好友麻小姐，她很有先见之明地帮我买了一部手机和一张电话卡。

终于到了火车站，我发现周围真是人山人海。候车厅非常大，巨大的人潮慌忙地朝着四面八方涌动。中国的火车站，当然汽车站也是如此，不论城市大小，哪怕是最小的镇子，也与保加利亚的车站大相径庭，中国的车站里绝对没有空间允许闲人（乘客以外的其他人）逗留。所谓“车站里”，指的就是乘客候车、出发、抵达的地方。有时候，来送站的亲戚、友人或同伴必须得买站台票才能进站。中国的火车站和汽车站的安保都非常严格，和机场一样。拿着车票准备进站时，乘客必须把所有行李，包括手提行李，放到安检机上接受检查，检查没问题后方可进入候车大厅。

记得到了佛山后，肖丽给我讲了一件有趣的事儿。她说她在等我的时候，目睹了佛山火车站的两位工作人员和两个农民吵架的全过程，农民想要拿着锄头、镐头、铁锹这类工具上车，但这些东西都被视为危险武器，所以车站的工作人员不同意他们带着“武器”上车。于是一根筋的农民便发出了来自内心深处的抱怨：“为什么呀？这是我们干活吃饭的家伙，这是我们养家糊口的东西！……”

终于轮到我上车了，我发现隔间里的其他乘客都已经安顿好了。

我错愕不已！

卧铺车厢的隔间拥挤得像一个鞋柜，每个门洞都有六个铺位，每侧上中下各三个架子（对于那长椅般大小的狭窄铺位，恕我只能用架子来形容）。最下面的铺位价格最贵，空间也最宽敞，至少能保证一个中等身材的人舒舒服服地坐着，中间铺位的空间则要小得多，最便宜的上铺空间更是小得可怜，乘客只有猫着腰爬进去然后躺下的空间。

后来，我在中国生活待得时间长了，便发现了中国人有许多诸如此类有效结合宽窄“运用空间”的办法，这是一种典型的亚洲实用思维的表现。

我第一时间与已经安坐好的三四个人打了招呼，他们也用非常浓重的北京腔给了我回应。我发现自己的铺位是左边下铺，便立即开始琢磨该把我那件超大行李和那个小点的箱子和背包放在什么地方——行李架上一点空间也没有了，我那些素未谋面的中国旅伴已经心安理得地占用了属于我放行李的位置，（或许是我的欧洲习惯？）让我觉得那个架子是专属于我的私人空间，别人的占用让我心生不快。

我的问题被瞬间解决——中国兄弟当即帮我把小行李箱塞到铺位下面——其实我们不应该这么做，毕竟铺位下面是属于隔间的公共空间——但是，我那个大行李无论如何也塞不进去。

“没关系！”

那位同胞再次迅速找到解决办法。我亲爱的读者，我这么说没有任何嘲讽之意，我身边这些陌生人对我非常大度、非常友好！他们把我的大箱子立起来，摆在铺位中间的过道上，因为立着摆放，箱子两边还有足够的空间让人通行。

中国朋友之前就提醒过我，交代我一定要仔细看管好文件和电脑，所以我把电脑装在了小箱子里，此刻就放在我的铺位下面，而后，我又把背包放在枕头下，此举可谓一举两得：既垫高了以我的保加利亚标准衡量明显太低的卧铺枕头，又保证了我背包的安全。

隔着车窗，我与张先生挥手道别，他和司机刘师傅还站在车外。“都弄好了！”我用中文跟对方寒暄了几句，最后，张先生表示他得走了——当天是星期五。我特意感谢了他对我的帮助和关心，非常友好地与之道别。很明显，中国的社交气氛对我在欧洲常年郁积的压抑情绪产生了良好的治愈作用！

由此刻开始，我就开始了人生真正的冒险之旅。过去的二十多年，我要么生活在家庭的庇佑下，要么过着除了同门修行的兄弟谁也见不到的与世隔绝的生活。而今，我独自一人来到一个巨大而陌生的世界，值得信赖的中国朋友只有我在网上“遇见”的三位女子。虽然来中国之前，我们从未见过面，但对她们的友谊，我却没有一丝怀疑。自从相识，我总能感觉到她们在精神上给予我的无形支持。但毕竟，我们没见过面——或许可以说，在这个时空还没见过彼此——所以我还是只身一人，我好像一个降生在世间森林的新生儿，周遭陌生的一切仿佛完全无视我的存在。

我是用了“无视”一词吗？某种意义上讲，这么说并不准确。

同车的旅伴听到我能说中文，立即活跃了起来，开始向我询问各种问题。起初他们还有所顾忌，生怕冒犯到我，我的回答也有所保留，毕竟我那三位精神上的好友曾经告诉过我：“千万不要跟陌生人说太多自己的事儿！多留心，少说话。”即便如此，因为是初次见面（关系也不可能多深入，下车后可能这辈子再也见不到了），隔间里的氛围热络了起来。

其中两位乘客发现我的目的地是佛山，他们就告诉我他们也要去那儿。这让我踏实了很多，内心的不安得到了很大的缓解，至少能有人提醒在哪站下车，这真是太好了！他们告诉我说，到佛山没有直达的火车，必须得在广州换票，但不用再添钱了，因为我在北京买的就是到佛山的全程票，到时候乘务员会把下一程新票给我。

说到“车票”，我必须说说中国与保加利亚在火车票务系统上存在的巨大差别。在中国乘车，你必须从头到尾保留好车票。一上车，乘务员就会把你的车票收走，给你一张塑料卡片，这张塑料卡片你也得好好保存，直到下车……你自己的那张车票事实上是被乘务员收起来了，他们这么做，一方面可以验证你票的真伪，下车之前你需要用手中的塑料卡片换回自己的车票，出站台时还需要再次验票；另一方面乘务员也可以清楚你下车的站点，即使你睡着了，他们也会把你喊醒，以免你错过自己的终点。

火车驶出站台，一路向佛山进发。

这趟火车一共要开二十四个小时，也就是说我有充足的时间休息，我可以躺下来，思考、憧憬、祈祷。同行的人看我不爱说话，便自动自觉开始了他们的晚餐。虽然他们并非有意为之，甚至完全没意识到有什么不妥，但他们再次侵犯了我的“欧洲习惯”——他们铺开几张报纸，放在我的大箱子上，我的铺对面坐了两个人，还有两位干脆坐到了“我的”铺位上，完全无视我已躺下“就寝”的事实。我什么也不能做！毕竟大家都是同胞，这是大家公共的地方！

于是他们正式开始了盛宴，而且一直持续到半夜。中国式宴请的最大特点就是大家会一边吃、一边聊，简直是觥筹交错、沸反盈天，这让处于半梦半醒状态的我无法再保持“优雅”的低沉。虽然我们之间有着强烈的“文化冲突”，但这并未破坏车厢内友好的氛围，这一切都要感谢中国文化特有的包容和一如既往的热情，他们注意到我一直没吃东西，便多次邀请我加入他们的盛宴。

到了吃饭的时间竟然不吃东西，这对中国人来说多少有点奇怪，他们肯定非常不解我为何要将自己屏蔽于这欢愉快活的气氛之外！他们怎么可能知道，在经历了过去两天两夜的奔波和巨大的环境变迁后，加之从保加利亚带来的压抑情绪，我根本没有心情吃东西。于是，一天一夜的时间，我都以半梦半醒的状态躺在铺位上，听着车轮碾压铁轨的声音，听着周围的喧嚣，听着想象中挚爱多年的一切！我聆听着“我的中国”，聆听着“我的中国人”。

接下来发生的一幕完全出乎我的意料！

一位年轻女子走进我们隔间，上身穿一件清爽的衬衫，下身穿一条棉质裤子，一副远古以来中国女子的典型装束。她站在隔间里环顾一周，判断出自己的铺位，随即身手敏捷地爬到自己的上铺。

我亲爱的中国读者，你能想象我作为一个欧洲人当时心中的愤愤不解吗——竟然让一位女士与好几位陌生男士同住在一个隔间里？！还有，关于中国的卧铺（我说的不是头等舱的软卧，对那个我并不了解，我说的是我现在乘坐的普通的硬卧车厢），还有一件怪事，我能说是“怪事”吗？我不吐不快：这些隔间竟然没有门。之前我还非常不解，但现在我明白其中的用意了。与我们保加利亚人相比，中国人特别注重社会凝聚力（跟普遍意义上的欧洲人相比更是如此）。我立刻从隔间里其他男性的态度判断出，我们欧洲人在乎的所谓的距离感（隐私），在这里似乎无足轻重。在交往的过程中，中国人似乎过于直来直去，最初接触中国社会时，这给我留下了非常不好的第一印象——再加上普通中国人普遍存在的“对仪式感的忽视”，我曾为此极度困惑与苦恼。

后来，我那些能讲英文的大学生朋友在了解了一些文化差异后，常常因为同胞的一些“失礼”举动向我道歉，每当这时我总会回应说：他们并非缺少礼仪，只是东西方的礼仪有所不同罢了。我想，中国历史上的普通人之所以能活下来，完全得益于他们彼此靠近、相互依赖的生活习惯；在彼此的接触和摩擦中，每个中国人就像社会中的每一粒原子，形成了紧密团结的传统。然而这一传统正在遭到西方资本主义和街头文化的摧毁和破坏，这对我们的文化来说真可谓是一场巨大的悲剧。

了解了这些，我开始重新“审视”隔间两侧铺位之间的狭窄距离、上中下铺的间隔以及隔间不安门挡的事实，从而产生了全新的认识。不仅仅是这些——强大的社会凝聚力，不管是好是坏，或许刚好能解释中国人为什么总能团结起来（更准确地说是举国上下）应对灾难和社会冲突。后来，当中国人告诉我说，他们的社会变得越来越冷漠、越来越疏离的时候，我作为对此有过亲身经历、亲眼见证了中国人的团结的外国人，着实感到难以置信。但话说回来，我们都知道，贪婪、拜金、物质至上这些问题能够击垮、摧毁任何民族、文化、社会和文明。拜金主义的悲剧并不专属于保加利亚或中国，它是全人类的魔咒，就如同慈善、怜悯、同情、友谊、真诚、善良是全人类的福音一样。

我无比幸运，在中国生活期间我体会到的都是上述美德带来的美好，从未遭遇过邪恶引发的痛苦。

火车一路前行，驶过黑夜，驶到第二天星期六的中午，最后终于进入了广东省的地界，铁轨开始沿着棕绿色的河水斗折蛇行。周围群山环抱，山上点缀着各种乔木、灌木；许多高山都头顶尖尖、怪石嶙峋，这样的山的形状我只在中国古代电影或中国水墨画中看过，彩色的期待彻底消除了我长途跋涉的辛劳。肖丽打电话过来说，她已经跟公司请了假（周末还要上班吗？），说她会亲自到佛山火车站接我。她这么做绝对是仗义之举，学校认为我完全可以自己打车找到地方，所以没有派任何人去车站接我，她听后一时气不过做了这个决定。至于说我打车的钱，学校表示愿意负担。

后来我听说，学校之所以如此冷漠是因为之前与“西方教师”打交道时有过一些不愉快的经历，学校有些外教是来自美国的年轻教师。我是后来才了解到事情的始末，但这对我来说未必是件坏事。可以说我占据了“天时地利人和”，哪怕是对情况不了解对我来说也是件好事，正是因为一无所知，我才能带着春天般的心情踏上佛山车站，虽然当时已是夏末。

2010 年 9 月 18 日，星期六。

同车的旅客十分热情地帮我把行李拿下车，还提出要帮我一直拎到出站口，分手之前再还给我。而我，正为自己全新的开始而感到意气风发，所以礼貌地拒绝了对方的帮助。待我走出车厢，走到站台，忽然感觉自己好像不是在出站，反倒像走进了一个大火炉，室外的温度至少有四十摄氏度，在车上时，空调非常给力，让人完全忽略了室外的真实温度。

我跟乘务员换了票，拖着两个大箱子往出口走，那里排着几个人等着检票出站。我没心思看他们，眼神全部用来寻找肖丽，或是——我一直称呼她的——丽丽。

她在那！就站在出口栅栏外的阴影里。

我刚一出站就伸出手跟她握手：

“你好！”

“你好！”她轻轻地握了一下我的手。

我当即注意到她本人比照片上漂亮好多，当然，我知道自己不该刚见面就这么说，但是我的感觉太过强烈，还没等准备好便脱口而出道：

“你比我想象的……要矮！”

我当然是想说“漂亮”，但是马上出口的瞬间改成了“矮”字；当我正在心里默默谴责自己的愚笨表现时，对方却非常安静利落地回应说：

“你比我想象的高很多！”

她微笑着接过我的小箱子，我腾出手给梁小姐打了电话，她说她会在学校门口等我。打完电话，我发现丽丽已经在招手叫车，于是我便拉着三十公斤重的箱子跟在了她的身后。

孩子的灵魂[①]

在继续我的中国故事之前，请允许我先给你讲另外一个故事，即我和肖丽的相识。我万万没想到后来竟能和她组建家庭。

在索菲亚的最后几年，我一直在网上寻找中国朋友，但我亲爱的读者，我必须在此澄清——我当时这么做完全不是

---

① 源自保加利亚最受推崇的诗歌《可爱的眼眸》，作者 P.K. 雅佛罗夫（Yavorov）：

可爱的眼眸，那是孩子的灵魂，
可爱的眼眸，那是阳光和音乐，
它们无欲无求，也不承诺誓言。
我的灵魂在祈祷，
孩子！
我的灵魂在祈祷……

热情和哀痛，
将邪恶和羞耻的面纱
笼罩在明日的天空。
邪恶和羞耻的面纱
却无法将明日的天空笼罩上
热情和哀痛。

我的灵魂在祈祷，
孩子！
我的灵魂在祈祷……
它们无欲无求，也不承诺誓言……
可爱的眼眸，那是阳光和音乐，
可爱的眼眸，那是孩子的灵魂。

为了“找一位中国姑娘做老婆”，只是希望在我多年来一成不变的灰暗人生和艰辛修行路上，向外开启一扇小窗，让我能探索梦想的远方。

每次通过 Skype 与中国建立联系时，我首先会看账号的“特色签名”——聊天软件的用户往往都是通过“签名”的思想和语句把自己介绍给“整个世界”——如果我能信任对方，我就会将对方界定为朋友，希望与其找到共同语言。有一天，纯属偶然，我看到一个英语签名（内容如下）。对方的“自我介绍”令我非常想要与对方成为朋友，直到现在她的 Skype 账号上还保留着这段内容：

About me:

The happiness a friend taken to you may not as fervor as the love, but will be permanent and serenity than love.

The temperature of a city was just like the friend, it become empty after the friends gone.

（朋友给你带来的快乐或许没有爱情来得炽烈，但它是永恒而真挚的。

一个城市的温度就像朋友，朋友走了，城市便空了。）

这段签名所流露的童真深深打动了我，让渴望温暖的我为之痴迷，那明眸清澈依旧，未因“波动”而混浊；友谊让人心生宁静，清澈蔚蓝的宁静。我们的友谊就始于这样的平和，并在其基础上渐渐发展成我们对彼此的信任。我们在中国佛山火车站见面以前，已经成了知心朋友。

对于我们最初的友谊，肖丽给做出如下描述：

2009 年 7 月 16 日下午，在办公室忙碌的我收到一条 Skype 系统提示，显示我有一个添加好友的请求，我看了一眼，发现对方是来自保加利亚的一位男士，希望寻找一位好友，这与我的初衷一样。我的个人介绍是我自己翻译的一段英文，具体中文的出处我已经记不清了。我之所以用 Skype 是为了方便与公司客户和外国朋友交流。出于礼貌和好奇，我接受了对方的请求，将对方添加为好友，这是我认识的第一个保加利亚人。

他告诉我他的英文名字是埃利斯 (Ellis)，中文名是韩裴，来自保加利亚，大学学的专业是汉语，现已毕业。因为喜欢我的“签名”，再加上专业的原因，他问我喜不喜欢读诗，我才疏学浅，也没怎么往文学方面发展，于是只跟对方就文学做了非常粗浅的交流，加上我还在上班，便草草结束了与他的首次对话。

第二天，他又发来消息，刚好赶上我午休，正准备回家给朋友做午饭。就在几天前，我的好朋友萍从老家来佛山看我，顺便会在深圳玩几天，然后再去浙江看她男朋友。白天我上班，她就自己出去逛街，或是待在我的小房间里无所事事。我的住宿条件不是很好，于是便把笔记本电脑留给了她，好让她不会觉得太无聊。中午我回家做饭时，萍告诉我说我的电脑上收到一条 Skype 消息，得知是他后，我说不要紧，那是我一个刚认识的朋友，“是个保加利亚人，正在学汉语，如果你想跟他聊天，就告诉他我在厨房做饭”。于是，萍就跟对方聊了起来——萍是一个心地善良的开朗姑娘，后来他告诉我（他们的聊天记录也证明如此），萍对他所表现出的好奇心甚至让他误以为萍是个小孩子。

晚上，我多半是待在房间里，面对着电脑。或许因为时差的关系，他也在线。起初，他跟我分享了一些他喜欢的歌，我记得第一首是卡朋特兄妹（Carpenters）的《昨日重现》，我之前也听过，但不知道歌手是谁。对方发现我喜欢这类音乐，就在网上把其他卡朋特的作品也发给了我。我与一个保加利亚人的友谊——或者应该说我们的线上友谊——就这样开始了。有时候，他也会发给我一些保加利亚山区的图片和视频，他希望我了解他美丽的家乡。

日子一天一天过去，萍就要离开深圳了。我去车站把她送走，回到家后又开始了一如既往的一个人的生活，大部分时间都消磨在电脑的显示器前。那天中午，我泡了一杯柠檬茶，韩裴又出现了，我告诉他我最好的朋友刚刚回家了，家里就剩下我一个人，心里有点难过。听了我的话，他说他也感觉非常孤独，不仅如此，还十分压抑。我们开始了第一次视频聊天，屏幕那头的他戴着一副大眼镜，倒是很符合他职业的形象。我注意到他身后堆着很多书，当即意识到他是个举止优雅的文人。我在想，他是出于这一点才学汉语的吗？还是另有其他原因？

总之，他的声音让人感觉既温暖又友好，但或许因为很少跟人练习汉语对话，他的表达有时听起来很别扭，过于书面化。不过从看到他的第一眼，我就断定他是个心地善良的人，跟之前在Skype上加我的外国人不一样——那些人都心怀鬼胎。确定裴是个好人后，我跟他分享了一些自己的童年记忆——我曾经做过的幼稚可笑的事。比方说，我想学武术，希望能像武当大师一样飞檐走壁；我以为电视机里真的有许多小人儿在表演，甚至跑到电视机后面研究他们是怎么钻进去的，诸如此类。裴发现我跟他有许多共同之处，跟他以前一样幼稚单纯，这让他特别开心——跟简单可爱的人聊天，总是一件乐事。

或许是因为年龄的差距——我还太年轻，少不经事！所以在他看来我是一个非常阳光的人。他告诉我说，跟我在一起，他好像回到了童年，羡慕我不谙世事的欢乐。他还说，自己一直生活在忧伤之中，并常常因此无法入眠。听到这里，我冒昧问他：

“你是单身吗？”

是的，他回答。于是我跟他讲，到了他这个年纪，应该找一个相爱的人。他半开玩笑地回答我说，自小时候起他就梦想着中国，如果有一天他结婚，一定要娶一个中国姑娘。

“保加利亚有中国姑娘吗？”我问他，“你可以尝试着在那里结交一些中国朋友？”

他解释说：

“保加利亚大部分中国人都是生意人，他们的思维方式与我截然不同，所以也很难找到共同语言。”

聊着聊着，我们的话题转向了中国，他跟我说，他想到中国来做一名英语老师。

“那倒是，跟学生在一起你会非常开心，再说，你在英语方面已经积累了足够多的经验。”

我很支持他的想法。越来越多的外国人来中国教英文，他试试也无妨。他跟我分享了一些招聘广告，想要了解我的看法。大部分职位都要求应聘者来自英语为官方语言的国家，大部分都要求应聘者9月入职。现在眼看就8月了，裴对我说：估计得等到明年了，所以我想他或许并没有像他说的那么迫切想来中国教书，或许还需要一些时间才能破釜沉舟。我们的关系就这样顺其自然地发展着，一如既往地单纯质朴。有时，他会消失一段时间，或许离开了城市，去了农村或山区小憩……

有一次，裴给我发来几张大雪的照片，我跟他说我是中国南方人，我们这里冬天不下雪，至少我从来没见过一场真正的大雪——所以当我看到他发来的皑皑白雪的照片时特别开心。

接下来的一段日子，裴又消失了。到了2009年末，公司的事儿特别多，我常常需要加班，也没时间关注我这位外国哥哥是否还活跃在线上——之所以喊他哥哥，是因为有一次他说我给他的感觉就像是他的妹妹。后来春节放假，又是一顿忙碌，根本没有时间上网聊天，直到假期结束再次回到深圳，我才有机会上网：不过那段时间工作也很忙，所以我终日都在埋头苦干。我们二人几乎有大半年的时间都没有联系。

又过了一段时间，裴加入了一个学习英语的QQ群，也向我发出了邀请。我开心地进了群，希望能借此提高自己的英语水平。虽然我在工作中每天都能用到英语，但还有很大的进步空间。在我们QQ群中有来自不同国家的人，不过大多数还是中国人。裴在群里是最为博学、最有阅历的一位，总是无私地与所有人分享新的知识。他天生就是当老师的料！如果我没记错的话，那会儿是2010年4月。后来，我们公司的业务越来越多，我再次投入到工作中，几乎没有时间参加QQ群的活动，与裴的沟通也仅局限于一两句偶尔的问候。

后来有一天，我收到了一条非常意外的信息，我竟然被“踢出”了英语学习群。我有些失落，但还是安慰自己说，我太忙了，也没时间参加活动，踢就踢呗。后来没多久，裴自己创建了一个QQ群，起名“好好学英语”，不仅邀请我加入，还请我担任管理员，我自是欣然接受，管理员的身份会更加激励我跟大家用英语交流，从而有效提振“学习课堂”的士气！进入暑期，工作没那么忙了，我应该会有更多的时间学习英语。

那段时间我和裴还在网上认识了另外两位女生，年龄不同，性格迥异：Iris 是河南人，Doris 是山西人，Iris 跟我年纪差不多（二十二三岁），正在准备考研，Doris 则与裴的年纪相仿，是位生物学博士，女儿已经十岁了，在大学做科研工作。

命运就是这般神奇，我们几个素昧平生之人竟在网上建立了真正深厚的友谊。2010 年 7 月前后，裴又提出了来中国的想法。事情发展之迅速令我有些猝不及防，他提交了个人简历，并在网上完成了申请，希望自己能找到一个来中国教书的机会。根据求职要求——英语不是他的母语——所以他不是特别自信，我就一次又一次地鼓励他，让他跟更多的公司提出申请，广泛撒网，耐心等待。当时的我，并不了解他过去的经历，也不知道他是多么迫切想来中国。终于有一天，他告诉我他得到了两个答复，其中一家公司还在网上对他进行了面试，他感觉自己得到了公司的认可。

罗村一中

初恋总是令人难忘的，所以佛山南海罗村也就成了我永生难忘的地方。罗村，顾名思义，从一个小村子经历变迁后发展成了佛山南海下辖的一个区。在保加利亚，所谓“区”，指的都是很小的地方，但罗村，如果把它说成是个镇，也不太合适，因为在保加利亚，镇都是独立管辖的行政区域，罗村更像是我们保加利亚的一个乡。佛山是一座拥有七百多万人口的大城市，像罗村、禅城这样的辖区都分布在高楼大厦中间，很难界定其边界。罗村是咏春拳功夫大师叶问（1892—1972）的祖籍，最近一系列的电影讲述的都是叶问的英勇故事，后来我才知道，正是这个原因，我所在的学校罗村一中才会在体育课上教授学生咏春拳。

到罗村一中之前，我给梁老师打了个电话，她负责接待我，并帮我安排在学校住宿。但是为了到学校，我们得先叫出租车，虽然放眼望去出租车到处都是，但我们一辆也没叫到——不知道是什么原因，没有一辆车在我们面前停下。

就在这时，奇怪的一幕发生了，丽丽正准备伸手叫车，一个其貌不扬的中国年轻人跑到她身边绕来绕去，好像想跟她搭讪。我站在五六米开外的地方，那年轻人显然是没意识到我跟丽丽是同行的同伴。看到他的所作所为，我下意识握紧了拳头。丽丽走回我身边，那家伙见状转身离去。我不知道他有什么本事，但他招了招手，竟成功拦下了一辆出租车，司机把门打开，那陌生人示意我们赶紧上车。“真是人不可貌相！”我心想。

司机看到我那巨大的行李面露难色，我们费了好多口舌，才让他同意把箱子放在后座上。不过他还是在上面铺了一层尼龙布，反复强调说他这是一辆新车。

以当地的情况来计算，从火车站到学校的距离一点也不远，但对我而言，二十五分钟则是很长一段时间。外面尘土飞扬、燥热嘈杂，简直让人难以忍受。终于到了地方，从出租车上一下来，我们就看到一大群家长蜂拥在学校的大门前，大门里面，穿着整齐校服的学生也一拨跟着一拨地往外走。我又给梁小姐打了个电话，她很快就出现在了我的面前！她很矜持地与我握了握手，示意我们跟着她进去。我们吃力地穿梭于无数学生热情洋溢的笑脸中间，仿佛像沐浴在秋日的阳光下："老师好！"从保加利亚到中国东南，奔波辗转了整整三天，我与"中国学生"的第一次碰面让我内心得到了莫大的安慰。

放学的学生一拨接着一拨走出校门，人群不再密集。没过多久，学生就都离开了。这所学校比我们在保加利亚的学校大得多，走过好几条小路，转了好几个弯，我们才终于来到一座七层大楼跟前，这就是我的宿舍。丽丽拖着我那十公斤重的箱子，我拉着那个三十公斤重的大行李，肩上还背着背包，里面光是电脑就有五六公斤重。9月的阳光毫不示弱，四十摄氏度的高温炙烤着我，汗水湿透了整件衬衫。

一走进大楼，我顿时感到了一丝阴凉。但是好景不长：

"我们得自己爬楼，这楼里没有电梯。"梁小姐非常抱歉的语气微笑着对我说。

"几楼？"我抱着一线希望问她。

"七层。"她抱歉的笑容里多了一丝难过。

我想接过丽丽手里的箱子，但她执意要帮我拿到楼上。

酷热已耗尽了我所有的力气，我便不再与丽丽争抢。我把背包挂在胸前，把大箱子扛到肩上，弓着腰，凭着驴子般的倔强爬上了七楼。

我们三人终于进了房间，梁小姐再次就居住条件向我们表示抱歉。

“快收拾收拾，”她说，“买点必备的东西，不过我们只能给你两三天的时间，还不知道学校最终会不会用您。”

我知道自己还要参加一个“入职考试”，但 Cathy 赵之前安慰我说，那只是走个形式，我完全不用担心。听到梁小姐的话，我轻松地笑了笑，感谢她周末还来接我，希望她剩下的时间能好好休息。彼此道别后，她便下楼离开了。

我们环顾四周，发现房间至少有半年没住过人了，我心里泛起一丝不快——房间堆了一层厚厚的灰尘，每个角落和缝隙都透着对我们的冷漠，好像非常不欢迎我这个不速之客。看到学校对一位外国专家竟然如此怠慢，丽丽再次跟我表达了心中的不满。

“这还叫热情好客？”她嘴里嘟囔着，好像是她自己受到了不公正的待遇一样，她就是这样一个人：“他们这样对待外国人，就不觉得丢脸吗！”

“没关系的，”我尽力安抚她的情绪，“都挺好的呀，现在我终于有自己的地方了。”

公寓很小，有一个小巧的客厅，里面摆着木头沙发，有点像公园里摆的那种，此外还有一个玻璃桌面的圆角茶几、一个比茶几高一些的可折叠的餐桌、一个很久没看过的电视、毯子、被单等两大包卧具（估计是之前的住客留下的——散发着一股污浊的、久未清洗的尘土味道）。墙上什么也没有，地上铺的瓷砖上也落满了尘土。房间还有一个阳台，上面的尘土已经凝结成了细小的泥点，在经常下雨的广东，这很常见。阳台上放着一个水桶和一把拖把。

“客厅”的尽头有三道门，右边那道通向一个小卧室，里面有一套上下铺的床，在我们国家那种床都是给部队营房用的。昏暗的窗前摆放着一个小书桌——之所以昏暗，是因为窗子上糊了两层报纸，可能是出于隐私的考虑，毕竟对面就是学生宿舍，格局和我的房间差不多，没有窗帘或任何遮挡物。从中间那道门进去是那种中式的卫生间（没有坐便），也算是个盥洗室，淋浴的花洒就在便池的正上方，害得我每次洗澡都得小心翼翼，生怕失足踩进便池里。盥洗室里有个热水器，伸出的两个管子通过墙上的一个孔连到左侧房间的煤气罐上；左侧房间就是厨房，比厕所稍微长一点。我们很高兴地发现里面还有些煤气，或许对之前的住户来说，生活在这个“狭小空间”，做饭是十分难得的欢乐时光吧。

总的来说，这就是中国人的热情好客给我留下的第一印象。我很幸运，因为我这第一印象很快就得到了改观。此时此刻，我身心的疲惫要比内心的失望严重得多，丽丽不断催促我去卧室休息，而她自己则脱掉鞋子要大干一场，对此我们保加利亚语中还有一个专门的词来形容，翻译成中文就是

“开春大扫除”。

有这样一个女孩在身边“服侍”我，那种感觉怪怪的。她看上去像一个高中生，而我早已习惯了自己照顾自己，洗衣做饭，需要的话，我都会做。眼前的一切，我们的第一次见面，她友善的坚持和热心的照顾让我感动不已，不过同时也让我有些不解。

从一开始，从她典型的中国女性单纯平和的特质中，我就感受到了独特的深度，她穿得……怎么形容呢？非常正式？优雅、干净，却不花哨；她上身穿一件白色短袖衬衫，领子的设计十分讲究，下身是一件黑色短裙，及腰长发被绾成了一个乌黑的发髻，刘海部分别了一个非常朴素的银色塑料发卡，耳朵上垂下来一副金光闪闪的耳坠，很像旧时保加利亚女孩戴的那种金币耳饰。她黝黑的皮肤泛着光泽，是一个典型的南方农村姑娘的模样，她善于劳作，因为接受过不错的教育，坚持不懈的努力再加上天生的智慧造就了她优雅的气质。

看着她娴熟擦地的样子，我想她肯定是个雷厉风行、从不偷懒的人。她脱下高跟鞋，赤脚踩在地板上——没有丝毫不悦，没有丝毫迟疑——之前地板上堆积的灰尘，现在已经和水和成了泥。对于一个来自远方尚不熟悉的朋友，她竟然愿意相信我的真诚和善良，也愿意给我朋友般的尊重和家人般的帮助。

丽丽一边清理，一边不时向我投来严厉的目光，好像在问我，“不去睡觉，还在这瞎转什么？快去睡觉！你舟车劳顿，肯定累坏了，还站在这里看我干什么？”

但是她在辛苦打理，我怎么可能安心躺下呢。心中的愧疚令我无法入眠，不知不觉对她产生了一种全新的感受，是崇拜吗？还是一种更深层的爱的初次喷涌？又或者，我只是被她无私的帮助打动了？

丽丽清理完所有房间的地板后，又开始帮我洗衣服，这让我更加别扭，但她却没有流露出丝毫的尴尬，好像根本不是在“帮别人做家事”——对于她来说，我不仅是她的朋友，还是她的兄长。现在兄长需要帮忙，她能出手相助，她很开心，这种情感或许只有那些慷慨无私的人才能有所体会。

没有热水、没有洗衣机，甚至没有盥洗盆，丽丽就把水接到一个非常原始的桶里，用双手搓洗我的衬衫和外套，她还是穿着那身优雅的衣服，与之前擦地时的唯一区别是穿上了鞋子。我感动不已，一方面，她是一个城市女性，走出办公室来到一个破旧的教师宿舍帮我打扫卫生；另一方面，她又是一个农村姑娘，质朴纯洁，积极向上，二者完美地结合在她身上！此外，她还是一个天性睿智的女孩，多才多艺。到了第二天也就是9月19日，我们发现公寓里根本没有熨斗，于是丽丽就用电水壶（感谢老天，房间里至少还有这样的电器）烧了一壶开水，把热水倒进一个茶缸，然后用这个古怪装置帮我熨烫了亲手帮我洗好的衬衫——在广东的艳阳下，洗好的衬衫一天就干了。

我并没有费多少口舌就成功说服了丽丽在我这边过夜，她确实非常担心我，担心长途跋涉后身心俱疲的我。我们去了一家梁小姐推荐的小超市，丽丽帮我买了大部分的必需品，足够我在罗村一中教师宿舍七层的小房间里生活一段时间。她知道我不吃肉（我还保持着之前修行时的生活方式），于是便带我去了一家兰州小馆，晚餐我们吃了面条。

吃完饭，夜色已晚，罗村又不是很发达，又是费尽周折我们才搭上一辆出租车。在中国，到了这个时间，城市公共交通早就停运了，但在保加利亚，公共交通会一直运营到深夜。最后，我们终于回到了我的小公寓。到了睡觉时间，丽丽坚持在外面房间的沙发上凑合一夜（肯定很难受），却安排我去卧室好好休息。我无权反对，她说我是客人，她是主人，我要客随主便！

在我一个来自异国他乡饱受艰辛的外来客看来，再没有人比丽丽更适合成为伟大中国的伟大代表了！

一封家书

一年后。

2011 年 9 月 17 日，保加利亚。

亲爱的裴，

昨天我回想起一年前也就是 2010 年 9 月 18 日发生的事，

一切仍历历在目，令我永生难忘！那天的相遇成就了今天的“你我”。感谢有那一天，才有了我们家即将降生在这个世界的“第三个成员”。你现在不在我身边，没想到绵绵回忆涌入我的脑海，把我带回到了过往日子。真希望我们孩子出生时，你能回来，不过我也理解你在佛山还有工作要做，我支持你的选择。

我清晰地记得一年前发生的一切……

当我得知公司将你改派至佛山，我非常担心。本来他们答应派一位员工陪着你一路南下，但到了最后关头，却以买不到车票为由让你只身前往。我不知道当时你内心的感受，但我知道，既然你没有提出异议，就表示你已经想好要勇往直前——否则就意味着你要放弃你的“中国梦”，毅然决然地返回保加利亚。接下来发生的一切让我觉得难以接受，因为你只身一人，来到一个陌生的国家，对周围的一切完全陌生，却遭到公司如此冷遇。

后来听说梁小姐没办法去火车站接你，我当即决定自己去佛山，最方便的见面地点就是火车站，于是我决定去那里等你，接上你后跟你一起去学校。

查了列车时刻表，我发现唯一一趟到你那里的列车是 10 点 31 分出发，这意味着我需要在车站等你一个小时，这样很好！因为这样一来，等到你下车，我已经在那里等你了。

到了 9 月 17 日星期五，你已经坐上了南下的火车，身上背负着疲惫、焦虑和失望，不过内心深处或许也抱着希望，希望陌生的目的地不会令你失望，希望那里的工作能让你获得内心的安宁……

于是周五一下班我就去买了火车票，又给你打了电话，希望能够让你心里好受些。第二天一早，我便登上了开往佛山的火车。

虽然我以前也没去过佛山，但肯定要比你一个初次踏上中国土地的人强一些。我下了火车，在火车站逛了好几遍，研究好等你的最佳地点，时不时会有摩的司机想要招揽生意，于是我一直走来走去，免得花时间与他们解释。最后，经过漫长的等待，晚点的火车终于到站了，我站在出站口，等着你的出现。我既紧张又兴奋，终于，终于，我要看到现实中的你了——我们虽然在网上只认识了一年，但你已经成为我唤作哥哥的朋友。

没过多久，我就看到一个身材高大的外国面庞，穿着米色的衬衫，我一眼就认出了你。你检了票，微笑着朝我走来——看来你也认出了我。我们握了手，我看到你那两个箱子，顺手接过来一个，又从附近的报刊亭买了两瓶水，然后就跑去路边叫车了。我费了好大劲才甩掉那些围着我招揽生意的执着的摩的司机，最后终于拦到一辆出租车，我们一起把你的大行李放在后座上，你坐在箱子旁边，我坐在副驾驶的位置。去学校的路上，我们随便聊了些有的没的。

好在，学校距离火车站不算远，很快我们就到了目的地。正值周五，是学生们离校回家的日子，学校大门口挤了一帮学生和家长……

梁小姐帮你打开房门的刹那，我被眼前的一幕“惊到了”。合同上写的内容与眼前的一切大相径庭，给外国专家安排的房间，设施简陋且不说，就连房间本身也很寒酸，他们至少应该把它打扫干净才是。

梁小姐建议我们不要买太多东西，你的试讲安排在周一，只有通过试讲你才能留下来。我那时才明白他们为什么不去车站接你，为什么不给你配齐生活必需品……

孤身一人

亲爱的裴，

你还记得那天晚上吗？我们在一家兰州小馆吃了拉面？那是我们在一起吃的第一顿饭！饭后我们回到你的宿舍，坐在那个木头沙发上聊天。你看起来很开心，非常感谢我能来佛山接你。但是对我而言，并没有什么好感谢的，能帮助朋友我很高兴，看到你很好，我也就不用再担心了。但是，如果我把自己的所作所为告诉给我的女性朋友或同学，她们肯定会说我脑子进水了——对呀，如果你只是一个“网友”，她们的话一点也没错。

我们谈到了人生，你给我讲了你年少的“中国梦”，与我分享了你对中国的感情。你问我为什么还没结婚，我当即回答你：

“还没找到合适的。”

但到底什么人才是“合适的人选”呢，我也说不清，但是得脾气相投，能设身处地为对方着想……当今社会和家庭给年轻人造成的压力太大了。

夜色已晚，我让你去睡觉。你一路从北京漂泊来到佛山，前途莫测，内心一定充满了不安和焦虑。我把枕头和毯子递给你，命令你马上去卧室睡觉，而我，就打算在沙发上凑合一夜，反正只有一晚，完全可以将就。你觉得不能让我在外面凑合，但我坚持说：你个子太高，躺在沙发上不舒服。你跟我说自己失眠已经有一段时间了，需要吃安眠药才能睡着。我们彼此道了“晚安”，我在你外屋的沙发上睡了一夜。

我一定是太累了，睡了很久。待到第二天早上醒来，我发现你正站在卧室门口盯着我看，脸上洋溢着笑容。我有些尴尬，问你几点醒的，你说已经“洗漱”完毕，我想你肯定已经在那里站了好一阵。

早餐，我们随便吃了点东西，然后我又开始帮你打扫屋子。

吃了早饭，丽丽提出到学校附近转转，这是我来佛山的第二天，无精打采的蓝色天空笼罩着闷热的城市。我开始对中国南方有了一丝体会。

出学校大门左转，我们朝着两座朱塔的方向走了过去——请允许我给它们起了这个名字——两个外墙贴着朱色墙砖的建筑。对我来说，这两座朱塔就是罗村一中的标志。待到后来，只要我不知道回学校该在哪一站下车，我就会急切地寻找那两座朱塔，只要看到它们，我就离罗村一中不远了。我在罗村一中的很多回忆都与这两座朱塔有关，每每回想起刚到罗村的日子，我的内心都会再掀波澜：记忆中的朱塔、学校四周的热带乔灌木树篱、学校附近107路公交站后面的脏乱、周遭的嘈杂和宝贵的宁静，一股脑地充盈着我的心。就是在这个地方，我第一次感受到来自中国的温暖，我记得发生的每一件小事、每一个细节，记得从朱塔左转看到的马路对面屋顶上灰色的瓦片和尘土，我记得空气中弥漫的浓重的霉味，还有树叶上渗出的水汽。

因为慢慢熟悉并爱上了曾经一无所知的世界，我们才对它产生了乡愁。最初，你周围的世界浩瀚无边，但它会渐渐开始缩小……开始给你关爱。你成了周遭世界的一部分，周遭的一切融入了你的气息。最初，那喧嚣的环境、污浊的空气、附近水塘浓重的气味、（有稍纵即逝、世事变迁寓意的）绿色浮萍都让我心生厌恶，甚至望而却步。但是时间会改变一切，身边的人会帮助我战胜从保加利亚一路跟随着我的痛苦和幻灭。慢慢地，我成了这个民族的一部分，再也无法分割。

我们沿着人行道闲逛，走过朱塔，穿过宽阔的街道，看到一家大酒店，还有一家湖南风味的餐厅。

“这家饭店可能很贵，”丽丽说，“咱们再找找。”

事实上，这地方很小，甚至称不上是个住宅区，连住宅区的一角也算不上，但它对我来说却巨大无比，因为那是一片未知的土地。

我们走过一片池塘，上面长了一层密密的水草。池水带来了一丝清凉，但对闷热的天气似乎没有太大帮助。池边，伫立着佛山老式的房子，向外探出柔色的屋檐。老式房子后面是高楼林立的新小区，刷着蓝绿色的外墙。

我们第一次罗村闲逛的经历不值得在此多加赘述，但即便是那些不值一提的小事也在我的心中浇灌出了欢乐和希望，最后也免不了为之伤感——相聚后的分离大多如此，哪怕只是短暂的分离也令人神伤。

就这样我和丽丽暂时分开了。短短的两天让我有了许多新的领悟、新的情感、新的希望——但与丽丽的分开，令我痛苦万分。后来我才知道，难过的不只是我……

2011

亲爱的裴，

明天是中国的传统节日中秋节，是合家团圆的日子，但你我却远隔万里。我不知道咱们之间的距离到底有多远，但我知道我们的心将永远在一起。因为我们有个特别的相遇，我们的爱也有了结晶，我腹中正孕育着韩暐这个小生命。中秋让我想起距我们第一次佛山见面已经过去整整一年了……我记得那天——到了我该回深圳的时候，你坚持要去学校对面的公交车站送我，我执意反对，担心你一个人在外面会不安全。我们在学校门口道别，我一个人走过过街天桥，想到接下来你要一个人面对艰难的生活，蓦然间我的泪水喷涌而出。我真想陪在你身边，照顾你，但那不可能，我在深圳还有工作，我只能离开……

2010

我一直痛恨分别，一直都努力守在喜欢的人身边；我从不轻易与信任的人切断联系。很久以前我读中学的时候，我读到过一句中国古句："相逢方一笑，相送还成泣。"那时我还不是很能理解其中的含义。但自那次以后，每次相聚，哪怕是最幸福的相聚，也会在我心里埋下一颗恐惧的种子，担心"有朝一日……"

星期一到了，是我第一次参加"入职考试"的日子。我走进教室，意识到我要教的是七年级学生（即中国的初中一年级）。我了解到我的学生大概是从三四年级，有些甚至是从一年级就开始学习英语了。

走进教室，眼前的场景令人难以置信，在保加利亚绝对不可能看到这样一幕：教室里有三列双人课桌，满坑满谷地坐了六十名学生！

几个月后，一位美国同事跟我说，他感觉教一个八十人的班级太难了（他是在别的城市任教）。

教室的最后一排坐着五六位来听课的英语老师，他们将对我的教学做出评价。孩子们特别热情开朗，好，现在开始上课。我很是惊讶，甚至有些吓到，我本以为他们连续学了这么多年的英语，有些肯定该学过的知识，然而他们却一无所知。这是我面临的第一次考试，虽然我对自己的能力很有信心，但我的确发挥失常——没能达到他们的要求。我相信，我的每一份努力都能体现我对这些中国孩子的爱。

几个小时后校方告诉我说，教师委员会不太想留我在罗村一中教英语！你能想象我当时的心情吗？酷热的夏日，我却感到后背一阵寒凉！我千里迢迢来到这里，一路上历经艰辛，我给上帝的托付，丽丽给我的帮助——一切都付之东流了吗？每到这种时候，人都会感到无比孤独无助！如果学校的最终决定果真如此，那我就得离开佛山了，天知道我能去哪里？现在，我已经知道在偌大的中国，所谓“相邻”的城市、“附近”的省份到底会有多远。关键是，我实在无法理解，我被拒绝的理由竟然是……“教学水平太高”，这简直不可理喻，不是吗？

最让我痛苦的是我与丽丽只见了一面，接下来不知道我又会被发往什么地方，会距离她多远。一想到要与丽丽草草分手，我的心无比难过。于是我决定必须用尽所有心力留在这座城市、这所学校。不必说你也能想到，当天我是多么虔诚地向上帝祈祷，希望他能帮我实现愿望。

当天晚上，我请求与梁小姐见一面，坐下来后，我省去了所有的外交辞令，非常直白地告诉她我是多么热爱中国，我是如何千里迢迢来到这里，我是多么希望能留在这里教书，我也非常坚信通过我全心全意的努力以及我对孩子们无法取代的爱，我一定能达到他们的教学要求！说这话时，我的泪水控制不住地流了下来。

我永远不会忘记那个晚上：借着窗外昏暗的光线——我们站在教学楼的走廊里，我至今仍清楚记得我们俩站的位置！——她听了我的话非常感动，表示非常理解我的痛苦和焦虑。最后她答应，为我去找校长谈一谈。

梁小姐兑现了她的承诺，对此我一辈子都感激她！当天晚上她就打来电话，语气很是轻快，说学校同意再给我一次机会。这次试讲让我教八年级的学生，英语水平要好一些。她非常善意地给了我一些建议，比如说降低语速、用一些简单的表达方式等。她还特意强调，我需要引起学生对英语的兴趣，让他们在课堂上有更加积极的表现，让他们爱上学英语。

时至今日，我已经忘了第二次上课的内容，但却清楚地记得自己真的做到了全身心的投入。我的学生们——无比可爱的孩子们——也全心全意地给我做出了回应。课堂一切顺利，我和学生有良好的互动，我在课桌的过道间走来走去，放松地与学生交谈、玩笑，快下课时我甚至给他们唱了一首英文歌。这次讲课结束后，罗村一中终于对我敞开了大门。

第二天，我的派遣终于得到了确认，我的心也最终安定了下来。现在想想，之前那些“西方教师”一定是给学校领导留下了非常不好的印象——否则我怎么初来乍到就遭到了如此的质疑呢？

那年9月的最后几天令我终生难忘。暑气渐消，学生的喧闹也随之褪去，一位孤独的保加利亚人坐在位于七层的狭小房间里，一边备课，一边热忱地聆听窗外摇曳着的鸟儿、蟋蟀和蝉的叫声。

我告诉丽丽我在罗村一中工作的事终于定下来了，她似乎比我还高兴，替我松了一口气。我们满怀希望地一起展望着未来的日子。当然，我们还会遇到无数挑战，遭遇新的困难，还会面临新的痛苦和命运的变数，但是，我毕竟已经克服了第一个考验，我们内心无比欢喜，同时也坚定了信心。有了信心的光芒，就连我那拿不出手的住处也散发出了明媚的光彩。

当时另一种特别的感受也让我记忆犹新。9月的最后几天，我收到有生以来的第一笔收入——第一笔在中国的收入！工作结束后，我全然忘了身心的疲惫和压力，从朱塔的北边出发，独自一人走在满是坑槽的人行道上。夜色阑珊，映入我的眼帘。天气还是很热，我上身只穿了一件衬衫，并把袖子高高挽起。我要找到最近的一台自动取款机，取出一些自己辛苦挣来的钱！虽然我孤身一人，但内心却充满了希望！上帝眷顾我，从未放弃过，他保护着我，深爱着我！我的内心洋溢着难以名状的欣喜。

此时此刻，我在中国！

我的双脚踏在中国的土地上；

我眼前是灵动而真实的普通中国人，我热爱他们！

在这里，哪怕是偶遇的人也会变得举足轻重，成为我梦想的重要组成部分——那是我已经怀抱了二十多年的中国梦。或许擦身而过的路人也能感受到我的喜悦——有很多陌生人与我微笑着说“哈喽”，作为回应，我也会向他们报以大大的微笑。

我从自动柜员机取出了几张钞票，根本无法按捺心中的喜悦。让我高兴的并不是钱本身，而是为了挣钱所付出的辛劳、历经的焦虑和我对中国的热爱终于有了回报。那天晚上，我独自一人在这个尘土飞扬、躁动亲切的角落购买的简单晚餐显得格外美味，内心唯一的遗憾是没人与我分享这幸福的一刻。

没有落叶的秋天

广东省的秋天和夏天没有太大差别，广东永远是夏天——只是有时炎热，有时凉爽，有时干燥，有时潮湿，广东的树就是最好的证明。这里的秋天，树叶从不掉落，季风吹来，扰得绿色的叶子在空中随风飞舞，但不管是在佛山还是广东的其他地方，我从未见过保加利亚常见的金灿灿的秋天，也没再体会过在及踝高的落叶中趟着走的乐趣！

在罗村一中及其他我任职过的学校，清理落叶都是学生的职责，由各班轮流负责相应的区域。太阳才刚刚从东方升起，就听得到操场上细枝扎起的扫帚（完全不同于我们在保加利亚用的那种大头扫把）清扫落叶的声音，伴着鸟儿清晨的啾鸣此起彼伏——打扫操场的就是我的学生们。后来，我渐渐习惯了这种声音，待到周末或假日，反倒会觉得清晨的时光缺少了什么，不知道新的一天该如何开始。

在罗村一中工作没多久，我就迎来了四天的中秋假期。中秋节就是中国的农历八月十五，这个节日始于商朝（公元前十六世纪），最初庆祝的是丰收，到了唐代（七世纪到九世纪）初年，发展成了举国欢庆的重大节日。“中秋”一词可以追溯到很久很久以前，早在《周礼》中已有记载。再后来，这一庆祝丰收的节日演变成了归家、感恩、合家团聚的日子。中国古老的传说中常把太阳和月亮描述成一对夫妻，天上的星星就是他们的孩子——我们保加利亚也有类似的传说——月亮妈妈怀孕时，就会变成圆形。中秋节因此就成了和月亮有关的节日，每到中秋节，中国的家庭就会走出家门，到外面欣赏美丽的圆月。月饼是中秋的特色吃食，也是中秋的象征——圆满的外形，包裹着各种馅料，传递出的是团聚、“圆满”的意愿，即充实、团结和统一。从这种意义上来讲，中秋节也是家人的节日，不仅意味着团聚，也预示着对幸福和谐家庭的渴望。中国有些地区，每每到了这一天，未婚的青年男女就会用舞蹈的形式来寻找另一半。这一点和保加利亚的霍罗舞有着异曲同工之妙，事实上，蜜蜂群的工蜂也是靠这种办法来寻觅伴侣——都是在月圆之夜靠翩翩舞蹈来吸引雌蜂。

中秋前几天，梁小姐告诉我学校要放四天假，我们每天吃饭的食堂也要休息，这就意味着我得自己解决餐饮问题。我把这件事告诉了丽丽，她非常担心我一个人应付不来——毕竟我在罗村一中工作才不到一个星期，而且，自从上个周末跟她一起在罗村逛过之后，我整个星期都没出过学校大门。于是，她丝毫没有犹豫，直接帮我在深圳买了些放得住的食物快递到佛山我的住处！她事先并没有告诉我具体买了什么，后来我才知她是从自己非常微薄还经常拖欠的工资中省吃俭用为我买了这些吃食！

几个月后，也就是 2011 年 2 月，丽丽决定为了我辞掉她当下的工作，这样一来，她就可以来到我身边跟我一起生活——那时候我们已经订了婚——不过，她得讨回她工作一年的佣金。每个月的工资她都能按时拿到手，但要想拿到佣金，她就得加班加点地工作，有时甚至要工作到半夜。

当我收到她寄来的包裹时，对这些动人的细节都毫不知情，也无从准确判断她对我的心思。但是，正是这些小事才能显现一个人的真实性格和性情。

2010 年中秋前夕，我“中国生活”的另一个“守护天使”出现了，她就是罗村一中的英语老师江女士。在我心目中，江老师就是神奇般相似的中保传统思想的典型代表。那天，她主动给我打来电话，说担心我一个人在学校过节会孤独难过。这让我联想起我对中国古典文化的一个记忆——李白的一首关于孤寂和明月的诗《静夜思》：

床前明月光，
疑是地上霜。
举头望明月，
低头思故乡。

临近中秋，江老师到底是下意识想到我一个人会孤独，还是本就心地柔软，想给我打电话关心一下，我并不得而知。总之，她向我发出邀请，约我中秋去她家与她和家人共度佳节。

2010 年 9 月 22 日，上完假期前的最后一节课我接到江老师的电话，紧接着就搭她的车去了她家。她家就在朱塔守卫的那条街上，旁边就是个市场。道路两侧，落日斜阳洒在鳞次栉比的楼宇中间，与中国现代化的大楼相比，这些大楼并不高，我注意到楼群中间还分布着农田——一个个小园子，种着各种各样的蔬菜。我后来发现佛山很多地方都有这种供自家食用的园子，中国东南部勤劳的人民着实无法忍受哪怕有一寸土地被白白地浪费。佛山的许多居民区及周边乡镇之前都是农村，后来才慢慢被纳入佛山这座拥有七百多万人口的城市。

车子开了没多久，我们就到了江老师的家。也就是说，我们还要等上几个小时才能看到美丽的嫦娥出现在夜空，在此之前，我那流浪者的灵魂由于中国家庭的热情好客得到了巨大的满足和慰藉。

中国的南方人总是无比热情，对我们外国人更是格外友好。我后来发现，越是在小镇和农村，初来乍到的外国人就越会受到更友好的关注。初次走进中国家庭，我的第一印象是——朴实无华、真实饱满。我和江老师的家人天南海北、滔滔不绝地闲聊，我的中文也如羽翼成熟的小鸟，飞出了鸟巢，虽然仍步履蹒跚，但在好奇心的驱动下不断努力振翅。就这样，不知不觉中，几个小时就过去了。

佛山，即使到了秋天也闷热难耐。日落时分，秋蝉依旧慵懒地啾鸣，丝毫没有停止的意思。终于，宁静笼罩了罗村的夜空，月亮也升上了天际。江老师家里三代同堂，中秋这天，全家齐聚佳节晚宴。我走进现代的佛山住宅，有点像座农家院，我们穿过院子的大门及铁框屋门径直走进餐厅。餐厅很大，屋顶很高——我后来去江西也见到许多类似的房子，不管村子是贫是富、不管家里有钱没钱，那里的人都会选择高屋顶的设计。餐厅正中摆放着一个矮的大圆桌，与我们保加利亚那种帕拉利亚[①]（paraleeya）圆桌很像，我们的祖先围坐着用餐，坐在三条腿的小木凳上，谦卑地向他们的面包和每一

---

① 帕拉利亚，保加利亚古语，在我家乡指的是“一种像硬币一样圆的矮桌”（para 就是硬币的意思）。

口食物鞠躬。

圆桌上铺着花花绿绿的垫子，有点像漆布，上面摆放着供全家人（包括我）享用的中秋大餐。桌上摆了一圈具有南方特色的小碗，可根据需要盛上中国人每顿都离不开的米饭。所有菜肴都已经摆上了桌，每个人只要用筷子把公用盘子里的菜夹到自己碗里就可以了。在我看来，这种合餐制是一种非常古老的优良传统，但在保加利亚却已失传很久！奇怪的是，我对这种亲密的合餐制却一点也不陌生。桌子四周摆放着塑料椅子，比桌子还稍高一些，桌上为每个人准备了一次性纸杯、陶瓷的盘子和碗，以及木头和金属筷子，感觉金属筷子清洗起来要容易些。

晚饭结束后，我们去拜访了江老师的哥哥——他住在同一条巷子里，房门外架着一个高脚炭盆，皎洁的月光下微光闪闪，上面烤着中秋烤肉。

时至今日，我仍心怀感激，这是我与普通中国家庭共进的第一顿晚餐，他们深深扎根在中国农村，未来不久，我也与它结下了一辈子的缘分。江老师为人无私开朗、心灵手巧，这与古代保加利亚人的慈爱仁厚一模一样。她的脸庞、神情已印刻在我的灵魂里，像一眼山泉，温柔地安抚宽慰着我的心灵。我感觉自己不再是个流浪者，倒好像是个旅人终于回到了自己家中，自己不再是个外来客（在这经常把外国人喊作老外，虽然没有恶意但还是让人觉得有些刺耳），我在这里找到了归属，而这种归属感并非源自我掌握了汉语。

9 月 23 日的夜幕已悄悄降临，我不得不起身告辞。江老师开车送我回到学校，我爬到七楼进了房间，第一时间跑上阳台，向着中秋的月亮道了句“晚安”！

我亲爱的中国孩子们

中秋短暂假期后，学校的心脏再次跳动了起来，学生们又回到宿舍，教室又有了动静，而我作为老师的生涯，则开始了全速前进的征程。

教学楼有六层，我的办公室在五楼，每天跑上跑下，从一层到六层，每个班级都有我教的课，时间追赶着我，广东的热浪几乎将我融化。闷热的“秋老虎”每天都害得我汗流浃背，但一走进教室，空调就会让我瞬间冷却。我的餐食都是在教工食堂解决，但总感觉清淡的粤菜无法让我满足。当然，自 1994 年起我已经戒掉了荤腥，一直坚持吃素。我一心一意地投入教学工作中，每天大部分时间都花在学生身上。

在保加利亚我始终没有机会看汉语书，导致现在我每次去学校图书馆时都像惶恐的小学生般充满了好奇。每每有了休闲时光，这些汉语书都会引领我追随着二十世纪上半叶中国的文学大家四海云游。这段时间，我终于从过去的岁月中找回了被压抑所麻痹、被“大跃进”所惊扰了的久违的感知能力。我开始用英语写日记，希望与丽丽分享我的一切，下面就是其中一篇，记于中秋后的那个星期：

2010 年 9 月 28 日。

生活在佛山罗村，每天早上将我从梦中唤醒的不是闹钟，也不是在家乡听惯了的斑鸠的婉转叫声，而是哪怕在高高七层也能听到的楼下孩子的喧闹。今天早上的场景尤其让我触动：孩子们正在清扫操场，他们纤细的小手挥动拖把的动作虽然十分娴熟，却似乎带着小情绪，刚刚起床的他们，似乎个个睡眼惺忪。

“老师早上好！”

他们是我上班路上遇到的第一拨学生。佛山的清晨很少有大晴天，前一夜的大雨留下的湿气到了第二天都变成了昭昭雾气，把太阳蒙得严严实实。虽然天上没有明媚的太阳，我却在操场上看到无数小太阳，每个都洋溢着青春的光芒。当然，有些孩子看起来略显疲惫忧郁，他们在学校的生活的确很艰苦。学校是否能提供足够的空间让孩子们享受童年的快乐？学校的生活对他们的未来会有怎样的影响？这些问题时常拷问我的心灵，但无论如何我都相信，这些孩子在学校虽然过着严格有序的生活，但在内心深处一定能找到自由。然而在西方，这种内心的自由在其“外化自由”的形式下已经演变成了自由和放纵，残忍地吞噬了我们国家的道德。

——早上 7：23

人们都说第一印象总是最深刻的，尤其是那些你从未见过的事，必定会深深烙印在你的心里，像烫金一样，成为无法磨灭的记忆。

中国中学生留给我的第一印象如同保加利亚金灿灿的秋天，又像我家乡巴尔干山区阳光普照的静谧凉爽的清晨。毫不夸张地讲：中国学校里孩子们的社会化交往非常可贵，他们生活在公共宿舍，从很小的年纪就知道该如何自立，如何应对人生琐事以及重大抉择。

白亮亮的晨雾像蝴蝶振翅一样舒展开来，远处的天空开始泛白，新的一天从一串银铃般的嘈杂声开始了——我走上阳台，看到楼下统一着装的孩子们在叽叽喳喳地聊天，听到他们的勺子、饭盒叮叮当当作响。刚刚吃过早饭，他们现在都挤在宿舍的水龙头边清洗自己的餐具。一切都井然有序地进行着。有时候，孩子们会在每层楼头的盥洗室旁认认真真地搓洗、晾晒衣服。来自南海的南风拂来，衣服很快就能晾干。共同居住在一个“大联邦”，彼此相处时间一长，孩子之间就会产生一种看不见的情感牵绊。我从未见过他们彼此讥讽、大声喧哗或是相互欺负，也从未听见任何人说过污言秽语。即使有人心里冒出点欺负人的想法，鉴于学校的严格规定，再加上老师和家长的严厉监管，也能确保学生的小船不会偏离正轨，不会被大风吞噬，也能确保小船有惊无险地穿越学校生活的疾风骤雨。或许我有些理想化，但这的确是中国学校给我留下的第一印象，我很荣幸能来这里教书，与我可爱的中国学生教学相长。

不信你自己看!

学生们都非常守规矩，总是按班级排好队等着进入食堂——当然，孩子们也很淘气、好动，但他们清楚地知道自己身处学校，必须懂得克制。在我就职罗村一中期间，我始终感觉这里的学生既有着孩子该有的天真玩闹的天性，又有着学生该有的规矩。这可能与学校在中国社会“地理”中所占有的特殊地位不无关系。

首先，中国的校园像是一个不可侵犯的圣地，有点像我们的修道院。“外人”，哪怕是学生家长也不能随意进出。这条规定不仅适用于普通的国立学校，即便是拥有七百多万人口的“小”城佛山的重点高中，情况也是如此。我很有幸先后在南海（佛山）的三所学校任过职。最开始是罗村一中——我之前的一个女学生称之为“农村学校”，之所以如此，或许是因为罗村过去确为农村的历史事实以及当地人口的特殊性。后来我又去了南海最著名的石门实验学校，那所学校在当地、在佛山、在广东乃至全中国都名气斐然。最后，我又转战到“执信中学”，一所“贵族”学校，位于佛山西樵山脚下绿化最好的昂贵地段。我非常喜欢这些学校的（不同于西方意义的）“民主”特色——无论学生家长的地位高低、贫富差距，面对学校的法规和管理制度，所有家长一律平等。我经常看到有豪车停在学校门口，停在学校全天候的保安岗亭边。哪怕是有钱的家长，如果要想给孩子带点东西，也只能在校门口等着。学校通常都设有高墙大院，外人严禁入内。大部分学校的保安岗亭都装有监控摄像头，家长完全不用担心孩子在校期间的安全。那种贩卖毒品、兜售可疑“商品”或是任何想要腐蚀孩子心灵、侵害孩子安全的做法，在这里想都别想，根本不可能。

除此之外，还有一件事从一开始就令我十分感动——校规面前，每个学生都能平等交流。我教过三千多名学生，但没遇到一个“妈宝男”或“骄纵的小公主”，哪怕是他们的父母非常有钱。后来妻子跟我说，中国的家长都非常尊重教师，要求孩子对自己在学校的行为负责。大部分学生从周日晚上到周五晚上都在校寄宿，有些直到周六早上才能回家待上一天。每个学生都穿着普通的校服，每个学生都要自己打理宿舍、操场和学校的卫生，也得自己洗衣服，包括内衣内裤……也就是说，孩子们从小就在学习真实世界的生活，学习如何照顾自己、呵护伙伴、讲究卫生、遵守规矩。

在这里，我看到孩子们如何陪朋友去看医生，如何为彼此着想；我见证了他们真挚的友谊，看到他们难舍难分的情感。这些孩子身心健康，很小就懂得为自己和他人负责，他们懂得公序良俗、长幼尊卑、友爱邻里。当然，每个人天生的资质和智力水平不同，所以每个人也都有着各自不同的想法、需求和问题。

诚然，在不完美的世界不可能有绝对的完美，这一点毋庸置疑——因此，这世上不可能有完美的学校和完美的教育。鉴于此，我想分享一些我所认为的中国教育存在的弊端，纯属我个人的拙见。其中一点是“雷同复制”。在我看来，教育应该注重因材施教，但有些学校因为班级人数太多，因材施教也就成了一句空话。我在罗村一中授课的班级有五十五到六十三名学生不等，在石门，班级学生的人数是二十人，到了西樵，我工作的最好地点，班级只有十人到十五人。我记得一位外国同事曾郁郁寡欢地跟我说过，他不可能兼顾到班里的每一个学生，他授课的班级，每个班大约都有八十个学生。

保加利亚人似乎并未给自己的学生时代予以应有的重视，当然，不可否认，还是有些老师愿意在我们身上花费更多的精力。与此不同，我无比上进的中国学生面临的问题是，过重的课业压力导致他们没有足够时间与老师交流。一些学生甚至请求我周末在网上跟他们练习英语。

学校正常的作息时间要求学生早上六点二十起床，随即校园的各个角落就都会响起欧洲的经典音乐，到了七点，所有学生必须在教室坐好，第一节课的上课时间是早上七点半。临近中午十二点到了师生的午餐时间，下课铃响后，所有孩子都会跑去食堂用餐，他们像进攻的战士，一窝蜂地涌向食堂。说到学校具体的学生数量，请允许我多说一句，单单是七年级，就有十五个班，每个班都有五十五名学生。学生用完午餐后会统一回到宿舍睡午觉，下午两点之前再回到教室上下午的课。晚自习从六点半开始，一直上到晚上九点半，所有学生不得缺席。晚自习之后，学生回到各自宿舍，洗漱睡觉，第二天早上再重复同样的模式。

我对学生很好，一点也不严厉，我想这或许是我们关系特别融洽的原因。从我第一天在罗村一中任教开始就是如此，后来，待我到了其他学校，我跟学生的关系也是一如既往地和谐。每次当我离开上一所任教的学校与学生道别时，都难免伤感落泪。若问我什么时候是我人生最幸福的时刻，我很难给出明确的答案，但 2010 年下半年毫无疑问成了我最幸福的年份。

我之前就说过，所有在校学生都得遵从自己选择接受教育的学校的权威。入学后，孩子们就没有权利继续做“妈宝”，没有权利抱怨不满，因为他们都清楚地知道，严格要求自己是件好事，只有严格要求自己，未来才能得到更好的教育，才能成为社会的栋梁。想象一下，如果学校废除纪律，追求所谓“民主自由”，赋予教师和学生同样的权力，那将会是怎样一种局面？正是因为中国的学校纪律严明，孩子们才如此懂事、安静、谦逊。来中国以前，我从未接触过说起话来如此通情达理、乖巧懂事的孩子。当然，他们身上也有缺点，也有该批评的地方，但是，他们永远不会突破社会良善的规矩，抱歉，我用了一个如此老套的说法。学校对犯错学生的惩罚非常严厉，我就看到过有的学生被要求在老师办公室门口罚站，一站就是一个多小时。

我想中国的老师肯定特别明白“学坏容易、学好难”的道理。中国的教育还保留着传统的方法，用保加利亚的一句古谚形容就是，“修直树木要趁早”。结果证明，中国的方法是正确的。中国的孩子大都乐观向上，礼貌低调。有时候，哪怕我已经连续上了五节课，忙了一整天，在走出教室的时候，还是精神百倍，原因很大程度上就在于学生的表现感动了我。对于那些“困难生”，我尤其希望改变他们的命运。我跟孩子们在教学楼外打羽毛球时，他们总是特别细心，发现我这边冲着刺眼的太阳，对面的男生就会主动问我：“老师，要不咱们换一下位置？”有时，比赛过程中他们也会问你：“老师，您渴不渴？想歇会儿吗？”听到这一切，你能不感动吗？这一切都说明了孩子们的高尚道德和健康心态。没错，学校禁止学生在学校里使用手机、电脑等电子设备，但我觉得这一规定确实有效遏制了学生的自私和炫富心理。总而言之，我所看到的中国学校关系非常简单，就是“严格友爱”。

有了同事的关爱和热心帮助，我很快适应了教书的工作，那是一段我梦寐以求的平静日子，满载着宝贵的师生情谊。校报上还发表了一篇专门表扬我这个“新外教”的文章，看完之后，我终于放下心来，不再担心自己的“饭碗”不保，也不再感觉自己是沦落在南海孤岛的保加利亚鲁滨逊。我的心情激动不已，对未来充满了更大希望。

学校操场上，南方特有的树被风吹得沙沙作响，虽然时值秋日，但我心里却看到白杨新绿的叶子在风中灵动地跳跃。[①]

探索“南海”

我任职过的三所学校都在佛山市的南海区，每年10月1日，中国所有学校都会放假庆祝中华人民共和国成立（1949年10月1日）。这是中秋之后的又一个小长假，我终于有机会四处转转，“接触”一下中国东南部的民风民俗。更重要的是，我终于有机会再次见到丽丽，她也会放四天的假，并且表示愿意跟我一起过节。我们旅行的第一站是广州——中国的南方之都（在我眼中，其他省会城市如果是银色的，那广州就是金色的，希望我这么说不会冒犯到其他省会城市）。

我曾在前面的章节提到过我的“三位女性朋友”，其中一位这次假期也加入了我和丽丽的行程。她叫余蒙蒙，或者也可以叫她Iris（她许多英文名中的一个）。蒙蒙是个很有才华的姑娘，简直能出口成章，妙笔生花。

点点滴滴的时光，洒落在明朗十月的画布上，形状各异、色彩斑斓，像法国画家修拉（Seurat）的点彩派画作《大碗岛星

---

① 在保加利亚语中，白杨树被称为“灵动的树”，特指它的小片树叶在春风中摇曳的状态，同时也影射人心情的美好悸动。

期天的下午》，轮廓模糊、边界不明。宛若广州和佛山的边界，到底从哪里算出了佛山、哪里算进了广州，非常难判断。我们先是乘坐快速公交到了地铁站，我和丽丽两个人像生活在巨大城市繁忙蚁山中的两只渺小的蚂蚁，艰难地奔向人潮拥挤的中央车站。中国南方闷热的秋天从头顶落下，将我们紧紧包裹，我和丽丽焦急地等待着从南阳赶来的Iris，等了太久，眼看就凝固成“望夫石”了，可这闷热的天气恐怕连石头都能融化。这种天气，人哪怕一动不动也会大汗淋漓、口渴难耐。在保加利亚语中，如果说人一动不动，要么是因为寒冷，要么是因为霜冻，但在中国的南方，这样的措辞根本用不上。

在广州的行程，我不想多加赘述，只想谈谈我在那里遇到的人——在我的人生中，人永远比冷漠的大城市来得重要。今天我们的旅行团又加入了一个新人，她就是蕾，是我在“好好学英语”QQ群上结识的好友。我来中国以前，所有的中国朋友都是从QQ上认识的。

蕾是个真正的大美人，刚见面，我就不自觉地忽略了另外两位女性朋友丽丽和Iris，完全被刚刚出现的蕾的美貌所折服。现在回想起那时的自己，看到蕾的一刹那，我的心为之“一软”，暗生出许多情愫。从蕾加入后，大部分时间我都忙着跟蕾聊天，直到回到罗村我才意识到自己的得意忘形和无法自持，对此我非常气恼，甚至有些恐惧，因为我注意到丽丽的脸色已经有些难过。当即，我从自己内心那令人心醉的迷雾中清醒过来，像一只蝴蝶抖落脆弱翅膀上的尘土，想要重新开始追求晶莹剔透的人生答案。

表面上，我脑海里浮现出浅滩银色微波的印象，我看到蕾的面庞：无忧无虑、冷艳动人，给人以无限遐想。但在我内心无法触及的深处，丽丽那深不可测的面孔却掀起了蓝色汪洋般的涟漪。或者可以说她那纯洁善良的心，不管是现在还是未来，都是我的至宝，任何女性的美貌和诱惑都无法与之匹敌。我想就是在那一刻，我意识到自己对丽丽的感情不再仅仅是朋友那么简单，我早已把她当成了可以共度一生的挚爱。

这一刻是永恒情感的迸发，虽然我不知道自己的情感有多浓厚，但我知道它足以蒙蔽我的双眼，让我看不清这世界的轮廓，大城市、小地方、车水马龙和高楼林立的中国南方。正因如此，我的第一次广州之旅并未给我留下太多记忆。

我相信这一天对丽丽来说也非同寻常，她内心不仅仅有怨怼，还有连她自己都不敢正视的深刻情感。我不想把她脸上那一闪而过的阴霾理解为嫉妒，嫉妒常常是出于因“私有财产”被人霸占而产生的情感，而我们俩之间的感情还没到要对彼此负责的程度。但确切来讲，确实是她脸上闪过的一丝阴影让我看到平日里的她是多么阳光，让我产生想要守住这个宝藏的想法。我很奇怪，那些参不透自己灵魂的人多少年都无法捉摸的情感，我却在瞬间就豁然开朗！一瞬间的心动，一瞬间的选择，就在那一刻，我做出了人生重大的选择：

我喜欢肖丽。

她的决定似乎并不像我这般果断，但我相信从那一刻起，我也已经成了她思想和情感的中心。传统的中国女孩不可能短时间内做出如此重大的决定，丽丽也是花了三个到四个星期才认定了我。但以她的性格，一旦做了决定，就会一辈子坚守，坚定执行——所以我想，那段时间她一定非常纠结，耗费了大量心血，不仅要说服自己，还要顶着父母的压力和哥哥的强烈反对。当然后来当她家人了解我的为人后，便不再反对了。

假期的后几天我们没再安排什么大的活动，除了在周边转转，就是在我家举办了个小型“聚会”——有生以来我第一次看到中国人包饺子，从一开始的和面到最后的盛盘，一步也没错过。我还参与了其中的一些步骤，包了好几个饺子。虽然我们的小厨房并不方便，但那几天却满溢着浓浓的节日氛围，我们三个人一起合作了一顿美味大餐——更是加深了我们真挚的友谊。

南海，我爱的摇篮

10 月 5 日清晨，我们第二次分开后，我一整天都百无聊赖，毕竟学生也还没有返校。于是我打开日记本，记录了以下文字：

佛山新的一天

这是我在佛山新的一天，空气十分清爽，似乎夹着一丝清冷，像淘气的孩子般让人难以分辨……继我来到中国后，我的生命又萌发了新的情感、新的土地、新的朋友，还有那虽一成不变但却无比灵动的景致，异样的味道，背井离乡的感受……我的日常生活增加了各种强烈的色彩，让我无法分辨哪些是现实、哪些是梦境……

昨天，我不得不与她道别，我一直觉得分别（哪怕是暂时的）也让人万般痛苦。现实中的分别，与文学描写相比，还要令人心痛。现在的我切实地感受到原来许多流行歌曲的歌词并非只是为了搭配旋律而作，那些歌词反映的都是人类的真情实感。丽丽走后，我脑子里一直萦绕着儿时常听的一首歌，挥之不去，演唱者是阿特·加芬克尔（Art Garfunkel），歌词如下：

我没有计划，也没有方法，
我没有希望，也没有梦想，
我一无所有，
因为你不在我身旁。
我没有温情的渴望，
我没有欢乐的时光，
我一无所有，
因为你不在我身旁。

歌曲的旋律舒缓而忧伤，但我之前从来没有想过精致巧妙的歌词竟能表达出如此深刻的情感。只有当你亲身经历了离别，才能体会到深陷其中那淡淡的忧伤和深深的忧虑——她还会再来吗？我们会有怎样的未来？她也爱我吗？我敲开心爱的姑娘的第一道心门，后面还有多少道再等着我？在那深不可测的迷宫，哪一条才是通往爱情宝藏的心路？

我的未来，请仁慈地对我！我渴望的只是纯洁清泉中的纯洁情感。

第一次逛“书城”

昨天我有了一次逛“东方书城”的难得经历。之前，我从来没去过中国的书店，所以这次逛书城简直令我的双眼应接不暇。场馆布置得简约明亮、井井有条——各种各样的图书构成了书的海洋。摆放有序，标识清晰，这一道道无声的长廊，集聚着最强大的力量。我左瞧瞧、右看看，感觉自己可以在这充满文学魅力的殿堂一连待上好几天，也丝毫不会感到腻烦。

除了当代和古代那超脱的文人群体给我留下了深刻印象外，席地而坐认真阅读的现代读者也深深打动了我。换句话说，周遭视野所及的地方，一道道书架中间，挤满了潜心阅读的大人和孩子。一位十四岁左右的小女孩特别吸引了我的目光，她全神贯注地看着自己手里的书，完全没有注意到我差点闯入她宁静的世界。在保加利亚的书店，我从来没有看见过这样的景象。

看那边！一个小姑娘正“把书放回原处”，放回到她娇小的身躯和纤巧的小手能够得到的位置。我也从“她的架子”上拿下一本，她气愤地看了我一眼，但什么话也没说。

读者的数量着实不少，但整个大厅却寂静无声，人们好像踏入了图书的圣殿，禁止任何人大声喧哗。就这样，我随着静默的人潮，翻看了一本又一本好书，走过了一个又一个书架，穿过了一个又一个过道，在这浩瀚无声的世界和未知的领域探索渴求。

吞噬我的还有另外一种情感：书中记载的人类命运的浩渺烟波中，我个人是多么渺小，多么无足轻重。被载入史册的人类思想的海洋跨越几百年，突然鲜活地伫立在你面前，用无法忘怀、永不磨灭的语言向你吐露心声。虽然我们再也无法接触到那些伟大的作家，但他们的语言却深深感动着我们的心灵。

在思想和情感的旋涡里打转的我，终于走出了“书城”大厅，再次来到喧嚣的街道，再次闻到难以忍受的污浊，外面的世界似乎迫不及待地想要耗尽人类的生命，耗尽人类那无法计数、毫不起眼的生命……真是冰火两重天！一墙之隔，隔开的却是两个截然不同的世界！

与我灵魂深处那难以捉摸的精美世界相比，与寄托了我们灵魂的书本世界相比，外面的世界为何如此枯燥、如此无聊？

秋高气爽

几日来，我整个人都神清气爽。今天，走在学校的操场上，我不经意地留意到自然界的变化。昨夜的一场秋雨过后，树叶上挂满了晶莹的露珠，清晨的雾霭给空气披上了朦胧的面纱，这是中国特有的气氛格调。空气中弥漫着败草的味道，混合其中的还有许多说不清的气味。大树还像从前一样郁郁葱葱，只是我柔软脆弱的心灵让它们呈现出了不同的模样。

有时候，一个小小的变化就能改变我们的一生：一次碰面、一句话语、一个笑容。生命深入到我们的心底，蓦地迸发出无穷的力量，走向更深处。我一直在想：在语言的世界我已经活了多久？以前和眼下看到的一切是否真实？中国就在我眼前：二十年来我一直梦想着的土地和人民。有时我想，我之所以只看到眼前的一切，是因为我一直紧闭双眼，一旦我睁开眼，就会看到多年来我失去的一切：我的童年、芬芳的青草和湛蓝的天……或许，这才是我命中注定的世界？

或许，过去的哀伤和悲痛让我如今在中国的快乐生活显得极不真实？穿过丛林荆棘，我终于来到了这里……就像歌中唱的一样。我的学生们，是他们让我阴雨绵绵的生活再次阳光普照。今天是星期一，下雨，我要在课上和他们讨论天气的表述，雨天的忧伤被孩子们的灿烂笑容完全驱散。佛山的雨，下得静悄悄、细密密，秋天的脚步不知不觉踏上了绿油油的草地，透着势不可挡的清爽……

如鸟儿一般的思想

有时我不敢记录自己的想法，它们像掠过流动生命之水的小鸟：低飞接近水面，轻轻触碰一下，小爪子留下的划痕瞬间又被时间的湍流所湮没。我们全部的思想，不过是岁月水面上的一道划痕！看着自己以前的日记，我心怆然，我多想阻止生命之河的流淌，但却无能为力。它流啊流，渐渐远离了我们珍爱的过往。可怕的怀旧啊！或许只有爱她，才能让我揭开你神秘的面纱，岁月总是让人困惑不解，我们属于永恒的世界。人类的生命如此宝贵，终结的命运却如此荒唐，我们每个人都该挚爱永恒。

爱就是希望

前面的道路有痛苦也有欢喜，我静静等着她的到来。我希望她能来，但时空用世事难料冰冷地将我们阻隔。我们想永远牵着爱人的手，永远的意义就在于无数微不足道的关心、计划、言语和思想。有些人期待安逸，而我期待关切。人类的历史曾流下无尽的泪水，目睹过太多事实，我的恐惧并非空穴来风。然而，我还是心存希望，是希望给了我爱的力量。如果把希望拿走，爱就会像生长在无水荒漠的花朵，终将枯萎。相爱时，我仔细审视自己的内心：它是否忠贞？我们内心哪怕有一丁点的变化，也可能断送我们的爱情。相反，如果我们能全心全意地投入，把它视为人生的真谛，那它就会完好无损，就像保护自己的孩子，帮助他们健康成长。爱情中的所有问题，都可以用爱来解决。只要两颗心做出同样的选择，爱情就将永生。我们别无选择，只有彼此。

(2010 年 10 月 16 日)

冬日来临

今晨，空气中有一丝清冷，那是冬日的味道，一种久违了的儿时味道。昨天对我来说是非常难过的一天，只有我亲爱的女孩能给我安慰……我之前的同事又给我带来一些难题：我喜欢他们，但他们为什么不理解我呢，我始终不得而知。或许他们抱着对我固有的想法，希望我能成为他们心目中的样子，但我断然做不到……总而言之，冬日来临，空气中带有一丝凛冽，刮起了大风……如果是在保加利亚，我该多么欣喜：这预示着大雪即将降临；而如今，我已经不喜欢下雪，寒冷令我愈发难过：我的心渴望温暖，来自大自然和人间的温暖……

(2010 年 10 月 27 日)

情定中国，中式婚礼

决定未来

2010年秋，我莫名地感觉到有朝一日丽丽一定会成为我的妻子。很多时候，人们总是愿意把简单的事情复杂化，但究其本质，事实其实非常简单。我想追求的就是简单——我发现了丽丽的好，忍不住告诉她说我觉得她最后一定会嫁给我，并成我们孩子的母亲。她会愿意嫁给我吗？答案很简单。她忠贞、勤劳、无私、理性，懂得为人处世，做事尽职尽责。但是，哪怕是在我跟她告白的瞬间，我们也没有感到一丝激情或一点“浪漫”。

我们的爱情没费太多周折，没有任何消耗，包括时间。

自第一次在佛山火车站见面，在接下来不到一个月的时间里我们就认定了彼此，订下了婚约。以下就是日记中记录的我们的心情：

2010年10月20日（韩裴）

“距离我们订下婚约[①]的那天已经过去了些日子，可如今的我们却还天各一方，我的内心无比孤寂。昨天，军用飞机几次在我们上空飞过，打破了学校的宁静，讲课的时候，我即使戴了麦克风，学生也听不清我讲话的内容。一位老师跟我说，美国的军用飞机正意图在中国南方的岛屿集结，他的话让我感到某种危险。我内心充满了恐惧：是要打仗吗？经历了两次可怕的世界大战，我无法相信人类还会重蹈覆辙！即便如此，恐惧还是向我伸出了魔爪，还想刺穿我的心。我在害怕什么呢？我最害怕的是失去她。虽然我们彼此相爱，虽然我们海誓山盟，但我还是害怕会有事发生，会在我和她之间竖起一道高墙。我们都是无足轻重的小人物，生命中的恐惧在所难免，就像爱情中的恐惧在所难免一样。亲爱的女孩，我的心早已属于你，我已把自己托付给了你！啊，相爱中的人最难忍受孤独。我并非多疑的人，但对她的爱让我比以往更容易害怕和恐惧。在爱上她之前，我无所畏惧，也不害怕失去；但如今，她似乎比我的生命还宝贵，这会是真的吗？

---

① 此处订下婚约并不是指我们举办订婚仪式的当天，而是我们私下承诺共度一生的日子。

这是我真实的情感吗？上帝呀，请赐予我力量让我勇敢起来，让我的爱情战胜一切人类的恐惧，让我的爱情成为老天保佑的姻缘！”

2010年10月23日（丽丽）

我再一次打开千千音乐，聆听那首《越长大越孤单》，它的歌词非常简单，歌手清脆的嗓音带着些许的沮丧。我心有戚戚焉，偌大的办公室愈发令人感到空旷。或许因为今天是星期六？

“你曾对我说，每颗心都寂寞，每颗心都脆弱，都渴望被触摸。”确实如此，终日忙于生计，或许感觉不到，但一到下了班，当你拖着疲惫的身体走在回家的路上，你就会发现等着你的只有空荡荡的房间和死一般的寂静。

我已经习惯了一个人做饭，一个人走路，一个人看电影，一个人做梦。记得有一次和朋友聊人生，她说她已经习惯了一个人生活，甚至喜欢上了一个人的状态。“但这只是暂时的状态，”我对她说，“只是因为我们还没有找到心灵的港湾。”

老实讲，我不怕繁重的家务，也不怕照顾别人，我唯一担心是没有这样一个人让我呵护。我喜欢做饭，却没人与我分享晚餐；我喜欢打扫房间，却找不到人与我为伴；闲暇时，我希望到公园或商场闲逛，却苦于没有人在我身边。

终于，一切都变了！现在，虽然我的生活还一如从前，但我的心却找到了停靠的港湾，找到了归宿后我的内心无比安慰。现实总是十分残忍，我还将面临无数困难和考验……我还不习惯拥有这样的港湾，最初一切如梦似幻，我甚至不敢接受它，直到有一天，我发现它其实真实可见。

谢谢你，裴！我爱你！直到永远！

2010年10月25日（韩裴）

“房间里一片寂静，偶尔从楼下操场传来学生的几声喊叫。我躺在床上，形单影只。我倦了，并不是对生活或是工作……而是厌倦了一个人的状态。我渴望你的到来，丽丽，宛若跋涉的旅者干渴的唇渴望绿洲清泉的滋润……我家徒四壁，空空如也……四下里没有一点动静。我紧闭双眼，任思绪翱翔，越飞越高……我祈祷，我常常向上帝祷告……我们每次的相遇都如此美妙，我们的心一起跳动，你的一举一动都牵动着我的思绪，我问上帝我何德何能，竟能拥有你这样美好的姑娘？我觉得自己不够好，觉得自己一事无成。过去的五年，我记得最清楚的就是孤独带给我的痛苦。最初我年轻的时候，我还感觉不到——青春成了我的保护伞；但如今，我总觉得往事不堪回首，哪怕片刻的孤独都令我难以忍受。我总想与人为伴，总想有人能与我呼吸相通，生死与共。”

丽丽：“我的生命之花，我想永远守护着你。我希望对你的爱能一天天长大，每朵飘过的乌云都能让我们更加强壮。我希望我们两个能合二为一，永不分离，希望我们能心心相印，每天一起迎接黎明，一起仰望星辰，一起入梦。我希望我们能永远互诉衷肠，告诉对方：Обичам те![1]

离开保加利亚以前，我特意告诉自己不要有任何奢望，一切只要听从命运的安排就好。希望越小，失望就越小，无欲无求的简单生活才会一切顺遂。如今我问自己：向丽丽求婚时我犹豫了吗？我对她的承诺能算作求婚吗？我并没有单膝跪地，或给她买个戒指，甚至连花也没送……我们现在戴着的戒指，象征着忠贞的低调的银质戒指，是我们在南昌民政局领证之后买的，记得是在佛山南海东方广场一家不起眼的珠宝店。

我与丽丽分享了我的中国梦——我那可以追溯到三十年前的梦。1988 年，我假想了一个中国女孩，给她起名秀晗，如今我们把这个传奇的名字给了我的宝贝女儿!

记得一天下午，我和丽丽坐在罗村宿舍的长椅上，她突然问我说：

“你梦想的中国女孩会是我吗？”

我当时没有明确地说“是”，但现在想想，我觉得她不仅是我的梦中女孩，更是我生命中最重要的人。

我们经常在周末约会。有一次，我们去了佛山的祖庙，还有一次哪儿也没去，就在街上闲逛聊天。我们的想法很简

① 保加利亚语“我爱你”!

单：不愿错过任何一个可以在一起的机会。

虽然我们经常见面，但我还是不太确定她是否愿意接受我作为她的终身伴侣。我答应给她一个家，告诉她我觉得她就是我上天注定的另一半。

我们都不希望看到任何“复杂的情况”发生，不想质疑已经做出的选择。我们的爱情简单而明智——如同古老的中国人和保加利亚人建立家庭和祖国时的选择一样——我们的爱情一定会天长地久。当然，我们的爱情也并非“理智头脑的冷静算计”，决不是。我们情感深厚绵长、心有灵犀，并非轰轰烈烈、激情四射，在我们看来，情到浓时预示的大多是爱情的黄昏，而不是黎明。

对于丽丽来说，爱情的选择并非像我这般简单——或许我也是她的“天赐良缘”，但我的从天而降对她来说太过突然，给她的又是一个离家乡和父母无比遥远的港湾。在东正教文化中，父母的想法对于年轻人的婚姻至关重要，但即便如此，也没办法与中国父母对他们传统的女儿的影响相提并论……再说，我已经年近四十——虽然事业上还没有做到“而立”，但精神上，我已经进入了求稳的“不惑”年纪。从二十三岁开始，我的人生就已变得浩瀚缥缈，未来也会因此而显得五彩斑斓。对于一个思想传统的中国女孩来说，嫁给外国人是一个无比艰难的决定。考虑到她父母可能会介意我的年纪，丽丽壮着胆子跟他们撒了谎，给我少报了五岁。她的父母似乎对我谎报的年纪没有太大的意见，毕竟从外貌来看，无论在中国还是保加利亚，人们都会把我视为一个年轻人。但是，如果我留起胡子，就会立刻变成一个老人，刮掉后，就又会变回少年。或许因为我不够成熟，人们总是低估我的年龄。好在那段时间我没留胡子，假象被装点成了模糊的真实。

我们的爱绝对不同凡响，我们两个人可谓心有灵犀。多年来的共同生活足以证明，有太多次，还没等我把话说出口，她已经表达了我的意思，反过来也是如此。我想，我们的爱情一定得到了上帝的祝福，或者——像中国人常说的那样——是上天注定的一辈子的缘分。我并不相信命运，但我相信是上帝让我们彼此相遇、相知、相许。

从一开始丽丽就说：

“咱们两个的事，就跟大多数中国家庭一样：大事你拿主意，小事我做决定。”

“当然可以。”我表示同意。

我将自己之前的修行和生活向她和盘托出，她知道我信奉东正教，愿意与我同心同德。事实上，儒家信仰与东正教教义可谓如出一辙，这让我更加确信保加利亚与中国文化其实一直认同彼此的价值观，这是一个值得详细探讨的巨大领域，要想说清楚，得另外写一本书才行。就这样，我和丽丽决定，我们未来的家庭生活将一起奉行东正教。

就这样，我们共同做了这个重大的决定，庄严而低调地跨越了雷池。对我而言，前路似乎不会再有艰难险阻，但对丽丽而言，虽然家人的祝福并非必不可少，但她却十分在乎。

丽丽花了将近一个月的时间“在心里纠结”该不该嫁给我。最终，她的心给了她肯定的答案。漫长的等待后，她的答案令我激动不已，但摆在我们前面的还有一个更为艰巨的困难，那就是丽丽的家人。我与我的父母交流了此事，他们对我的终身大事给予了满满的祝福。

我的突然造访令位于崇义（江西赣州）的肖家着实吃了一惊。我特别认同中国人对待婚姻的态度——婚姻不仅是两个人的结合，更是两个家庭的结合，甚至可以追溯到祖宗十八代，也会影响到两家未来的兴衰。是否“选对了家族”，不仅仅会产生一定的政治影响，而且还关乎家族的血统和文化。有时候，普通人的身体里或许流淌的是皇室血脉，或至少能与权贵扯上点关系，即使没能载入史册，也会永远在家族血脉中延续。我很有幸自己能有机会研究肖氏家族的历史。

丽丽为了我们的婚事先是跟哥哥争论了一番，因为他强烈反对妹妹嫁给外国人。确切地说，任何一个传统家庭对这样的跨国婚姻最初都会有如此的反应，这很正常。丽丽对她的哥哥晓之以理、动之以情，哥哥对她也是软硬兼施，哥哥太爱这个妹妹了。从一开始我就清楚地意识到了自己担负的巨大责任，毕竟我要把一个洁身自好家庭里的纯洁宝贝女儿带到千里之外的另一片大陆。对此，与其说我感受到了巨大的压力，不如说受到了巨大的启迪：我认定我们的婚姻是一个伟大的结合，我相信它的神圣之处就在于过程的艰难，越想我越坚信这是关乎我们一生的选择，关乎到永恒。这世上，没有什么东西比信任更宝贵，没有什么犯罪比背叛婚姻更可鄙。比起自由社会，父系社会中男性对女性有着更大的责任，因为父系社会中的男性是绝对的强者，拥有绝对的优势地位，而女性则处于弱势，所以理应被男性更忠贞地疼爱与保护。我坚定地以为，正是这种所谓的不平等保护了女性的温柔和男性的节操；相反，在所谓自由的社会，人们往往会打着自由的旗号做出一些毫无原则的轻浮选择，同时也就破坏了传统的绅士风度和淑女风范。

丽丽以爱的名义与家里“抗争”的最初几天，天公也不作美，寒风肆虐、乌云密布。我们为爱所做出的承诺遭遇了炮火般的攻击和阻挠，好在，最终因为她对我的信任，家人的火势也终于逐渐减弱、趋于平静。好在，我们还有退路，至少我的父母对我们非常祝福，这对我来说至关重要。日子还要继续，一如往常，到了晚上，我和丽丽就用 QQ 视频通话，她会把当天斗争的结果讲给我听。有时候，视频那头的她心情沮丧，边跟我说话边啜泣流泪，但即便如此，她还是抱有坚定的希望，和她与我结合的决定一样坚定。

她请了几天假，回崇义和家人待了几天，终于从她父亲那里得到了最大的支持。如今，她的父亲已经成了我在中国的父亲。

2010年10月25日(丽丽)

事实上，我能够理解父亲的担心。他非常懂我，自我还是个小孩子，他就特别偏爱我，跟我讲过很多人生道理——他对我的影响很大，一直对我很信任。我记得有一次他对我说：“你做事我很放心。”或许正是这个原因，他对我的决定一直都非常支持。

父亲是一个沉默寡言、心地善良、真诚慷慨的人，说他有这些优点，我丝毫没有夸张：他从不斤斤计较，总是宽容大度，简直令我叹服。这就是他，我亲爱的父亲——一个心地单纯的农村人，我爱他！

中国人几乎从不当面向父母和兄弟姐妹表达内心的爱和感激之情，裴，我希望你能理解我们两国在这方面存在的文化差异。虽然不曾说出口，但内心深处我们都全心全意地爱护着彼此。

我常说，我母亲是个典型的中国农村女性，她生活的环境造就了她农村妇女的思维方式。但是，我相信，如果有机会接受教育，她一定会成为精明能干的女人。只是，我外婆家太穷了，母亲有很多兄弟姐妹，她排行老二，于是便自动承担起了照顾叔伯、打理家务的责任。她一辈子过得特别艰苦，儿时的生活尤其悲惨。

父女之间似乎总是有一种既神秘又深刻的情感牵绊。痛苦的时候，女儿总想从父亲那里获得支持和安慰；而当父亲接受考验、心情沉闷的时候，也总是女儿静静地陪在父亲身边。丽丽和她父亲的关系就是如此。她父亲懂得那是她深思熟虑后所做的决定，也知道她一心要嫁给我的坚定决绝。虽然心怀担心和忧虑，他还是同意了女儿的婚事：想到女儿要成为“老外的妻子”，他内心充满了痛苦，但最终还是做出了让步。对此，我一辈子都要感谢我的中国父亲，感谢肖家，我很荣幸自己能成为他们中的一员。

2010年11月6日(丽丽)

辗转了十个小时，我终于回到了家。

我一下子就认出了站台上父亲的身影。他一接上我，就开始滔滔不绝：

“你怎么瘦了这么多！看看你，脸色一点也不好，你最近都忙什么呢？”

虽然令他十分担心，但听到他说我瘦了，我却很开心。

太累了，下午我补了个午觉。醒来后一直安静地待着，坐在那儿，看看书、想想往事……

2010年11月16日(丽丽)

最后我把自己所有的憧憬和担心都告诉了裴。父母也终于答应下日帮我们举行一场订婚仪式，之后我们就去民政局办了登记手续。

哦，对了，我必须详详细细地告诉裴中国订婚仪式的所有步骤，但其实我自己也不是很清楚——也是这两天刚刚从父母那里了解到了一些环节。虽然有些细节可以省掉，但父母坚持要按部就班地举行订婚仪式，也就是说，以下步骤一样也不能少：订婚、登记、传统的中式婚礼。

待丽丽完成“使命”从老家回来，她整个人都显得光彩照人。简而言之，一切顺利！一切障碍都已扫除，我们终于可以结婚了！

但她心中还记挂着另外一个不确定因素：

“你去崇义的时候，”有一天她对我说，“我有点担心你无法适应我们那儿的生活条件……”

“不用担心，”我回答说：“即使让我住在山洞里，只要和你在一起，我也丝毫没有怨言！”

我跟学校提前请了假，因为我的签证将于 2010 年 12 月 14 日到期，所以我们想方设法于 12 月 6 日在江西的省会南昌登了记。登记前，根据中国几百年来的传统，我们要在肖家人的见证下举办订婚仪式，具体时间定在 2010 年 12 月 1 日。

义县牛角河村见证下的订婚仪式

我们 2010 年 12 月的计划非常简单：我从学校请大概一个星期的事假，然后乘公交前往深圳宝安汽车站，丽丽工作和租房的地方就在那附近。母亲给我寄来了“未婚证明”的中文翻译件，并做了双重公证，收件地址写的就是丽丽的办公室，证明送达得非常及时。在之后一系列的婚礼筹备活动中，祝福都来得恰到好处。就这样，所有文件齐备，我们的关系跨入了一个新的阶段。

我们乘坐的火车一路行至赣州，整段行程我一点印象也没留下，除了身边一直陪伴我的可人儿。这是一次非常普通的旅行，遇到的都是普通的人，唯一的目的就是前往我们最终的目的地。

但我万万没想到，我们遇到了一个特别的乘客，与其说遇到，不如说是他主动接近我们，与我们展开了一场趣味十足的跨文化交流。

他就是David谭，后来我们偶然有机会看到他的日记——以下是他的日记节选：

旅途

业务关系，会常去一些地市级城市或者县城，搭乘火车便是经常的事情。由于在地县级城市间换乘，大多都是非动车，人多、车脏、嘈杂和秩序差，毫无文明程度可言，每次坐车，总是心有余悸，成为一大负担，“My God！看在生意的分上！”上车前往往自己对自己这么说。

定南地处赣粤交界，从定南到赣州大约两个半小时的车程。这是一趟普通的K打头的火车，从深圳开出驶向天津，开到定南是下午两点三十分，满车是人，有民工，有老人，有小孩，有学生，还有说不清是干什么事的人。车内脏兮兮的，小台面和地上尽是瓜子壳，饮料罐和瓜果皮，乘客大都是斜倚着，或者干脆脱了鞋翘搭在对面的座位上，毫无坐相。嘈杂声主要来自车厢内的电视。车厢内依然有烟味，是廉价烟的那股味，有时有夹杂着浓郁的香精味道（记得是小时候凤凰香烟的味道）。

找到座位，正四处张望要找一个能放我行李箱的地方（要知道行李架上都是民工们的大包、大袋和大桶），对面传来一个声音："我来帮你把箱子放上去。"一抬头，猛然发现对面说话的竟然是一个欧洲人，非常帅气。只见他挪了挪行李架上他自己的那个箱子，不容分说地将我的行李箱拿起来塞到他刚腾出来的地方，平稳地放好，然后转身微笑着坐下来。

我着实吃了一惊，确切说是出乎意料。这是一趟普通车，极少有外国人乘坐。小心翼翼地谢过他之后，便在对面坐了下来。那是一个典型的欧洲男人，约莫三十五岁的年纪，挺拔的鼻梁上架着一副眼镜，镜片的厚度告诉我他肯定读了不少书。头顶上的头发有些稀疏，不容置疑他以后会面临脱发的烦恼。可以说整个列车中他可能是穿戴最为整齐和整洁的了，端端正正地坐着，身旁是他的女友，一个极为普通的南方女孩，两人有时轻声地说些话，有时共享一个 MP3 听着音乐。安静，从容，礼貌并十分享受地坐着车。

十来分钟过后，我便试着和他攀谈起来。他告诉我他来自保加利亚，刚到中国两个多月，他在保加利亚是专修汉学的，能说四国语言，保加利亚语是母语，还有和它近的俄语，及英语、汉语。英语和汉语都说得极棒。可能他也觉得我和车内的其他人有些不同，有些东西可以拿出来一起谈谈，而我这人是较为容易和人闲谈的。

他来自保加利亚的首都索菲亚，在那里的大学读了五年的汉语，确切地说是学的汉学。他自小就喜欢汉语，从小学开始就学汉语，保加利亚有唯一一所能提供汉语课程的中学，他便在那里上了学。由于立志学汉语，他在中学临近毕业时便报考保加利亚唯一一个汉学专业，这个专业在他中学毕业那年还没有正式招生，在筹备中，他特地预先登记等了一年多才正式入学，他的入学专业编号是No.1，那个专业毕业的人数迄今为止包括他自己只有五个，当他说到这里，脸上不无泛出自信的神色。

两月前他来到中国时，也就是他修完汉学专业后的第六年，当他提及他来自保加利亚，许多人对这个国家一无所知。我说那是位于巴尔干半岛一端的一个景色优美的国家，东西方文明在那里冲突和融合，有希腊和罗马的印记，也有土耳其帝国的辕辙、奥匈帝国的硝烟以及巴尔干半岛的是是非非。他对着身边的女友说我知道的比他告诉她的还多。他说当下的保加利亚是一个很安定的地方，没有什么工业，以传统农业和旅游观光业为主，有大片的森林和草场，基本上每户在农村都有一个农舍，闲暇时可以去住上一段时间。

他此行来中国的目的是看一看现实的中国和他读到的中国有什么不同。他惊诧于中国人口的密集度和环境的变化，也赞叹中国有如此丰富的商品和商业环境。他想看一看李白唐诗中描写的一些意境，造访一些古文言文中提到的古迹。他告诉我他能读文言文。有一次上课时教中国历史的教授由于多年没有开课，居然把许多汉字写错了，他一一纠正，让老师着实难堪了一回。在下一次课时，教授特意请了一位老华侨来做助教，可好多字老华侨都搞不清。当然学习汉语已不是他的目的，除非想要了解一些方言。当在广东待了几星期后，便遇到了难题，因为当地的广东（佛山）人只会说广东话或者口音极重的普通话。在那里，他遇上了现在的女孩，英语说得很好的一个女孩。

手机响了，那是他母亲从遥远的东欧打电话问他的行程是否顺利和安全，他用母语回答着，声音很温和而且音量控制得很好，几乎一点都不影响别人的休息。这是我第一次听到保加利亚语。

两个多小时的车程就这样在不知不觉的交谈中轻松度过。车到赣州，我的中转站，他和女孩也是到赣州，因为女孩老家是赣州的。我推荐他有时间可以去看看赣州的唐代石窟艺术，女孩说她还没去过，有时间的话安排他去看看。将要车停时，他起身又要帮我拿行李箱，这回我断然不能再劳驾他了，他就先帮隔座的一个女孩提下一个大大的编织袋来，最后拿他们自己的行李，还顺便帮隔座女孩把她的编织袋拎下了火车。

告别时他告诉我他的中文名叫韩裴，取其保名的发音，一个很有中国古典韵味的男人名字。他是一个温文儒雅的人，一个非常有风度和乐于助人的人。

(2010年12月7日)

因为之前在照片上看过丽丽的父母，所以这次虽然是初次见面，我却没有一丁点的“文化不适”。

如果说赣州是一座河水蜿蜒流过的美丽的普通城市，有着丰富的历史和底蕴，如今已发展成为江西南部客家文化的中心，那崇义则依然保留着一丝古朴的落后，主要原因或许在于交通的不畅，这一路走来，我们遇到的都是崎岖颠簸的山路。崇义街道给我的第一印象就是油叽叽的机器设备，再加上活生生、乱哄哄的农畜市场。从整座城市的建设来看，当地绝对是中国现代化建设大潮的狂热追随者，后期更是开展得如火如荼。2017年，当我带我自己的父母再次来到崇义时，这里发生了翻天覆地的变化，整座城市都大有改观。

我这个人最不擅长的就是做计划，于是我把这个任务交给了丽丽。

12月1日，我迈入了我在中国的第一个家，丽丽的哥哥肖长生开车接了我们，把我们一路带回了家。

家里的房子已经有了些年头，灰色的砖墙很是简陋，跟旁边一座新建的白色三层小楼比起来相形见绌。新盖好的房子还不能住人，但最底下的一层已经被当成了一个大餐厅，旁边的房间被用作了洗涤室。这就是来年 2 月我们将举办中国婚礼的地方，只是当时丽丽的父母还没有做此打算。

事实上，丽丽的家并不在崇义，而是在周边的一个小村子里，四周有低矮的群山环绕，山上长满了松树和竹子。村子叫牛角河村，虽然我们去的时候是 12 月，但我感觉整个村子就是一个与世隔绝的绿色天地。车子沿着一条了无生趣的山路往上爬，崇义河两岸伫立着新旧不一的房子，终于到了一个岔路口，车子左转后驶入了一条更艰难的小路。沿着一条小溪，一路往山上爬，又转了几个弯，我们终于到了肖家。

我之前的教养告诉我一定要小心谨慎，千万不要表现得过于“西方”，千万不要因为一些这里无法接受的西方礼仪让自己和未来的岳父岳母陷入尴尬境地。老实讲，在传统的保加利亚家庭，亲吻父母的手背是十分常见的习俗，但我问了丽丽的意见，发现在中国表达尊重似乎跟亲吻完全扯不上关系，所以我选择与丽丽的家人简单而温暖地握手问候。

最开始，我基本听不懂当地口音，崇义话也称客家话，对我来说跟粤语一样，完全听不懂，当然其实这两种方言也有很大的差异。后来，因为听他们说话听多了，再加上对比了客家话和普通话的结构和词形变化，我终于能掌握百分之四五十的内容。我一直都对方言很感兴趣，因为方言才是真正原创自然的语言形式，只是后来，由于当权者的统一规定，方言才被进行了文学及标准化处理。

我跟丽丽的房间没有什么奢华的布置，就是一间砖头砌起来的小屋，门楣处贴着的红纸上用中文写着吉祥的祝福，房间里摆着一张老式双人婚床，垫着厚厚的毯子，铺着厚厚的被子。罗村的生活让我充分体会到没有暖气的冬日是多么难熬，而今我们所在的地方是还要再往北几百公里的山区。自从在罗村生了两次病，我就特别害怕寒冷，不过在这儿，家里人给我们准备了两床厚厚的被子。这个地方，人们建房子的时候总是特意在墙壁和房顶留出通风孔——我想与冬天的寒冷相比，夏天的闷热肯定更加可怕。我的“山洞恋情”终于成了现实，爱情真的能够温暖人心，只要心里有了爱，外在的寒冷似乎根本不值一提。中国农村房舍的布局和早年保加利亚的农村非常像——比如说在我的老家博加托沃(Bogatovo)，厕所距离房子都有几码[①]远，在牛角河村也是如此。这里的厕所称不上是“洗手间”，里面不是坐便，只有一个蹲坑。洗澡的地方在另外一个两米见方的小棚子里。每次丽丽都是在厨房烧好水后再拎到小棚子里盥洗。由此看来，中国人都非常讲究卫生。

想象一下，到了寒冷的冬夜，黄昏时分，拎一桶热气腾腾的热水和一桶冰凉的冷水，掺在一起混成合适的温度，

---

① 英美制长度单位，1 码 =0.1144 米。

用作盥洗。小木棚十分狭窄，只有一个人的容身之处。后来，丽丽干脆直接跑到院子里擦拭她的及腰秀发，周围环绕着黯淡下来的青山、呼呼作响的竹林和刺骨的冷风。我很担心她会感冒，但我的担心从未应验过。后来，等我们回到保加利亚，温润的气候反倒让她丧失了对寒冷钢铁般的抵抗力。

十二月的第二天，我们开始准备订婚仪式，需要邀请很多亲戚出席。在中国，所谓的订婚仪式就是找个场合“把新人介绍给所有的亲戚”。在丽丽家，我们邀请了她父母双方七八个兄弟姐妹的家人出席典礼。丽丽的父母花了整整一天的时间通知了所有亲戚，还事先准备并现场发送了“红包”，当然“红包”需要由我准备。因为我是外国人，所以家人给我简化了这一步骤，不仅如此，他们还非常周到地免去了许多传统规矩。即便如此，对于我这个来自保加利亚的新时代新郎来说，我还是感觉这个订婚典礼非常繁复。

十二月的第三天，我们开始拜访各路亲戚。我们首先拜会了丽丽的奶奶，整个过程特别像《红楼梦》中描写的拜见贾母的片段。按照传统，母系家长在宗室家族中占有重要地位。我们在得到了两方亲戚们的祝福后，在崇义的一家大酒店安排了订婚午宴。这样一来，我们就不用挨家挨户地拜访各位亲戚了。他们把我介绍给众亲朋，然后便将所有亲戚按性别分成两拨（小孩子不管男女都跟着女性这拨）。我自然被分到了男性一桌，丽丽则负责跟女性亲戚周旋，整个午宴我都没办法跟丽丽在一起。对此我表示无法理解——这是哪门子订婚，竟然把新人给分隔开？——我感到非常不适，烟雾缭绕的用餐环境对我来说就是一种折磨，男人吃饭的时候总是喜欢抽烟，没这个毛病的人反倒是少数，女性这边则正好相反，几乎没有一个人抽烟。于是我毫不迟疑、毫无愧疚地请求和丽丽一起坐到“女性包间”。因为我“老外”的身份，家人满足了我的心愿，丽丽也支持我的决定。感谢上帝称了我的心意，日后，我这个中国家庭的无数次聚会都是在烟雾缭绕中进行的，包括二月我们的婚礼。如果说这世上的一些事让我忍无可忍，其中之一就要数烟草、雪茄或诸如此类的东西。

后来，我开始慢慢融入中国人的生活方式，在亲戚严密的监督下，开始养成并仰仗我的“中国文化本能”。订婚当天是对我成为“中国人”的最初考验吗？好在我与生俱来就是个“中国人”，毕竟自 1988 年起我就开始学习汉语了。灵魂深处，我那用语言甚至情感都无法表达的东西被重新燃起。我记得自己第一次在罗村一中操场上散步时曾有过这种感觉。我在网上认识过一个人，他总是反复强调自己对“中国所有东西”都有过敏反应，后来他去了越南教英文，还计划去日本教书，并为此开始学习日语。我相信他可能无法理解我对中国的情感，就好像我无法理解他对中国的不满一样。这是一种神秘的情感，无法解释！

回想我们的订婚仪式，丽丽记录了以下文字：

应付这么多亲戚让裴疲惫不堪，他根本分不清谁是谁，于是我对他说："别担心，你只需把自己介绍给他们就行了。"

这办法确实奏效，一天下来，一切顺利，我们获得了所有亲人的祝福。当天我的全部记忆被无数新面孔占据，其他的也就想不起什么了。

十二月的第四天，丽丽在日记中写道：

母亲为了筹备我的订婚仪式，特意请了两天假，整个家里都为此忙得不亦乐乎。裴也帮了很大忙，我要为他点赞。

我还依稀记得我和丽丽的父亲穿着工装风格的衣服一起挪动树上电线的场景。当然我们还做了一些其他粗活，但都不值得在此赘述。你或许感觉我不是那种会在劳作场合出现的外国人，但必要时，我也可以浑身尘土地认真干活。老实讲，在崇义附近的小村子里，像我这样的外国人着实不多见，但他们真该早点认识我，这样他们就能看到我年少时也曾和爷爷一起从车上卸载收割的玉米，也曾一起把黑煤铲成堆！如果他们只把我当成一个不会干活的"城里人"，那他们就大错特错了！没错，我是读着书长大的，但我也有过农村生活的经历，不论是过去还是现在，我都喜欢田地、干草、草药、野草的芬芳，喜欢新翻的泥土的气息、喜欢小鸟的啾鸣、昆虫的鸣叫，还有我最爱的蟋蟀的嘹亮歌声。我觉得保加利亚的蟋蟀叫起来比江西的蝉更浪漫，也更清脆，对于我这保加利亚的耳朵来说，蝉鸣似乎太过严谨，太过低沉！

正式结合——赣州、南昌，返回

在南昌，丽丽预订了七天快捷酒店，酒店就在公交车站对面，离民政局——也就是我们即将办理结婚登记手续获得“小红本”（结婚证）的地方也特别近。想想真是神奇，九月我们才在现实世界第一次见到彼此，同年十二月就办了终身大事。在我那些中国朋友的眼中，我们的结合绝对属于“闪婚”，但这么说其实并不准确，现实世界见面之前，我们已经在网上沟通了一年之久，我们之间的友谊为我们的婚姻已经打下了坚实的基础。我们的爱情是对我们深厚而真挚友谊的升华，我相信这也是我们延续近十年的爱情从未产生严重摩擦的原因之一，连摩擦都没有，就更别说任何怨怼了。

十二月的第五天下午，我们终于抵达了目的地——南昌酒店，我们将在这里完成终身大事。不过话说回来，不管这一刻有多么重要，不管它会给我们的人生带来多么大的改变和影响，我们的生活还是一如既往缓缓地向前流淌。南昌的安排非常妥当，酒店附近就有一家小饭店，去民政局也只需要走五分钟的路。

一切安排停当后我们进了一家小饭店，点了南昌的特色菜：酸辣土豆丝、家常豆腐、红烧草鱼和酸辣汤。

“真好吃！”丽丽感慨道。

“特别是土豆丝儿[①]。”我打趣地附和。

“你就是土豆先生。”丽丽回应说。

“没错，我天生如此。”我加了一句。

“至于这个酸辣汤嘛，”丽丽继续道，“我怀疑厨师把我们当成四川人了，特意给我们多加了辣椒。辣得我都不敢喝！”

我尝了一口，验证了丽丽的担心，确实太辣了！不过很好吃。

“这是我们俩作为单身吃的最后一顿晚饭了。”丽丽笑着说。

“你改主意了吗？”

她对我的玩笑摆出一副嗤之以鼻的样子，毕竟我们已经公开举行了订婚礼。

我从来没见过这样的丽丽——她整个人都沉浸在幸福中。

“你喝多了吧！”我推了她一下，“我得带你出去转一圈。”

她笑了笑，眼里闪着光。

在如此匆忙的行程中，我们忽略了一件事：中国的结婚证需要新人拍一张红底的结婚照，这件事我们竟然忘得干干净净！

于是我们利用晚上的时间在酒店附近搜罗，最后进了一

---

① 汉语中“丝儿”（如土豆丝儿）的发音和英语的先生“Sir”非常相似。

家药店。丽丽有点感冒，她问药店的人在哪里能拍证件照，按照指引，我们在小巷对面找到一家极不起眼的照相馆，凭我们自己，无论如何也找不到——虽然它外面挂了招牌，但实在太不显眼了，好像根本不想招揽顾客，倒是生怕被人找到一样。我们很幸运，照相馆还在营业，真是天助我也。拍了“结婚照”，按照要求打印了几张，总共花了不到一个小时。我们俩都没有为了这件终身大事而特意着装，毕竟是第一次，都没经验！因为赶路，我甚至连着两天没刮胡子。我们两个衣服的颜色也完全不搭，但我们脸上的笑容却一样幸福，唇上像抹了蜜，眼睛也闪闪发光！这是我们自己的生活，不是要演给众人看，而是要活给自己。

终于等到第二天早上九点，这一刻，我们即将跨越所有的艰难险阻，成为正式的夫妻。

这一天终于来了！

准时到了民政局，我们俩天生都不喜欢迟到。地方很好找，这是江西唯一一家能办理当地居民与外国人登记结婚的民政局。到了那儿，我们发现我们并不是唯一一对跨国婚姻，还有另外两三对也在这里办理登记手续。材料已经齐备，只是有一小段英文忘了事先翻译成中文。中国行政部门都非常高效，表示只要付两百元，他们的翻译就能帮我们搞定此事，我们自然接受了对方的好意。快速填好所有文件后翻译也弄好了。办事人员相继询问了我们的身体健康状况否适合结婚，答案当然是肯定的！后来，我们被带到旁边的房间，民政局的“司仪”让我们跟着她重复了誓言，就这样我们的结婚仪式顺利地完成了。

“你宣誓的时候，司仪一直盯着你。”出门后丽丽嘟囔了这么一句，“完全没理我！”

“那是因为我不是中国人，他们好奇我能把中文誓言说成什么样子，不是吗？”我笑了。

我们坐在大厅沙发上等着领我们的结婚证，两个人都满心欢喜，一边等一边留意民政局里其他来办事的人，一对来结婚的老人吸引了我们的注意。

“那个男的一定是台湾人，”丽丽低声推测说。

“可能吧，他的长相不太像外国人。”

当天除了我们，还有另外几对跨国新人，另一方分别来自马来西亚、印度和日本，最后还来了一个白人。

“他好像是美国人。”我猜。

“现在似乎很流行跨国婚姻啊！”丽丽评论说，“如果这么多中国女孩子都嫁给了外国人，那我们中国的男人怎么办？”

“难怪每次我跟你手拉手出门，好多中国男人看我的眼神都充满了敌意呢。”我笑着回答。

丽丽朝我笑了笑，她本来是想表现出一副不屑的神情，结果在我看来却十分淘气可爱。

终于轮到我们去领小红本了，我们再次被请进旁边的房间，还是那个“司仪”，非常礼貌地把结婚证递给我们，还友好地祝福我们能白头偕老。那位女士后面是庄严的中国国徽，她给了我们祝福之后又给我们讲了一些婚姻生活的道理，然后便宣告仪式结束。我们成了正式的夫妻!

回首往事，想到三个月前我们才刚第一次见面，这一切仿佛是一场梦。不过，一切又如此自然，如此正常！今天，不过是我们漫长人生中的普通一天!

南昌的太阳很是明媚，晴朗的十二月六日就是我们大喜的日子，也是我们婚姻生活的第一天。

“我简直无法相信这一切是真的！”丽丽感叹道，脸上依旧洋溢着幸福的笑容。

“是真的。”我回答她。

我们结婚的故事还没有结束，还需要奔赴赣州，这次我们坐了舒适的高速大巴。我们打听到我要想申请新签证，只需在赣州市公安局直接申请即可。公安局在一幢很旧的大楼里，没过两年就搬进了全新的豪华大厦。公安局的警官非常和善，告诉我们说我还需要回到我新婚妻子的户口所在地，用她的家庭住址做个登记，这样我才能申请探亲签证。时间过得真快，我们短暂的假期已经接近尾声，崇义的警官下午五点就要下班了。

我们向公安局的警官道了谢，随即乘大巴赶回了崇义，路上一共花了两个小时，等我们赶到崇义已经到了傍晚，时间刚刚好，我们找到最近的一家派出所，一位女办事员和另外几位警官热情地接待了我们。他们请我们坐下，还帮我倒了一杯茶水。外面看起来一栋有些不起眼的建筑，从后院进来后我们发现大楼里面，就算称不上舒适，至少也会让人感到非常放松，可能是他们真诚质朴的欢迎举动打动了我们。我觉得这一天顺遂的安排都是上帝对我们的眷顾和祝福——每次到了关键时刻，每次我们遇到困难，总会有种力量从天而降，挥舞着“魔法棒”帮我们解围。已经到了下班时间，表盘显示已经到了五点，真是令人绝望。我们今天无法办手续了吗？——要知道我们还得跑去公安局，就算能马上打上车，至少也得十五分钟后才能赶到那儿。明天一早我们还得赶回赣州，到了 12 月 8 日我的假期就结束了。这一刻像极了老电影的情节，警官看到我们脸上流露出的沮丧甚至绝望的表情，竟出乎意料地拿起电话给公安局的同事打了个电话，还有几分钟就下班了，他对电话那头说，这边有个外国人，娶了个当地姑娘，需要加急办理手续。具体他是怎么说的我已经记不清了，但大概意思是询问对方：可不可以为了我们晚下班半个小时。对方的答案是肯定的，我们高兴得过了头，向那位警官和整个办公室连声道谢，然后飞快地跑出去叫了一辆出租车，以最快的速度赶往公安局。

对方耐心而友好地接待了我们，没有一丝官僚作风，我这辈子都会怀着感恩的心珍藏这段美好的记忆。亲爱的警官们，你们为崇义和你们的祖国出色地完成了工作，请允许我借此机会向你们表达我的感激之情，谢谢你们的理解，谢谢你们的善良！

在崇义和赣州我深深感受到了中国传统的热情好客，古道热肠。只要秉着一颗对祖国负责任的心，哪怕是普通的工作在外国人眼中也会成为伟大的作为。仁心和诚恳比金子或任何物质宝藏都要珍贵，哪怕在富裕的社会也是如此。

十二月八日一大早，我们告别了丽丽的父母赶赴赣州，只需几个小时我的签证就办好了，以我以往的经验来看，这绝对堪称罕见的纪录了。毫无官僚作风，非常高效，重在奉献，而非索取，这真是一个致力于服务普通公民的机构！丽丽非常开心，她摸着我的签证，摸了好几分钟，仿佛不敢相信一切竟如此顺利。一切办妥后，我们和赣州的几位朋友吃了顿午饭，然后，就恋恋不舍地分别了。

从赣州到深圳的长途大巴的开车时间是下午五点，我们还是一如既往地准时，像英国人一般准时。结果，大巴车晚点了，真是应了那句老话，人生有起就有落，接下来我们迎来了切实的低谷。首先是大巴车严重晚点：本来就晚开了半个小时，开出赣州竟然用了一个多小时！十多公里的路，竟然开了近两个小时的时间！这是我在中国经历的第一次交通拥堵，差点把我们这几天以来的顺遂和幸福彻底抹杀。第二个窘境愈发是切实所感，我们坐在司机后面前排的位置，司机的窗子一直开着，开了整整一夜，要知道现在是十二月！冰冷的寒风拍打着我们，穿过前排座椅，透过单薄的衣服直接钻进我们的骨缝。我脱下自己的薄外套让丽丽穿上，她真是低估了南方冬天的寒冷（或者也可以说是高估了自己的耐寒能力）。

“我们真不该冬天乘坐夜行巴士，以后咱们再也不坐了！”

我们在漆黑冰冷的夜里苦苦挣扎了九个小时，熬到半夜两点，也就是十二月九日的凌晨，大巴才终于抵达深圳。待我们两个赶回到丽丽的公寓，已经双双冻得像冬日里的麻雀。我们抓紧时间补了个觉，阳光很快就洒满了房间，丽丽本来打算起床后先洗衣服，再去买菜，准备假期最后一天好好改善一下伙食。

“太麻烦了，”我跟她说，“我们去饭店吃吧。”

当天下午我还要赶回罗村，还有课要上。可以说，整个假期我们根本没有时间休息，两个人都折腾感冒了。

九天奔忙的日子稍纵即逝。我们在崇义举办了中国客家传统的订婚仪式，老实讲，订婚典礼上我并没感受到一丝庆祝氛围，再后来又给我办了一个为期半年的签证，有效期到第二年六月末，我们本来也计划到时候就回保加利亚。在赣州的那两天，丽丽还办理了国际护照——那是她的第一本护照。十天的时间我们干了这么多事，真是不能再充实了。

别了，罗村

离开深圳之前我还有一项重要任务：为罗村的师生买糖果，毕竟每个人都知道我请这周假是为了办登记手续。

因为吹了一夜的冷风，我和丽丽双双得了感冒。不过再难受，我们还是得分开一段时间。如今，我成了已婚人士！学校的老师都热情地祝我新婚快乐，学生们也都因为收到喜糖而开心不已。当时我所不知道的是我的天空正飘来一朵乌云，天际很快就将暗下来。

或许你还记得，我与罗村一中的工作合同是一年，我的返程机票日期也已经定在六月末。正因如此，在学校安顿下来后，我一直都很安心。我最讨厌四处奔波、居无定所的生活，但一个跟我关系非常要好的也是教英文的同事竟然告诉我说，校长可能考虑在这学期末与我终止合同，我简直不敢相信自己的耳朵。我亲自跑到朱校长的办公室想问个究竟，她说这件事还在考虑阶段，听到这话，我稍微安心了些。直到后来我才知道，这不过是中国人惯用的缓兵之计，一种将难以接受的决定告知对方的委婉办法。

休假回来后不久，我还是收到了正式的通知。但这还不是最糟的，我和丽丽本打算在2010年夏天回保加利亚之前举办中式婚礼的——这对于中国传统家庭来说可是一件大事。但是，丽丽的哥哥也要结婚，所以问题就变得棘手起来。事实上，保加利亚以前也有类似的习俗——家里的孩子办喜事都有个先后顺序：哥哥姐姐不结婚，弟弟妹妹就不能结婚。我们那里的习俗甚至更加苛刻：如果姐姐没结婚而妹妹先结了，那姐姐这辈子就再也不能嫁人了，除非娶她的是个死了媳妇还带着孩子的鳏夫。不过，保加利亚的这一习俗已经废止，万万没想到中国的某些地方还在沿袭。

于是，我们的婚礼面临着以下问题：一个家庭，如果在同一年先娶后嫁是非常不好的预兆。但是，如果我和丽丽能在她哥哥之前把婚礼办了，也就是肖家是先嫁后娶，那就没什么可担心的了——因为先嫁后娶不会伤害到任何人的“运道”。于是我和丽丽的婚礼被定在了2010年2月9日，也就是春节期间，我有一个月左右的寒假假期。要知道我们已经勇敢地办理了一系列法律手续，所以礼仪上的事儿也根本吓不倒我们。可是那会儿，我突然收到终止合同的通知，完全不知道接下来在工作上我该何去何从……

我再一次陷入之前曾困扰我的焦虑情绪，再次开始在网上发简历寻找合适的工作。北京的Cathy赵竟然神奇地看到了我在网上发的广告，惊讶地问我说：我们签的不是一年的合同吗？我跟她表达了我的担忧和难过，告诉她我也不想离开罗村，不想离开我喜爱的学生。公司看了学校提交的评价后，对我的表现非常满意，于是邀请我去北京一个星期，给新来的外教做做指导。正好，我和丽丽趁着这个机会去北京给她申请了保加利亚签证，要知道我们国家的签证通常需要几个月才能办下来。我希望能给她申请一年的居留权，这对嫁给保加利亚公民的人来说属于十分正当的申请。在北京期间，我很荣幸在分别近二十年后再次见到了我亲爱的大学老师刘广徽教授。她特意来到我们入住的酒店看我们，也结识了丽丽。这次重聚让我们无比感动，自那一次的见面，丽丽就对刘老师产生了爱戴和感恩之情。

还在北京期间，公司就应我的请求做出了继续安排我在佛山任教的决定。这次他们帮我找的工作是我在南海期间最好的任职机会，学校的教学条件最好，我跟学生的关系也最好——我被派到了南海最好的学校（至少公司是这样告诉我的）——石门实验学校。

这次回佛山，我们买的是卧铺票，我们两人都是上铺，空间非常狭小，只能费劲地爬上去睡上一晚，用以打发这个无聊的旅程。

到佛山后，我们去的第一站是我的新学校：黄岐区的石门实验学校。学校位于一片整洁的地区，毗邻广州萧条区域的稠密楼群。负责接待外教的是 Emily 陈，她把我们带进戒备森严的校园，我们的第一印象是这是一个严谨可靠、教学优质的学校。看到外国老师，学生们并没有表现得特别激动，只是平静地向我投来微笑，低声地跟我问好。学校给我们分配的房间比罗村的宽敞明亮得多，尽管如此，因为是全新的环境，我们内心还是有种冰冷的感觉，似乎我们还不是石门学校“物以类聚的一员”，只是一个来自罗村的陌生人。

我已经向罗村一中的主管部门递交了申请，请求他们再给我们点搬家的时间。终于还是到了离开的时间，我们最后一次待在罗村昏暗却温馨的房间里，在这里，我不仅度过了在中国的最初岁月，还与我的爱人共享了美好时光；在这里，我向一位姑娘求了婚，请她嫁给我；在这里，我得到了她肯定的答案。在罗村一中任教是我第一个真正意义上的工作，更重要的是，它是我爱的摇篮，是我新家的开篇。我们打包好行李，把它们拿到楼下，两个人都因为要与我们爱的摇篮作别而感到难过。我们清晰地记得那些秋日的夜晚，我站在校门口的公交站等着我的姑娘乘 107 路公交车来见我，我也记得每次没等到她时我内心的失望。每次接上我的爱人，我们都会牵着手谈笑风生，或是在潮州饭店吃顿晚餐。我在潮州饭店教老板燕子英语，作为回报，每次上完课后她都会免费招待我们一顿晚饭，我还记得她们饭店做的潮州风味鱼是多么美味。我记得那每一个让我和丽丽感到安全的安静夜晚，我们二人像老夫老妻一样相濡以沫，静静待在一起。我们的结合仿佛为我在罗村的日子演奏了一段钢琴大和弦，一直回响在我们本已摇曳的离愁别绪中。我们真的很伤心，回头看着那七层高的宿舍楼，我的泪水夺眶而出，毕竟我在那个房间里度过了我人生最最充实的一段岁月。

预约的出租车到了，司机帮我把行李放进后备厢，我们坐上离开罗村的车，驶向了新的目的地——石门实验学校。

我们的中式婚礼

现在请允许我乘着时光机，带你一起回到我们与罗村一中告别之前的一刻，带你看看中国人眼中我的“人生大事”，即我和丽丽的婚礼。为了我，我们的婚礼已经有所简化，但必要的步骤还是不能省去。

在此，我要衷心感谢丽丽的父母和家人。还有几天才到我们的大日子——二月九日，我们提前搬进了肖家新盖好的房子。各种繁忙的筹备中我也尽我所能地投入，但不得不承认，我的帮忙只是沧海一粟。丽丽的父母每天起早贪黑，生在农村，似乎这一辈子都要艰苦劳作。再说，这是肖家第一次办喜事，所以更显特别。我想，整个崇义我是第一个娶当地女孩的外国人，不过我得说，其实骨子里我早就是个中国人了，我曾经非常勤奋地学习汉语，现在至少能用同样的语言与他们交流，但话说回来，对于当地客家方言，我其实还有很多听不太懂。

婚礼筹备到了如火如荼的阶段，一切进行得还算井然有序。牛角河村的村长亲自负责婚礼的餐饮，一帮妇女和几个男人组成的团队要为二月九日的婚礼午宴准备丰富的菜肴，丽丽父母双方共有一百多位亲戚将出席。这让我联想到保加利亚过去的传统婚礼。牛河村的婚礼跟我祖籍老家的工蜂式的生活习俗非常像——今天你有事我帮你，明天我有事你帮我，这与我在牛角河村看到的邻里关键时刻相互帮忙的状态一模一样，这越发让我体会到传统社会都是以家庭为中心的，人们潜意识里也会把自己当成社会大家庭中的一员。家庭文化和传统家庭观念的保护及传承是社会和国家的精神支柱。

回顾保加利亚的历史，家庭为中心的理念一直是我们生存的基础，哪怕是在国家尚未独立的时代，也是支撑我们活下去的支柱。我真开心在中国的农村又能看到邻里间家人般的团结——一切努力都是为了促成一个小家的幸福结合。

我第一次去丽丽家就有个重大“发现”——丽丽家的家谱《肖氏族谱》。家谱向上追溯了几千年，记录了大约四十代人的历史。我被这种家族情感的历史记载深深打动，也感慨于原来中国人不仅重视国家历史，他们对宗族和家庭谱系也非常在乎。出于本能，我对自己的祖先也一直很好奇，曾多次向爷爷佩特科追问祖上的故事，但他只记得十九世纪六十年代以后的事，只记得一位先祖——克里斯托（Khristo），再往前的事情他也不知道了。没有任何书面的记载，我担心在这方面我们忽略得太多了，这非常不明智。偶尔，我们也会看到被遗忘的历史黑暗夜空中点缀的几颗明珠或星辰，也可以从中寻找到保加利亚过往家庭或宗族的闪光记忆，但不可否认，我们已经抹去了太多历史的痕迹，能追溯到的只有一世纪左右的记载。所以，我想通过写这本书而打下一个基础，树立一个传统，让我的子孙后代在我百年以后也能了解并传承我这个保加利亚—中国家庭的历史。我真心相信，我是肖家的一部分，丽丽也是希诺夫（Hinov，韩）家的一部分。虽然我们两种文化远隔万里，有着漫长的历史差异，但至少有一点是相同的，即我们都是来自小村落的普通人。

因为我在婚礼筹备过程中的任务并不重，所以还有时间到村外的山上闲逛。我记得每一个雾霭弥漫的明亮清晨，还有那秋冬交替的竹林景致。因为湿度太大，江西南部的冬天异常寒冷，空气中像挂着霜冻的露水，好像顽疾一样固执，让人产生点燃炉火的冲动，希望能让小巧舒适的小棚子温暖起来。现在我们搬进了三层高的宽敞新房，由于房间太大，壁炉也无法让房间暖和起来。你猜怎么着？新房里竟然没有装壁炉。依照传统，壁炉不该是家的中心吗？——否则英语中为什么“壁炉”(hearth)和“中心”(heart)两个单词如此相近呢！全新的空调系统彻底破坏了山间小屋本该有的温馨，嗡嗡作响的设备与其他现代化设施一起摧毁了仅存的浪漫气息。

不过还是让我们回到现实吧：这些农村妇女为准备婚宴餐食付出的辛劳，虽然谈不上浪漫，倒也让人感到无比温暖。这些人心地单纯、质朴勤劳，虽然没有任何社会职务，却总是热心帮助同村人分担甜蜜的负担。

婚礼前一天，我们依次拜访了丽丽（应该说是我们）在崇义县的亲戚。我发现，亲戚的小孩都跟我们特别亲近，那些天成了我们幸福的陪伴，让我心里也好受了许多，毕竟我是新郎这边唯一的代表——其中的“差距”让我不免有点忧伤：我保加利亚的家人都无法参加我的婚礼，就连父母也没能到场。好在 2011 年夏天，我们又在塞夫列沃的教堂重新办了一次仪式，这对我来说真是莫大的安慰。我发现教堂婚礼与中国的传统婚礼有着天差地别，仪式的意义不同，效果也不一样。

传统的中式婚礼，与其说是一个特殊庆典，不如说是一次家庭聚会。婚礼与其他聚会的唯一区别就是新人要挨桌给宾客敬酒，保加利亚的家庭婚礼也有这个环节。

跟以前的保加利亚的传统一样，仪式上男男女女（女性带着孩子）按性别分开就坐，男宾客被安排在新房里，女宾客和孩子坐在室外。当然这样的安排并不是因为这里轻视女性和小孩，如果你能置身其中观察一个家庭，就会发现这里母权家庭的特点比比皆是。其实，过去传统的保加利亚家庭也是如此。我越来越发现中国和保加利亚的传统家庭有着太多相似之处，我甚至想开玩笑地宣布：保加利亚人和中国人可以自由通婚——因为我们在家庭观念和基本风俗习惯上没有任何冲突。

这是一个忙碌、幸福、朴实的宴会。婚礼过后，我们在牛角河村又待了几天，二月十五日离开去了赣州，而后又从那里乘火车奔赴北京。前面我就说过，我要给丽丽申请保加利亚签证，希望夏天能和她一起回国。火车票很难买，春运是中国一年到头交通压力最大的时候，单单是上车，就排了很长很长时间的队，令我没想到的是，所有乘客都依照列车发车时间乖乖地排着队行进。

火车上没有隔断、没有私隐空间，我们成了真正意义的社会人，唯一有隐私的地方就是卫生间。行色匆匆的乘客生动而友好，善意而和谐：用“开放社会”来形容这种状态再准确不过了。

我和丽丽一起去过很多地方，但我们的旅行大都是为了去办事，不是那种看世界的休闲之旅。在《家庭大事记》里，我们用很多章节记录了跨越中国的各种奔波，那些旅程并不浪漫，都充满了疲惫，但正是这样的经历让我们发现彼此的爱情是何等地坚不可摧。坚忍，已经成了我们宝贵的能力。所谓生活，就是我们的想法和言语所呈现出的状态——哪怕是最卑贱的生活也可以富有最重大的意义，最质朴的爱也可以富有最浪漫的诗意，一切都取决于我们内心的构建。拥有一个家，我们需要的不是建立一座城堡、拥有奢华的生活、大笔大笔地挥霍金钱，不！只要拥有彼此，一间温馨的小棚子也够了。此刻，我和丽丽，还有三个孩子共同生活的房子也只有两个小房间，孩子们在玩耍，我在翻译汉语典籍，丽丽在做饭，照顾我们的饮食起居——如此温馨幸福的生活，哪怕给我一个皇宫我也不换！

石门实验学校

如果说罗村一中是我爱情和家庭的摇篮，那石门实验学校就是呵护我孩子的摇篮，正是在石门学校我和丽丽孕育了我们爱情的结晶——用保加利亚的古语来说就是给予了他"胎儿"（见《圣咏集》第126篇第2节："的确子女全是上主之赐予，胎儿也全是他的报酬"）。我和丽丽在这里待的时间并不长，但却特别有归属感，学生在操场看到她时也会跟她问候："老师，早上好！""老师，晚上好！”说真的，她确实有女教师的风范！

每天忙碌地生活，我们在石门的几个月可谓一帆风顺，只有一件事让我颇为忧虑——我的大儿子韩暐差点流产。为此，丽丽还在学校附近的黄岐医院住了好几天。感谢上帝，最后我们终于化险为夷，但我永远也不会忘记那几个夜晚，白天上了一天课的我已经非常疲惫，到了晚上，为了陪她，我还是选择在医院的小长凳上凑合过夜。

我在石门待了近两年，第二学期结束后，我又跟学校签了一年合同：学校希望我能多留一年，我对此也没有异议。不过因为险些流产的经历，我和丽丽最终决定回到保加利亚定居，在我们国家，我们可以更加接近自然，可以为孩子的成长提供更加良好的环境，这是任何（能提供给我就业机会的）工业化大城市无法比拟的，大城市的人口过于稠密，再好的基础设施也难以应对。而我和丽丽，向往的都是简单的生活。

于是2011年夏天，我和丽丽回到了保加利亚，不过我还得在下学期开学前回到石门，完成2011年到2012年度的教学任务。方便起见，这一节我就专门介绍我在石门的经历，主要讲讲我在这所神奇学校经历的几件事。

初来乍到，跟所有新老师一样，学校会对我们实施监督，希望我们能呈现出最佳表现以证明我们的初衷和能力。就这样，刚到石门的几个月，我每天乐此不疲地认识新学生，忙着和他们打成一片。慢慢地，我的学校生活因为结实了新朋友而变得更加丰富和充实。

平凡孩子的不凡表现

第一印象

八年级七班：最普通的孩子，最普通的课程。两星期前，我跟他们讲了我们国家圣诞节的传统习俗。刚上课，我就自弹自唱了三首圣诞圣歌——《上帝的孩子》《平安夜》和《奇异恩典》。三首歌，他们竟然都听过！后来我又给他们播放了一个关于保加利亚圣诞节的短片，告诉他们我们欢度圣诞的传统，其间又放了两首圣诞歌曲。中国孩子的求知欲特别强，对异域文化或不同的人生观特别感兴趣。令我印象最深的是每次我们谈到音乐，都会发现学校里喜欢品质音乐的学生比喜欢“流行音乐”的人要多得多。

那天下课后，两个学生找到了我，一个男生，一个女生，他们想请我给他们推荐一些轻柔舒缓的音乐。我问他们喜不喜欢现代音乐，女孩子回答，不喜欢，她觉得现代音乐太浅薄，不如过去的音乐那般优美。他们才十三岁啊！于是，我给他们听了几首三四十年前的经典音乐，他们都特别喜欢。再后来的一次课后，那个女孩子拿给我一个 U 盘，请我帮她拷一些同时代的“古典”音乐。对了，在这所学校，每个班级都有几个学习古典音乐并能够演奏钢琴、小提琴或中国古典乐器的学生。学校的文化水平可想而知。

这个星期我给学生考口语，每名学生考完试后都特别真诚地跟我说：“谢谢老师！”

第二印象

有段时间，我在朋友H先生家给他女儿和另外一个六年级的小女孩上英语私教课。这次课讲的是《促成一桩好事的猫》，这是一个典型的英式幽默故事，但欧洲的孩子都不太喜欢。课本上有一组插图，用四张图画讲述了这个故事：一只小猫不知怎么就爬到了一位漂亮姑娘家后院的树上，她的邻居，一位英俊的青年早已对姑娘暗生情愫，却一直没有勇气向姑娘告白。当天，青年看到心仪的姑娘甚是忧伤便问她遇到了什么难事，她指着树上的猫咪回答了青年的疑问。青年人二话不说，即刻爬上树把猫咪救了下来。姑娘被对方的行为所打动，亲吻了他的脸颊。没过多久，两人就结婚过上了幸福的日子。

故事很简单，但学生的评论却令我大吃一惊：

“这姑娘多么愚蠢呀！”

“为什么这么说？”我问。

“她怎么可以拥抱他，还亲吻他的脸颊呢？”

我努力解释说，这个女孩只是想向青年表达她的感激之情。

“老师，您听过男女授受不亲吗？”

“男女授受不亲”，这句话他们用的是汉语——意思是男性和女性之间除非是夫妻关系，否则不应该有任何肌肤接触。当时我并不理解这句话的意思，于是让他们帮我把这几个汉字写了下来，我用电子词典查了意思后我非常惊讶，这句话的出处竟然是中国古代的哲学家孟子，我从没想到竟能从一个十一二岁的小姑娘嘴里听到这句话！

现在我理解为什么她会说故事中的姑娘愚蠢了！但我仍然无法解释其背后的含义。在中国，我确实没见过哪个男孩子跟女孩子打闹，这与我小时候在保加利亚的经历甚为不同。现在，我已经习惯了中国中学生男女有别的状态，已经见怪不怪。这节课让我更好地了解了中国家庭对孩子的教育方式。

一次在H先生家，我在给两个孩子上私教课的课间浏览了他家的藏书。有许多用文言文写的中国历史和经典著作，我想很多当代中国读者未必都能读懂……记得还有一次，我乘着他家的车子在广州转悠，途中我们聊了很多。他并没有受过很好的教育，不属于知识分子，但他非常聪明，从某种角度看，可以说是个非常有智慧的人。他从小生活窘迫，后来全凭借自己艰苦的奋斗才得以发家致富。

“我不够聪明。”他说。

这与我对他的印象刚好相反。不仅如此，我还觉得他是一个非常讲道德、有原则的人。他的女儿虽然有点自我，但也是个聪明的小丫头。即便有些自我，她的教养也让她懂得控制自己的天性，如果没得到我的允许，她绝不会擅自离开课桌。这个家庭让我印象最深的还是H先生对子女的教育观：

“我在乎的不是他们的分数，我只想让女儿成为一个有道德的人……”

一起上课的另外一个十一岁的小孩则是一个既害羞又聪明，既单纯又可爱的姑娘。她的家教也非常好——我曾经去她家做过客，发现她跟父母都非常讲规矩。我不知道中国家庭如何养成了这样的长幼关系，或许是他们与生俱来的基因决定的吧。

中国的书内容与现代教育可谓做到了完美结合，比方说：如何用儒家思想培养孩子……当然中国历史上其他知名教育家的理论也会被用来教育后代。在中国人眼中，几千年的典籍并非老古董，而是当代生活不可缺少的一部分。很遗憾，中国还是有很多年轻人试图通过了解不同文化来追求“另类”，但他们只是在依样画葫芦，不可能得其真谛。相反，他们对自己国家宝贵的文化传统、道德观念却没有深入了解——那些传统和观念与我们的基督教文化有着许多相似之处。希望通过与这些孩子的沟通，我能照亮并温暖他们的心，让他们对自己的未来充满希望。

蜘蛛和小女孩的故事以下是我在中国过圣诞的真实经历：

小女孩名叫邝畅怡，是我七年七班的学生。我们两个人的忘年交要归功于蜘蛛。听上去有点蹊跷，是吧？老实讲，我自己也没想到一只蜘蛛竟能让我们产生如此深厚而真挚的友谊。

事情发生在我的英语口语课上，那节课讲的是人类和动物之间的友谊。课本的内容可想而知！非常无聊，于是我决定把课文讲解改成对话练习：让他们说说自己最喜欢及最厌恶的动物。我问他们喜不喜欢蜘蛛，大部分孩子都说蜘蛛太吓人，不喜欢，于是我就给他们讲了《蜘蛛的故事》，这是一个真实的故事，发生在我小的时候，我也是长大之后才领悟到其中的意义。我用非常简单的英语给学生们讲了这个故事，一边说一边比画。

“亲爱的孩子们，你们知道吗？在我和蜘蛛成为朋友之前，我也跟你们一样，非常讨厌它们。我现在给你们讲个故事，这是一件真事：小时候，我去爷爷农村的家里玩儿，在房门口的角落，我看到一张大大的蜘蛛网，它们竟然在这里织了网，我非常憎恶蜘蛛，于是便把网扯开扔到了风中。你们猜第二天早上发生了什么？”

大家都好奇地盯着我。

“第二天早上，我起床打开房门，发现在原来的地方又出现了一张更大的蜘蛛网，你们能想象我当时的感受吗？”

“你很生气！”

“没错，我又把这个新的蜘蛛网扯坏，扔在地上还踩了好几脚。我想这回应该没事了，但是……”

“？”

“是的，到了第三天早上，我又在同一个地方发现了蜘蛛网——比之前的更大、更漂亮！你们猜我这次又做了什么？”

“您又把它破坏了！”

“没有！我本来打算这么做的，但我突然停住了手，想象一下，你们现在也有很多作业要做……”

“噢……”

“……你们写呀写，写了一个晚上……”

大家流露出气愤的表情。

“……结果到了第二天早上，我把你的作业抢过来，撕得粉碎。”

有人发出愤怒的感慨。

“……而你丝毫没有放弃，花了整整一晚又写了一遍。不仅写完了，而且比之前完成得更加出色，结果第二天，我又出现了，又把你的作业撕得粉碎！你会怎么样呢？”

“我会哭的！”一个女孩回答说。

“我会跟你发火！”一个男孩说。

“是吧！”我说。“但是那只小蜘蛛既没有哭，也没有跟我发火，它继续默默无闻地认真完成了自己的工作。你们中国有一个非常经典的故事，愚公移山，你们都听说过吧？”

“听——说——过！”

最后的最后，所有学生都领悟到了蜘蛛故事背后的意义，要知道听英语故事对他们来说还有一定的难度。

“原来蜘蛛也知道愚公呀。”我继续道。

孩子们脸上露出了笑容。

“我希望从今以后，你们都能和蜘蛛成为朋友，向它学习。想想蚂蚁，它们那么渺小，但却能建起巨大的蚁山。你们觉得它们为什么会成功呢？”

“因为它们团结！”

“对了！蜜蜂呢？它们也很渺小，但它们酿出的蜜却非常香甜！如今，许多人都想成为有钱人，但我想比有钱更重要的是做个明智的人。现在你们知道我为什么喜欢蜘蛛，并且和它们成为朋友了吧？”

“因为它聪明！”

“说得太好了，孩子们。”

下课了，但我的蜘蛛故事并未就此完结。课后，那个叫邝畅怡的小女孩找到我，哭着对我说：

“老师，今天我收到了一生中最宝贵的礼物，我常常很难过，想念爸爸妈妈，有时情绪很低落。但从今天开始，我再也不会灰心气馁了！谢谢您，老师！”

这件事发生在学期初，动物这节课是课本上的第四课，所以那会儿大概是九月末或十月初。这件事发生后，小姑娘每节课后都会来找我，问我各种各样的问题，也有时候只是找我闲聊。每次在操场或走廊看到我，她都会眼前一亮，向我投来小孩子最灿烂的笑容。

那年的圣诞，畅怡送给我一份非常宝贵的礼物，感动得我热泪盈眶。我更加清楚地意识到自己对孩子们担负的巨大责任，当着孩子的面，我们说的每一句话、表现出的每一个心态都可能对孩子产生巨大的影响。每次，当我的心灵可能遭受不纯洁的想法污染时，我就会想：我该如何向我的学生解释呢？在这些纯洁的孩子心里，我会种下什么样的种子？

畅怡和其他孩子送给我的礼物是一包桂花绿茶，里面还夹着一张普通的字条，上面写着：

“谢谢您的蜘蛛！自从听了您的故事，我的内心有了更大的力量。我知道我们国家不是每个人都一味追求所谓成功。每次课后跟您聊天，我都特别开心，因为您是一个善良的好老师。圣诞将近，祝您圣诞快乐！——七年七班邝畅怡，12月25日。”

类似的故事不计其数，我跟要好的同事之间难忘的对话，看学生演出时的美好画面，与黄岐嘉洲广场一家小咖啡店店主结下的兄弟般情谊，等等。我曾经在那家咖啡店为一些知心顾客唱过许多英文歌曲，其中的一些故事我将在下面一章与大家分享。接下来，咱们还是回到2011年的夏天，那一年，我第一次带丽丽回到了保加利亚。

2011年，深深地留在我们的记忆里。请允许我用这颗中国心跟你分享我们的保加利亚故事。

丽丽记忆中保加利亚的善良

2011年，我来到保加利亚，在这里，我遇到了许多善良的保加利亚人，特别是很多好心的老人。最开始，或许他们只是对我这张与众不同的亚洲脸表示好奇，所以会主动过来跟我聊天，向我问这问那，有时甚至会一边“自我介绍”，一边送给我一个小礼物。

儿时起，我就一直跟父母生活在一起。他们都来自大家庭，有很多兄弟姐妹，所以我和哥哥很少有机会与爷爷奶奶单独相处。只有到了农历新年，我们才有机会拜访四位老人，与爷爷奶奶、外公外婆团聚。我们打心眼里喜欢他们，但却从未切实感受过祖孙间真挚永恒的情感。小时候，母亲经常体罚我们，每到这时，我都特别渴望能有爷爷或奶奶在我身边。他们一定会保护我，挡在我和母亲中间——我亲眼见过邻家小孩在院子里被自家老人保护的情形！正是这个原因，我对老人总有种特别温暖的情感，喜欢跟他们聊些日常琐事，喜欢听他们讲以前的故事。

当然，刚到保加利亚时，因为语言障碍，我没办法与当地的老人交流。我遇到的第一位老人自然是我丈夫的奶奶——潘卡奶奶，她是一位善良的八十岁村妇，独自一人住在老房子里，与我公公婆婆的房子距离很近，只有二十多米，这样很便于公婆照顾老人的饮食起居。

奶奶喜欢自己住，不仅因为老房子里充满了她一生的回忆，还因为她喜欢那个漂亮的小花园。茂盛的葡萄让整个园子绿意盎然，奶奶在葡萄下种了各种花草——在保加利亚的乡村，几乎每家每户都会用各色花草把园子打理得漂漂亮亮。只要有一片空地，保加利亚人就会种上花草，看来，中国人把保加利亚称为“上帝的后花园”并非偶然。除了花草，园子里还有一个蔬菜园和一个旧温室，温室有十平米左右，里面种满了黄瓜和西红柿。温室外面的支架上也爬满了成熟的西红柿和保加利亚辣椒。第一次与奶奶见面，她就立刻走去园子给我摘了一些小黄瓜和西红柿让我品尝。黄瓜长得又脆生、又水灵，西红柿的个头大到我要用两只手才能捧得住。

初次见到潘卡奶奶时，我一句保加利亚语也不会说，所以完全没办法跟她交流，好在我丈夫能在旁边帮我做翻译。借助丈夫的翻译，当然最主要还是透过奶奶脸上慈祥的笑容，我切实感受到了她的亲切和慈爱。

几个月后，丈夫只身返回中国，继续他在那里的工作，而我，则留在了这个小村子，肚子里怀着我们的宝宝。每天吃完早餐，我都会去看望奶奶，我会拿出事先准备好的笔记本，用我蹩脚而奇怪的保加利亚语和她聊天——我特别想跟她多多交流。每次回答我的问题时，老人都会抛出一连串我听不懂的单词，不过没关系，虽然听不懂，我还是能感受到巨大的欢乐和温暖。

我来到保加利亚时正值盛夏，但不经意间，时间就来到了秋天！从小生长在中国的南方，来到保加利亚后我才第一次感受到北方秋天的美，五彩缤纷的叶子飘落在大地上。奶奶的园子里有一棵巨大的核桃树——用奶奶自己的话说——那是她出生那年她的父母种下的，也就是1930年。每到夏天，我们就坐在它巨大的绿荫下感受它的阴凉。在我看来，这棵树确实揭示了中国那句古语的真谛：“前人栽树后人乘凉”。待到核桃成熟，奶奶总会拄着拐杖，深一脚浅一脚地带我来到树下，在厚厚的落叶中摸索掉落的核桃。装满一小桶后，她就会让我把它们倒进大木箱里，说还得花些时间把核桃晾干，之后才能储存起来。对我来说，和奶奶一起捡核桃的时光无比宝贵——看着我贪心又认真地捡核桃的模样，奶奶也着实乐在其中。有时候，奶奶会坐在园外房门口的树墩上，用一双老皱的手剥开核桃，然后满怀对孙女的疼爱把剥好的核桃递给我。她还喜欢让它那只上了年纪的德国牧羊犬陪在我身边玩耍。

奶奶低矮的厨房里有个橱柜，里面总会摆放些小零食——华夫饼、巧克力、玉米棒（奶奶管它们叫“蚕宝宝”）、咸棍子，等等。每次我去她那里，她就会到橱柜给我拿吃的，即使后来我有了宝宝，她还是把我当孩子一样对待。

每天我的日子都过得简单而充实。先是吃早饭，喂宝宝；然后是伴着清晨的第一缕阳光用婴儿车推着宝宝出去散步；再下来，我会去跟奶奶聊天，她特别会逗小宝——用一个火柴盒和几根火柴就可以帮他搭一个小房子或小火车，每次都逗得宝宝咯咯地笑。

跟奶奶在一起的日子幸福而温暖。那段时光对我来说特别宝贵，让我有机会体会自己儿时缺失的祖孙之间的情感。不仅如此，我还从她身上学到了很多经验——如何育苗、如何打理菜园，这些知识到现在我都记忆犹新。现在，我开始自己打理她留给我的小菜园，用的还是当初她教我的方法。我们种下的所有种子都能在这肥沃的黑土地上茁壮成长，这是裴的祖先留给我们的产业——黑土地上能长出供养全家最美味的蔬菜、最甘甜的水果！

潘卡奶奶的去世是我人生第一次感受到与亲人生离死别的痛苦。我很长一段时间都无法接受这个事实。每次去她的老房子，每次看到她亲手侍弄的花草——每朵鲜花、每片青草，我都仿佛听到它们向我倾诉对奶奶的思念。

我很幸运，除了潘卡奶奶，我还认识了另一位保加利亚奶奶——那就是我丈夫的姥姥，莲切（Lènche）姥姥，她也带给了我无限的慈爱和温暖，弥补了我儿时的情感缺失。每年她都会跟我们在一起住上几个月，夏天和冬天都会来。

与潘卡奶奶相比，莲切姥姥更加活泼、更加开朗。她比潘卡奶奶年长一岁，但跟我开起玩笑来却更加“开放”。比方说，她总是说让我帮她找一位中国老伴儿。正是她这种阳光的个性，让我在保加利亚的那段日子——丈夫远在中国的时光——增添了许多欢乐，驱散了我的孤独和寂寞。她讲的笑话太好笑了，常常把我逗得笑出眼泪。

我们在保加利亚安顿下来后，她于 2011 年冬天第一次来与我们同住。那会儿是 12 月份，我刚生下儿子没多久，婆婆很担心我白天一个人无聊（他们都出门上班了），于是便安排莲切姥姥从普罗夫迪夫赶来与我做伴。那时候，她身体非常健康，可以毫不费力地四处遛弯。每天吃完早饭，她都会拄着拐杖带我出去散步，还常常挽着我的胳膊。一路上，她总是主动跟遇到的人打招呼，跟人家挥挥手，或是跟我们村里人聊聊天。有时候，她会从路边捡些核桃，装进自己无袖外套的大口袋里，看到口袋高高鼓起，她一边摸着，一边忍不住大笑。后来，下了一场大雪，我担心宝宝冻着，便带着他待在温暖的家里，在熊熊燃烧的壁炉旁陪他玩耍。

到了夏天，莲切姥姥也会来农村与我们同住，她在普罗夫迪夫的公寓实在太热了。既然都是一家人，她便会来婆婆这儿与我们住上两三个月。姥姥虽然是城里人，但与我一起过简单的农村生活她也是乐在其中——我们会一起坐在繁茂的老核桃树下一边吃着冰激凌，一边看着孩子们追赶玩闹或打水仗。每次当我们忙着腌渍过冬的泡菜，她也都会迫不及待地加入我们。

我每年跟莲切姥姥待在一起的时间并不长——也就是冬天、夏天，加在一起也不过几个月——但那四五年的时间，每次她快来的时候，我们每个人都满怀着期盼。唉，不幸的是，她在 2017 年夏天永远地离开了我们。那时候，我们所有人，我的公公婆婆及中国崇义我的父母家，都很难过没能见到她老人家最后一面，这也成了我心中永远的痛。

在博加托沃那几年，因为每天出门散步，我对村子里的每条路都了如指掌。除了路，我也熟识了很多面孔，虽然可能记不住名字，但谁住在哪栋房子我都一清二楚。这还真要感谢我的儿子，要不是那段时间天天带他出去转，我也不可能做到这些。每天，散步成了我的日常——小宝对此也习以为常，喜欢上了简单有趣的遛弯活动。他喜欢一手牵着我，一手拉着他的小汽车或小卡车，每次出门都是如此。有时，他会站在路边，好奇地盯着小草、小花或小虫子，他开始对周围的世界产生了兴趣，也开始跟我学习他的母语——中文。

每天出门快走回家的时候，我们都会经过路边一个又大又圆的凸面镜，旁边的房子有一道小门，里面住着的是东卡（Donka）奶奶。我来到博加托沃后，有一次她看到我和保加利亚的妈妈一起经过她门前，便立刻跑回院子，没过一会儿工夫，就捧出一串葡萄递给了我，嘴里还念叨着对我和未出世宝宝的祝福，我能真切地感受到她的热情和温暖。

入秋后，村里人开始制作蔬菜酱，这似乎是保加利亚的传统习惯。我碰巧经过她家，这次她又回房里取了两罐东西出来——一罐是蔬菜酱，一罐是蜂蜜，都是她自制的。把两罐东西交到我手里后，她再次给了我她的祝福，祝福我和肚子里的宝宝平安健康。

我一直没机会与东卡奶奶深入交流，每次都是偶尔经过她家门口跟她聊会儿天。但是，她的温暖和善良却深深地烙印在了我的心里。

去年，我又一次从她门前经过，竟看到她家门口荒草丛生，走近一看，门上贴着讣告，这位老人已经离开了人世。

散步时我们还会经过另外一幢老宅，距离村里的广场不太远。房子里住的是一对老人。一次，老爷爷非常热情地与我们聊天，还特意告诉我他叫拉扎尔（Lazar）。他说他跟我丈夫的爷爷佩特科是好朋友，每次见到我们，他都会不失时机地夸奖爷爷多么善良——多么乐于助人，心地温暖，帮助了村里多少人。以前，拉扎尔爷爷常去看望爷爷，每次两人都会喝上几杯保加利亚的白酒（一种水果白兰地，多用梅子或葡萄酿制）。他甚至还去过爷爷在塞夫列沃的家做客，也就是我们现在住的地方。

每次遛弯遇到他，他都会跟我们天南地北地聊上一阵。不过到了冬天，我们就很少出门了。

记得有一次经过他家门口，拉扎尔爷爷特意走出房门，热情地跟我们讲话。

“你们去哪儿了？好久都没见到你们了，没出什么事吧？”

“没事，就是天气太冷了，不敢把孩子们带出门，怕他们冻着。”

虽然每次与拉扎尔爷爷碰面都是匆匆而过——在路边打声招呼、拉拉家常——但是时间一久，我也习惯了每次经过他家门口必定要与他聊上几句。但是，就在两星期前，我带着孩子们在村子里转悠，经过拉扎尔爷爷的房前，却发现了门上贴着讣告。我认真看了上面的照片，惊讶地发现老人已于上个月离开了人世。怎么会这样，前不久我们不是还站在他家门口聊天吗？我忍不住当即给老公打了个电话，告诉了他这个噩耗，他非常震惊，跟我确认了好几遍，问我是不是搞错了？

再一次的离别让我痛苦不堪，但让我更难过的是保加利亚这一代老人的相继离世，身后留下的是空空如也的老房子和杂草丛生的院落。他们的祖先安家在此，把这片土地养护得一切安好！可如今，这些保加利亚的老房子却遭到了风雨的洗礼和侵蚀，慢慢地，这些承载了我们宝贵记忆的房子就将成为残垣断壁。

我在中国南方的生活

生活总像万花筒般五彩斑斓、光芒四射，我独自一人在石门实验学校和（广东佛山）南海黄岐区的生活，以及在我妻子（也是我的）家乡的经历都被我小心翼翼地整理成美好的回忆——像秋日的晨曦穿透了晶莹露珠般璀璨！点点滴滴的记忆被我一一记录在日记里，我想把这美好的一切与你分享。

Ben的咖啡店

说到这一段，我必须提一下我的中国兄弟张进邦，英文名字为Ben，与他的相识要感谢石门实验学校的英语老师，也是我的好朋友关敬章。更准确地说，是关老师向我推荐了那家咖啡店，说我有空时可以在那表演，于是我就去了。

咖啡店的老板是Ben，他喜欢简约闲适的风格，不喜欢附庸风雅。与其说这是他喜欢的装修风格，不如说是他的人生哲学，整个咖啡店有点欧式风韵，墙上的装饰画是希腊岛上的东正教堂，结合了中国古典文化的淡雅。一进门，我就被这里的一切深深吸引。后来我开始在这里表演自弹自唱，我这个保加利亚人似乎在这里找到了中国知音，我们的友谊也在不知不觉中愈发深厚，好似一切都尽在不言中。渐渐地，Ben 和我成了兄弟，我们在很多方面都一拍即合，演唱、艺术、共享的理念，等等。他为人慷慨大方、谦逊体贴，在音乐、设计等很多方面都展现出了才华，更重要的是，他对人十分友善、关爱，难怪他的咖啡店总是门庭若市，很多人喜欢在他这里举办一些重大活动，还经常有恋人选择在这里举行订婚仪式。虽然客人已经对这庄重的仪式见怪不怪，但他们都成了这些重要时刻的见证者，彼此成了知心的朋友，这一切都比那些让人机械鼓掌的表演感人得多。这就是 Ben 的咖啡店。每次我感到孤单，都会去他那儿，每次去见到他，在他那儿唱了歌，我都能找到安慰，哪怕只是待在那里什么也不做，心里也会好过很多。我们相识于 2011 年的秋天，2012 年的新年前夜我在他的酒吧自弹自唱了整整五个小时。在 Ben 的咖啡店我结识了许多南方朋友，他们都心地单纯，温暖善良！和他们待在一起我没有丝毫距离感，好像我自己也是出生在南海的本地人一样！

重回崇义

2011 年 9 月的最后一天早上，H 先生开车把我送到广州机场。台风将至，整个城市乌云密布。我乘坐机场摆渡车来到登机口，登上飞机，准确地说是登上了“一架小飞机”，上去之后，我发现它甚至比公交车的空间还要小——最多也就有四五十个乘客。好在恶劣的天气并未影响飞行，我们很幸运地于五十分钟之后在赣州安全着陆（如果坐火车的话至少要七个小时）。

飞机即将着陆时，我们钻入厚厚的云层，好似有一团黏糊糊的乌黑软泥黏在了飞机的舷窗上。有一瞬间，我特别担心飞机无法安全降落——内心的焦灼如外面的乌云般漆黑，着实持续了一段时间才消散。

终于！乌云散尽！透过舷窗，具有江西特色的整齐的灰瓦小房映入了眼帘。房子中间点缀着各色的田地和果园——一块块、一条条，与灰色的屋顶交相辉映。飞机距离地面越来越近，乌云笼罩下的房子和菜园也变得越来越清晰。就这样，我们平稳着陆了。

过了三四十分钟，我见到了丽丽的父母，坐上了她哥哥从朋友那借来的一辆小货车。家人都在，丽丽的父母、哥嫂。我虽然内心有一丝不安，但更多的还是兴奋。我们开着车走上了回家的路。

终于到了丽丽的家乡，虽然地处深山老林，周围群山环抱，但整个村子还是未能幸免于“文明开发”。在这里，现代的城市文化和浓重的“乡土气息”格格不入地混杂在一起。每次我走在崇义的大街小巷都会引起周围人好奇的围观，能看出他们对我的真挚关切，有人甚至想要“摸摸”我，或至少要仔细看一眼我这个“不速之客”。

哪怕最日常的逛市场的活动，也会让我感觉格外轻松，整个集市充满了节日的气氛，与我老家旧时的市场有几分相像。街道两边摆满了琳琅满目的商品，四处充斥着嘈杂的叫卖声，间或又会被噼里啪啦的鞭炮声打断——中国人都喜欢热闹，放鞭炮是他们表达节日庆祝和喜悦的方式。街道上穿梭着无数摩托车，喇叭按个不停。摩托车的存在让人毫无安全感，这恐怕也是我们最希望有交规保护的时候。开摩托车的人似乎毫无顾忌，喇叭按个不停，让本已喧闹的市场显得愈发聒噪。

夜幕悄悄降临，像舒展开的手臂环抱着村外的山岭。连续三天阴天，让人忍不住想抬起头看看远山。四周的山林映衬着竹子的碧绿——江西的这个地区以“竹子十乡”之一而著称。竹子真是一种神奇的植物，从稚嫩的笋芽长成几米高的竹子，这种树（或是草，我也听到有人这么说）拔地而起，不会有任何分杈或弯折。竹子的美在于它虽然纤细，却很坚韧，而且总是簇拥在一起生长，彼此依赖却不会彼此伤害。一阵风吹过，竹林总是和谐地沙沙作响，哪怕暴风雨来袭，也不会轻易被折断。

崇义片段，2012年

房间朝东的窗子上挂着厚重的绒布窗帘，小家伙已经醒了，不老实地踢打着身边的爸爸妈妈，好像马上就要大哭一场。我起身下床，走到窗前，拉开窗帘，刺眼的阳光让我猝不及防——一缕阳光透过窗玻璃照在韩暐和他妈妈身上。

就这么会儿工夫，小家伙又变换了姿势——冲着阳光照进来的方向伸出了小手，笑声在整个房间回荡。阳光和阳光般的欢笑用神秘的语言无声地诠释着幸福和快乐。此时此刻，我深刻领悟到“你们若不变成如同小孩一样，你们决不能进天国”(马太福音 18:3) 这句话的含义。我们“成熟的”大人，从来想不到为一个明媚的清晨或叵测人生中全新一天的开始而感谢上帝。我们追求幸福，却常常忘记幸福就在我们内心深处。

好在我仍然清楚记得那种感觉——在遥远的童年，我每天起床时已日上三竿，听到的第一个动静就是斑鸠的叫声——单调无聊的低鸣，像极了摇篮曲，普通却难忘。直到现在，我才意识到它的鸣唱是多么亲切、多么动听，身在江西的我，四周群山环绕，却很少听到小鸟的鸣叫。

假期时光

一年前我一个人来到这里，如今，我是带着妻儿一起回来。远离城市的喧嚣，我们被大山环抱——这里空气轻盈而清冷。这几天天空晴朗，阳光明媚。家的附近种满了芭蕉、橘子和毛竹，青草已经长高，被风吹得沙沙作响。昨天我们带着亲戚的孩子爬了山。沿着蜿蜒狭窄的小路，我们穿过毛竹林，找到野生的橘树，品尝了成熟的果实，虽然有一点点苦，但很适合这炎热的天气。后来，我们爬上种满杉树的山坡，地上铺满了折断的树枝和干巴的松果。站在山顶，我们才真正意识到层峦叠嶂的山林之美，它们昏睡沉寂了太久，我们的到来似乎也未能引起它们的留意和关注。

这只是一次日常的旅行，但孩子们却非常兴奋——毕竟他们的日常生活早已被课业占满，几乎没有时间和渠道获得这隐匿在大自然中间的简单快乐。山下的城市里，生活总是充满喧嚣，节日里，雷鸣般的鞭炮声划过寂静的空气，混杂着鸣笛和人声——似乎成了繁忙的中国城市所特有的乐章。

翻译《红楼梦》

1 | 2

1. 我的姥姥莲切
2. 我的奶奶潘卡

3
4 | 5

3. 这是我本人最喜欢的一张照片。没有任何东西比孩子们天真无邪、知恩图报的性情更让我欢欣鼓舞（拍摄于 2010 年 11 月 1 日）
4. 结婚证件照
5. 中式婚礼

6. 在保加利亚的婚礼

7	9
8	10

7. 我乡村别墅的书房。我手中捧着的就是赫里斯托·格·达诺夫（Hristo G. Danov）文学翻译奖杯，我的左前方是我翻译的保加利亚语的《红楼梦》的第一卷，旁边是我之前翻译的三部作品——分别为《三十六计》《围炉夜话》和《生死疲劳》
8. 我的保加利亚和中国家人（拍摄于 2014 年 11 月）
9. 与莫言在索非亚大学礼堂（拍摄于 2014 年 9 月）
10. “2016 年中外文学出版翻译国际专家座谈会”开幕

11	12
	13

11. 获得“第十一届中华图书特殊贡献奖”
12. 我的心血译作
13. 纪念曹雪芹诞生 300 周年大会会后合影，拍摄于京郊曹雪芹协会主楼前

三十六計
Тридесет и шестте
стратегеми
圍爐夜話
Нощни разговори
край огнището
Уан
Юнбин
Носител на Нобелова награда за литература
Мо Йен
уморен
да се раждам
и да умирам
Китайски загадки
Ши Юкун
Чудните дела
на съдията Бао
том I
七侠五義
Цао
Сюецин
Сън в
алени
покои
Republican
Nanjing
Architecture
A celebration of Nanjing's architecture, 1912–1949
Lu Haiming
Китайски загадки
Ши Юкун
Чудните дела
на съдията Бао
том II
七侠五義
Цао
Сюецин
Сън в
алени
покои
吾國與吾民
Бит и душевност
на моя народ
Лин Ютан
Първи стъпки в
китайската
медицина
Д-р Чън Цихун

14. 正值本书收尾阶段，我们家第三个宝宝，我的小儿子伊望来到人世

《红楼梦》

2012年，我与石门实验学校签的为期一年的合同到期了。自2011年初起，我一直有种感觉，更准确地说是有一种想法，那就是，要是我能一直待在这所学校教书就好了。但是，到了学期末，我还是被派到了石门学校系统的另一所狮山的小学。这并非我想要的选择，因为一旦去了那里，就意味着我丰富的英语知识会再次遭受严重的禁锢，我只能教授最基本的英语给初学者。于是，我开始急切地寻找其他任教机会，大量地发放我的个人广告。很快，大型教育机构赛伯乐（Cybernaut）的亨德里克（Hendrik）联系到我，通过与他的对话，我得知这家公司的主要业务是帮助那些想去美国留学的中国学生备考，这对我来说绝对是小菜一碟，于是我接受了挑战，经过一场长达两个小时——一小时英文和一小时中文——的面试，我顺利上岗了。后来我又被安排讲了一堂公开课，也很成功。我的收入（与在石门相比）有了大幅度提升，在 H 先生的热心帮助下，我把所有家当都搬到了新学校——南海执信中学，学校还是在南海区西樵镇。

亲爱的读者，在你跟我一起离开石门实验学校之前，我想给你讲讲我的一个全新尝试，它彻底改变了我后来的生活。这一切都源于《红楼梦》。在黄岐石门实验学校期间，我开始从事将这部巨著从中文译成保加利亚语的工作。

2011 年深秋，我在石门的生活宁静而安稳，但是因为我妻子远在保加利亚，所以一个人生活的我有着大把空闲时间，然而，我不想碌碌无为，把时间浪费在无聊的事上。一次偶然的机会，我与之前大学时教我的教授卡特洛娃（Katârova）博士再次取得了联系，大学期间她教过我许多课程，包括中国文言文和翻译。与她重聚我十分开心，虽然只是通过 Skype 在虚拟空间交流，但我们整整聊了两小时的翻译。那是一段充满回忆的美好时光，是我追求翻译中文经典金色梦想的岁月——这个秋天，在卡特洛娃老师的帮助下，我开始大量收集中国经典小说和其他著作，为未来十多年的翻译工作打下了坚实的基础。更重要的是，在老师的支持和鼓励下，我下定决心，开始了一项伟大的工程——翻译曹雪芹的《红楼梦》，将其译成保加利亚语。那段时间，卡特洛娃老师刚好与东西方出版社 IZP 的柳本 · 科扎雷夫（Lyuben Kozarev）有许多业务往来，我自己也曾购买过这家出版社发行的很多作品，对它的印象很好。得到卡特洛娃老师的举荐后，我本人也从中国发了一封电子邮件给柳本 · 科扎雷夫先生，向他介绍了我的情况，没想到这竟然开启了我们二人时至今日的合作与友谊，我相信我们的友谊与合作还会一直持续下去。

灵感如星星之火，可以燎原。我当即购买了一台功能强大的电脑，并配备了一台大显示器。接下来，我买了好几个版本的《红楼梦》，趁年底之前开始了这部巨著的阅读和翻译工作。因为寒假不需要备课、上课，所以我有大把时间为翻译这部巨著做准备，现在看来，我当时的做法的确有些笨拙、有所欠缺，不过还是先不说这些了，让我们一起回到过去，跟各位讲讲我是如何与曹雪芹这部作品结下不解之缘的。

我第一次接触这部作品是在 1987 年的文学年鉴《图书大世界》中，文章对中国文学的历史作了详尽的阐述，其中用了一小段特别介绍《红楼梦》，说它是“中国人耳熟能详、倒背如流”的大作。我还了解到《红楼梦》是全中国乃至全世界唯一一部对它的研究能成为一个专门学科的作品，即“红学”，不仅如此国家还专门成立了红学研究院，旨在对小说的人物、家族谱系及其对中国文学的影响等做出系统的研究。

《红楼梦》的书名最初翻译成保加利亚语的名字让我喜欢上了曹雪芹的这部小说。就这样，单纯因为小说的名字，我就成了曹雪芹这部小说忠实的拥趸。翻开第一章，我就被它无法超越的华丽辞藻折服了——每个汉字都似精心打磨般隽美，让我对其爱不释手。

在此，我有必要跟大家解释一下——说到语言的美感——我觉得保加利亚语绝对堪称世界上最美的语言之一，正是因为被它的美感所吸引，我很小的时候就走上了文学之路（在此我指的是保加利亚文学）。青少年时期开始，我最喜欢读的体裁就是诗歌——它的美仿佛童话故事中的万灵丹，有着巨大魔力，一点一点汲取了宇宙万物的精华，人间的，天上的，自然的，人类的，无所不包。

早在 1992 年我就跟我的中国老师刘广徽教授说过，我的梦想是将《红楼梦》翻译成保加利亚语。听了我的话，老师一定无比惊讶，毕竟当时的我只是一个学习中文的大二学生。二十年后，也就是 2012 年，我的梦想终于成了现实。不过话说回来，即便是现在，要不是有我文言文老师索菲亚 · 卡特洛娃的鼓励，我也不敢奢望自己能完成如此巨大的工程，她对我说："我相信你，如果说保加利亚有人有能力翻译《红楼梦》，这个人非你莫属。"

到了 2015 年，我翻译的保加利亚语版的《红楼梦》第一卷正式出版问世。没有出版商和我的老师的支持，没有保加利亚文学界及读者的热情，我翻译《红楼梦》的想法只能是我儿时一个无法实现的遥远梦想。我翻译的《红楼梦》问世后，得到了广大读者和文学人士的广泛认可和欢迎。这本译著凝聚了无限的爱，捧在手中，你便会感受到它的温度和厚重！我对它视如己出，它是我最宝贝的孩子——也是东西方出版社的孩子！

我曾在不同场合被人询问我的个人经历以及我翻译《红楼梦》的点滴，在此请允许我稍加赘述。

在一次关于文学翻译的研讨会上，我将翻译艺术比喻成跨越一条河流，河两边的堤岸分别代表着两种不同的文化。至于说每个人到底选择踩踏哪些石头走到河对岸则代表了他选择的翻译方法。翻译《红楼梦》时，我先是把曹雪芹看成一位诗人，然后才将他理解为小说家以及中国社会和生活的观察者，可以说他对社会和生活有着学者和心理学家般的敏锐。鉴于此，我的整个翻译理念是认识曹雪芹的世界，发现他对美好、爱情和愁绪做出的诗情画意般的展现。

无论做什么文学翻译，译者都需要走进原作者的世界。这么来看，我必须承认，我在翻译前五回时遇到了巨大的困难，毕竟翻译对我来说是一个全新的工作，我要字斟句酌地对待每一个句子、每一个典故。有时，为了找到一个恰当翻译表达，我可能要思忖几个小时甚至几天的时间。每翻译一本巨作，译者都要先掌握原作者的写作风格和技巧，然后再学着用自己的语言将这些特点呈现出来。待到译者的大脑熟悉了原作者的思想活动后，便会渐渐与原文融为一体，也会在某种程度上屈从于原作者的想法。如此一来，译者和原作者之间就会形成一种默契，译者可以走进原作者的大脑，了解原作者字里行间的意思。

《红楼梦》的另一特点是风格多变，比方说在第五回中作者就运用了三十八首诗，俨然成了一部小诗集。翻译这一回，花了我差不多两个月，翻译大量诗歌构成的章节总是要比翻译对话和简单活动的描写要耗时费力得多。

每次翻译，我至少要做三遍工作。第一遍翻译自然是最耗时的，重点就是用最为准确的方式传达作者的思想。在这个阶段，我总是尽量摒弃我自己的“风格”和“审美”喜好，关注的重点是千万不要为了语言的优美而伤害内容的准确。这一阶段，我从不奢求风格的完美与精致，我的翻译重点是准确传达作者的意思，如果出现语言的差距和偶尔的“不知所云”，在这一阶段尚属可以容忍的范围。

我做翻译的一个原则是，第一遍翻译时，我决不允许自己有任何理解上模棱两可的地方。我会针对每个不解的语言点向研究曹雪芹的学者及大师认真咨询。为此，我还特意购买了几十部研究作品，下载了几百本电子书，对《红楼梦》进行了逐字逐句的分析。对每个章节出现的无法理解的词汇和表达，我都存储在一个专门的文件夹里。有时，为了弄清一个字或词的意思、掌握一个文化知识点，我需要阅读很多文章，直到能用保加利亚语准确诠释其意思才会罢休。虽然我用的是裴效维标注的程乙本原著，但在翻译过程中，我有时也会参考程乙本未收录但却在脂砚斋的《石头记》中出现的段落。脂砚斋本人睿智聪颖，在文中做了非常全面的注解，足可以证明她与曹雪芹本人关系匪浅——一些学者认为脂砚斋本人就是曹雪芹的遗孀，另有些人认为她就是史湘云的原形。

虽然裴效维教授对《红楼梦》中的所有诗词都做了注解，但我还是阅读了大量其他分析其中诗歌的研究作品，如蔡义江的《红楼梦诗词曲赋鉴赏》、刘耕路的《红楼梦诗词解析》、王世超的《红楼梦诗词鉴赏辞典》。我深信，要想翻译中国文化，译者必须向博学的中国学者和文学文化大师虚心求教，他们的论著体现了他们的治学严谨和博大精深。中国文化的创作和传承，要感谢其伟大的社会传统和治学传统，要感谢人们对文学特别是诗歌的崇拜，以及他们对语言唯美及思想养成的推崇。

我一直喜欢翻译《红楼梦》和其他中国经典小说中的诗歌，总是喜欢把它们摘选出来。待我翻译完小说的主体，我会单独翻译其中的诗歌。翻译时，我自然会考虑上下文，但我总是会把诗歌放在每个章节的最后进行翻译，译完后再把它放回到文中原本的位置。翻译中文诗歌之前，我会对诗歌反复地专注阅读——还会精心挑选保加利亚诗人的经典作品再三阅读，希望从中获得灵感，实现特定类别的特定效果。

我认为中国古诗的最大特点就是对它的解读和翻译永远也不能尽善尽美地诠释原文。对中国古典文学作品的解读取决于好多因素，其中最重要的是读者事先的文化储备。从某种意义上讲，译者翻译的目的就是避免传递意思过于单一的译文，这样才能创造出更大的超文本空间，才能保证目的语读者对诗歌的含义有更大独立解读的自由，这也是诗歌注解的功能所在。我认为负责任的译者应该尽量成为源语作者和目的语读者之间的一座桥梁，而非人为设置的障碍。每次走在桥上，你不必担心桥下的流水，只需考虑前路的目标。翻译《红楼梦》的过程中，我一直努力将中国学者和大师对文本的理解传达给保加利亚读者，每次当我发现很难用言语直接再现对原文的理解时，我就会借助注释来帮助我的保加利亚语读者。

在我看来，《红楼梦》的语言简直是一种无与伦比的存在，它丰富多变，时而，诗歌在散文中回荡；时而，诗歌与散文水乳交融；时而，能再现曹雪芹时代活灵活现的土话；时而，又能重塑古韵简明的经典；时而，文学韵味浓厚；时而，又下里巴人般朗朗上口，有时甚至庸俗粗野；时而，如山泉般轻快活泼；时而，如静水流深般慵懒倦怠。

翻译《红楼梦》最大的难点在于曹雪芹的作品中蕴藏着各种各样的知识。有时，单单是作者对人物服饰的细致描写就能折磨得我痛不欲生，但作者所有的描写又都有着丰富的影射内涵：这些描写不仅表现了作者的艺术观察力，还蕴含着难以捕捉的象征意义。对于象征意义，译者可以有两种应对方法——要么缄默不语，要么向读者有所交代。我个人通常也有两种办法：对于那些的确无法翻译成保加利亚语的文化特征——我会直接使用中文发音，然后再用脚注加以解释。《红楼梦》中大部分人物的名字都有其象征意义，需要向目的语读者有所交代：很多都是中草药、服装饰品、建筑术语、装饰物、珠宝的名字，等等，这些名字在保加利亚语中完全找不到对等的替代，只能用脚注的方式处理。除此之外，诗歌中隐含的意思，历史事件、人物指代等，我都觉得有必要用脚注的方式跟保加利亚读者解释清楚。第五回通篇讲的是一个喻意深远的寓言，曹雪芹在《红楼梦》的开篇部分就讲过，他在给小说起名字时还考虑过使用《风月宝鉴》，这一想法来自于警幻仙子制作的一面神奇镜子：看镜子的正面，你就会看到一位美人，看后面，就会看到一个骷髅。后来这面镜子落到了好色的贾瑞手中，并最终成了他毁灭的根由。这样的内容，如果不做脚注，我担心会遗漏重要的信息，导致我的读者无法理解曹雪芹借助外界形象想要传达的真正的象征意义。但话说回来，我认为译者也不应该向读者强加自己的理解，当然，如果他的理解与文中的象征意义一致，那另当别论。但是，因为曹雪芹赋予了《红楼梦》太丰富的内容和太深刻的内涵，所以也无法一一用脚注或尾注加以说明，毕竟那样就破坏了作品文本的和谐。但无论如何，我都会尽我最大的努力向我的读者提供足够自由的空间，让他们充分体味《红楼梦》中的“中国元素”。

也有人问过我说：保加利亚语是怎样的一种语言？它能够准确诠释曹雪芹在《红楼梦》中使用的华丽语言和宝贵文化吗?

保加利亚语无论从灵活性、句法结构还是风格上来讲，都是非常纯熟的语言，可塑性很强，在再现中国流行小说或白话小说方面可谓游刃有余，能做到表达自然而真切。我觉得，将中文的对话、方言、词组、谚语、俗话以及普遍意义上的文化表达翻译成保加利亚语时，要比译成英语自然流畅得多。因为中国人说话总是自然平顺、铿锵有力，所以比起英语或是俄语，保加利亚语更适合再现其精髓。我的母语沿袭了保加利亚的城镇和乡村语言，丰富而生动、自然而热情，释放着对生命的热爱——或许正是保加利亚语的这些特色才让它与中国文化用语有着异曲同工之妙。

俄罗斯院士德米特里·利哈乔夫（Dmitry Likhachov）曾经对保加利亚语做出如下分析：

我希望保加利亚语能够雄风再起，像中世纪时一样，引领整个斯拉夫世界。在所有斯拉夫语中，保加利亚的文学语言堪称先锋，这不仅是因为它出现的时间先于其他语言，更主要是因为它无法超越的华美和庄重。这一点没有任何其他斯拉夫语能与之相较，有的斯拉夫语虽然也丰富多变，但却不如保加利亚语能如巴赫音乐那般庄重而美妙！如果我们把语言比作音乐家的创作，那保加利亚语绝对堪称“斯拉夫的巴赫大作！”

话虽如此，保加利亚语在翻译《红楼梦》中描写的“贵族”内容时还是遇到了巨大困难。在帝王统治的“以大特尔诺沃为都城之保加利亚”时代终结没多久，保加利亚就失去了贵族阶层，失去了文人，也失去了这方面的语言。也就是说，在翻译《红楼梦》时，我遇到的最大困难就在于我们保加利亚语已经丧失了它中世纪的印记，遗失了那个时代特有的庄严、诗意、高贵和韵味。自从保加利亚陷入奥斯曼帝国的统治后，曾经文学性浓厚的保加利亚语便不复存在。后来从保加利亚文艺复兴开始直至今日，我们的语言又受到土耳其、希腊、俄罗斯及来自西方各种语言的影响，导致我们丧失了更多的文学、文化传统。

每次当我尝试着将《红楼梦》中的古典语言翻译成保加利亚语时，我都要求助于保加利亚古文的宝库，好在我在这方面有很好的积累，其宝贵的语言还存活在我生长的土地、教会斯拉夫语以及用其撰写的书籍中。这些积累让我对古文信手拈来。教会斯拉夫语的宝贵语言很大程度上保留了古典文化的庄严华丽。《红楼梦》的文言文风格只有用保加利亚古语才能将其华美展现一二。《红楼梦》的华美之所以能成为中国文学的瑰宝，关键就在于它的高高在上，它并不想取悦普通大众。所以我认为，我们着实不该将这种贵族的高度做任何平民化处理，也决不能将曹雪芹的华丽表达翻译成通俗的语言。诚然，翻译《红楼梦》做到信、达、雅有很大难度，但是，如果没有了这份雅致，它就成了一部平庸的作品，这必将辱没中国文学史上最为经典、最为丰富的巨作。

我们在西樵的日子

2012 年的整个夏天我都全心全意地陪着家人和我那刚出生的儿子韩暐。到了八月末，我做了个冒险的决定，我要携妻儿一起在西樵生活一年，同时完成我教授国际班英语课程的工作。

在西樵的最初几天我们非常忙碌。学校分给我的房间太小了，根本住不下一家人，于是公司便帮我在附近小区樵晖名苑找了个特别好的公寓，距离我任教的学校大概一英里远。经过一番周折，我们终于在佛山这个风景如画的区域安置了下来，心里轻松了许多，也慢慢开始熟悉周边的环境和校园的秀美。这里真可谓是我来华以后见到的最美的地方（当然，中国我去过的地方并不多）——学校有宽阔的绿色操场，池塘里有锦鲤游来游去，茂盛的亚热带植被一整年都绿意盎然。

我在国际学校教的是一个小班，很快便和学生打成了一片。他们的英语课程安排得十分密集，好在我有足够的时间和自主性可以对课程加以调整，以便让学生更好地接受所学的内容，同时，我也希望能激发他们学习英语和文学的兴趣。我和学生们经常一起讨论有趣的话题，也正是从那段时间开始，我决定开创一种专门针对中国学生的教学方法。我已经了解他们学英语过程中使用的方法和存在的问题，也意识到中文语法和发音对他们外语学习所造成的影响。事实上，要不是 2013 年 6 月底发生了一件令人不快的事，我或许还会在南海待更长的时间，如果我真的一直在那里教英语，或许我翻译中文经典的想法就会被无限期地搁置（又或者被彻底放弃也未可知）。总而言之，在这里教书的一年对我来说可谓是踌躇满志、有声有色的一年。

我们住的公寓很宽敞，甚至有一个房间专门给我做书房，我可以在里面专心地备课或翻译《红楼梦》，我对《红楼梦》的热爱真是欲罢不能。这部著作最难的部分——第五回——的翻译我就是在西樵的樵晖名苑完成的。

在这里的一年给我留下了很多美好回忆，以下仅举几例：

阳光时刻

其实生活中我们从未刻意留心过这样的时刻，反倒是它们一直张着翅膀载着我们飞翔，甚至让我们忽略了它们的存在。

人们常常谈及“福星高照之时”[①]，然而我却发现，每当我闭上双眼，在灵魂深处看到的都是阳光时刻。现在我才意识到自己曾经抱怨阳光时刻的做法是多么愚蠢，我在大雨倾盆的日子竟然都未能领悟到阳光的可贵。

① “福星高照之时”在保加利亚语中指的是荣耀时刻。

此时此刻，我闭着眼躺在床上，脑海中闪现出这样一个阳光时刻：我走在西樵山下，大步流星地朝着学校进发。有时，我会对车水马龙的街道、污浊的空气和佛山春日的湿热充满怨怼，但如今，我能想到的却都是那些我曾经因抱怨不满而忽略的“阳光时刻”。

人的一生总会有些特别光明的时刻，我们可能在追求目标，攻克险阻，但是我们很少想到我们错过了多少人生的真谛。时钟一直在对我们撒谎，计划安排也永远在欺骗我们，我一直觊觎从未体验过的未来的“福星高照之时”，好像我们毕生都是在为它而活。我们似是而非地活在人世间，但白驹过隙，如果我们任凭阳光时刻在沉默中荒芜，那我们恐怕从未真正来过人世。

我能想到的另一个“阳光时刻”是我在崇义的时候，翠绿的竹叶在热浪中光影婆娑，有些叶子随着风飘下了山坡。草丛中有蛇逶迤穿过，扰得芭蕉叶沙沙作响。孩子的脸庞安宁而纯净，仿佛揭开了人生神秘的面纱，让我看到万里晴空。而我，却暗自哀痛这里的贫穷和落后。我是何等愚蠢！这才是真正的阳光时刻，才是人生宝贵的点点滴滴！干涸的黄土无法言说，因为它已沉寂了几百年，然而我们却还不知道，它的沉默是多么可贵，人类的愚蠢骄傲啃噬着我们，令我们总想觊觎更多更多……明天，还有明天，在远方，在未来。

回首过往，我才意识到我曾经拥有过多少个宝贵的阳光时刻，只是当时我并没有在意。多少次，老天用爱呵护着我的灵魂，原谅了我，原谅了我那颗野蛮的心，我竟然不懂对它倾吐，竟然对阳光时刻的眷顾不知感恩。

春日秋意

春日秋意本是自然界的奇怪现象，但对于生活在中国东南部的人来说，却早已习以为常。太阳有一个多月不曾露面，即使没有真正下雨，雨意似乎也随时能从地缝里钻出来或是从墙体里渗出来，它总能用手指撬开哪怕再小的缝隙，每次还没等你开门，雨已经肆意闯了进来。看看我们教室和办公室的地板你就能知道，地上亮亮的不是擦地后尚未风干的水，而是从地缝里渗出的雨。就算你用抹布把它擦干，过不了几分钟它又会出现。这里的雨真是无孔不入，无处不在！

每次赶上大雨滂沱，雨水拍打得尘土悲恸地呜咽，没有阳光阴雨连绵的日子令它痛苦万分。

我看了未来几天、几个星期甚至是一整个月的“天气预报”，太阳好像已将这片土地彻底遗忘，忘了这里还有昆虫和鸟儿需要滋养。没人知道太阳何时才能重新露面，重新将阳光洒在这片被它遗忘的土地——中国南方。地球已经不再饥渴，可雨水却还拍打个不停。

无数个清晨，当刚刚苏醒的城市闪过幽暗的光，当孩子们还在沉睡，当校园寂静无声，鸟儿却已经开始用它们忧伤的鸣叫筑起了晴朗天空的梦，它们悠扬的旋律和落叶一起在空中飘转回荡。

春日落叶！是风的缘故，还是春天自己的错？飘着落叶的春天是怎样的春天？是中国南方的神秘春天。

一次又一次，天空像火山爆发一样落下倾盆大雨，无忧无虑的孩子们都成了暴风雨的俘虏，像一只只被淋透的小鸟，飞速逃回各自的教室。

夫妻双双把家还

穷国“富村”

博加托沃村是我父亲的祖籍所在地，我们一回到保加利亚就定居在了这里。博加托沃的名字来自保加利亚语中的“bogàt”一词，是富饶之意。按照这个逻辑思考，我们一回到保加利亚就安顿在了一个“富村”。背井离乡二十载，我终于回来了，回到了我久别的故土！

我一直渴望回到这里，永远不再离去！内心压抑的情感会时不时迸发出来，让我在诗歌中直抒胸臆，但随即又再次谨慎地掩藏起它那与当今世界格格不入的容颜，将其隐匿在“糊口度日”的日常生活中令其不得而见。我的故土其实就代表了我的童年。这里是一个小村子，也是我们选择回到这里的原因，因为我们渴望回到小时候，回到小地方，大千世界无法给予我们真正的闲适，只有小地方才可以。显然，回到童年已经不可能，于是我们选择回到旧时的故土。归乡路漫漫，我们一路畅想：

我走过灌木丛，看，那边是沉默的远山，
落日的余晖洒在闪亮的白色石头墙上，宁静悠长……
此刻，我痛苦的灵魂充盈着对上帝的感恩，
我看见了我的祖屋！还有我的老伙伴——那只黄鹂！

藤蔓爬满了墙！远处的田野飞舞着成群结伙的萤火虫。
美丽的夜晚，圆月当空。
疲惫的双腿停下了脚步——历尽艰辛我终于回到了这里，
儿时，我曾睡过那棵老核桃树下的摇篮，清晨的微风将我摇来荡去。

(2001)

实际上，当时的我年纪并不大（我觉得自己现在也不算老），但告老还乡、叶落归根的心理从青年时期就一直萦绕着我，挥之不去。

回到“富村”，我们住进了父母的新房子，可惜后来因为奸人设计，再加上我们信错了人，这栋房子旁落到了他人之手。2011 年，我们刚回到保加利亚时，就是在这幢宽敞的房子里开始了我们的新生活，四周是肥沃的田野，远处群山环绕。

2013 年，我和妻子“永久性地”搬回到这里，除此之外，再没有其他打算，因为我们在乎的就是传承和归宿。如同我到了妻子的家乡能入乡随俗一样，她来到保加利亚后也找到了归属感，只是她花的时间比我长一些，不过反倒让整个过程显得更加自然。

刚刚回到保加利亚安顿下来，我就联系了柳本 · 科扎雷夫先生，经过一番权衡，我们确定可以将《三十六计》作为我们合作出版的第一部书。于是，我毅然决然地开始了我的翻译工作，我当时就想好了，我不仅仅要翻译书中介绍的谋略——毕竟书的内容很少——我还想从其他书中选取一些中国乃至保加利亚的故事，以更好地分析该如何将这些巧妙的军事谋略应用于现实世界。这本书已于 2013 年底问世，我也因此获得了我在保加利亚的第一笔收入，金额虽然不大，却预示着一个充满希望的全新生活的开始。

这段时间，儿子成了我们灵感的源泉，我们终日沐浴在年轻家庭生活的晨光里，平静而幸福。天气好的时候，我们就会到村子里转转，结果发现原来它已经变得如此落寞，此刻的博加托沃村与我儿时的记忆已是天壤之别，这让人无比心痛，想象一下：

我小时候，村里有一家面包房，专门出售我们所说的“富村面包”：软糯香甜、美味可口——如今我们再也买不到了，那会儿的面包都是纯手工制作，就放在面包房后面的炉子里烤制。如今，那家面包房连同对面的甜品店已经成了废弃之地——窗玻璃破了洞，经历了风吹雨打的窗框已经散了架，透过裂缝往里窥视，房子里面积满了灰尘，昔日人来人往的店铺已沦落成残垣断壁的废墟。面包房那高高耸起的烟囱成了它唯一活着的标记——一窝鹳鸟竟然在上面做了窝，七只小鸟在里面安了家！

即使这样，村子里的生活总是充满了诗情画意，现在依然如此，有时让人内心欢愉，但更多时候还让人心生忧郁。我把乡野生活中最为宝贵的片段都吟诵在了我的诗歌中，泼洒在了我的散文画卷里。让我带你一起领略我的那个遥远世界吧！

博加托沃村的暖风
三十年前的那个秋天
和现在的一样，
坐在
已被拆除的老粮仓
旁边的草地上。
坐在
已被砍倒的歪着脖子的苹果树旁，
看着一只黄蜂
围着一颗腐烂的果子绕来绕去，

应该是风把它吹落了枝头……
“此时此刻，”我想，“或许三十年以后
又会变成值得回忆的
宝贵时光。
到了那时，
黄蜂将成为黄蜂的记忆，
微风将成为微风的记忆，
到时候，我将无比怀念这一切，
宛如走出腐朽坟墓的我
独自一人到这里，故地重游……”

到了那时，
眼下吹拂我的微风
将变得比人世间任何宝藏
都更可贵：
这温暖
而神秘莫测
的微风啊。
到了那时，
我会许愿重新回到
2013 年的 11 月，
回到我清理落叶的此时此刻：
核桃树的

落叶

层层堆起，

我年幼的儿子痴迷地蹚着落叶嬉戏……

到了那时，

我会把“此时此刻”

当成走出坟墓的故人！

如果是那样，

我还有什么理由

不原谅他

哪怕最尖刻的语言，

哪怕最恶意的眼神？

三十年后，我不知道

谁还会留在这里，

谁又已经离去……

此时此刻

博加托沃村的

和煦微风

带我回归到了生活最温柔的本真……

博加托沃的云

1

云朵静静飘过山脊，

像滑过湛蓝丝绸的海洋，

露水和窗子都闪着金光，

宛若入睡后村子上空光彩熠熠的繁星。

新的一天来到，唤醒了

空旷而宁静的街道和广场：

像难以言说的故事，像无法流下的泪水，

黎明时分，博加托沃吐出灿烂的晨光。

2

长着轻盈翅膀的云朵

在浩瀚的天空飘过，

那些已经久离我们的祖先，

好像在天空看着我们。

在他们宽广的胸怀

藏着无数的秘密，

宁静的晚霞普照大地，

他们一直在讲述无声的故事。

2014 年可谓是我们在保加利亚的多事之秋。

2014 年，我开始翻译并注解清代作家王永彬的《围炉夜话》。从读大学时起，这本书就是我的心头好，不仅引起了我情感的共鸣，更是让我第一次结识了“乡村儒家思想”，或者说是所有中国人民多年来智慧的结晶。我开始一点一点收集关于王永彬的文章和注释，攒出了一部关于他的简短传记，并附上了我对他的作品所做的粗浅研究，（据我所知）这些内容尚未被翻译成任何欧洲语言。我惊喜地发现中国的儒家思想与我们古老的东正教文化以及拜占庭传统共同造就的保加利亚智慧有着异曲同工之处，于是我大胆地将一些在圣经中出现的以及在保加利亚流传的谚语、格言与王永彬的名言警句做了比对。我的文化对比研究立即产生了效果，激发了我新的灵感，我希望在我翻译完整部《红楼梦》（2019）后能翻译儒家的经典四书，并有在其中有效结合我对两个古老文明的相似性所做的深入而广泛的对比研究。

2014 年，我翻译了中国当代作家莫言的作品《生死疲劳》，按计划将在莫言来访保加利亚接受索菲亚大学授予的荣誉博士学位时（2017 年 9 月）出版问世。为了保质保量地完成这个大部头的翻译工作，我每天加班加点，终于在 9 月莫言来访索菲亚大学时亲自把他的中文原著和我的译作呈现在了他的面前。这是我与莫言的第一次会面，我们的第二次见面是在 2018 年 8 月北京国际图书博览会上。

2014 年 7 月，我的儿子生了一场大病，有那么一瞬间他甚至失去了呼吸。当时我妻子正怀着我们的第二个孩子，我们二人绝望地上气不接下气地向上帝祈祷、呼喊、请求，请他保佑我们的儿子！他真的听到了我们的祈祷——韩暐终于有了呼吸。

接下来的十天，我们全家都待在我父亲经营的医院里。

同一时间，我奶奶也患上了重疾，但很不幸，没过多久她就在这家医院撒手人寰。7 月 20 日上午，我的内心有种莫名的预感，我对妻子说：“我抱着儿子，咱们一起去看看奶奶吧。”

我们三人一起来到奶奶的病房，她已经动弹不得，但当我抱着韩暐想要给她一个拥抱时，她想的还是我们，而不是她自己：

“离我远点，我这病可能传染！……”她呼吸十分困难。

后来我告诉她要好好的，我们已经有了第二个宝宝，是个女孩。

她特别开心！

“我爱你，小佩特[①]，哦，我太爱你了！”她努力让我们听清她的话。

这是她在世上留下的最后的一句话，从此以后我们便天人永隔。我们走后没过几个小时，医生就来到我们的病房告诉了我们她离开的噩耗，要知道我的妻子一直把她视为自己的亲奶奶，后来她才跟我说她始终无法接受奶奶离去的事实。

2014 年 10 月 14 日，我的女儿秀晗出生。儿子出生时我不在妻子身边，这次女儿出生时我就在现场，甚至见证了她生产的过程——我一直陪着她，直到我们可爱的女儿降临人世！

---

① 我的保加利亚名字是佩特科（Petko），我至亲的亲人常常唤我作小佩特。

在距离奶奶去世不到四十天的时候，父亲积攒了十年的心血因朋友的背叛而付之东流，他苦心经营的医院被骗为他人的财产。

同样是在 2014 年，丽丽的父母第一次来到保加利亚，与我们在一起待了三个月。

归隐乡野，传承文化

我在中学后半段及大学初期的梦想就是回归家乡、翻译中文典籍，如今终于如愿以偿。早在那时我就迫切希望自己能有幸翻译我珍爱的《红楼梦》，二十年过去了，我终于梦想成真！

2015 年，东西方出版社出版了保加利亚语版《红楼梦》的第一卷，总共四卷。这在业界成了一件大事，同年晚些时候，出版的第一卷就荣获了一年一度的赫里斯托 · 格 · 达诺夫 (Hristo G. Danov) 文学奖——这是保加利亚文化部颁发的奖项，是对我翻译质量的认可，也为我开启了翻译中国文学使命的新征程。

2015 年，我受邀参加在北京举办的青年汉学家研修班，这对我来说是一个非常难得的机会，让我有幸结识了一些知名的红学家——首先是孙伟科教授，除此之外还有胡文彬、胡德平教授，还有后来的中国红学会会长张庆善教授。活动期间，我们还参观了曹雪芹位于北京郊区的简陋故居。多亏有了这次向专家学习的机会，让我在日后翻译《红楼梦》的工作中得到了这些教授的全力支持。孙教授还非常热心地帮我完成了《七侠五义》第一卷（2016）和第二卷（2017）的翻译工作。有了这些朋友的帮助，我感觉自己不再是孤军奋战。我特别感谢尹亚利参赞，当时他还是中国驻索菲亚大使馆的文化参赞，他不仅在我翻译这部作品的过程中向我提供了大量帮助，而且还在其首次问世保加利亚之际帮我做了很多宣传和推广工作。在他的鼎力相助下，我有幸于 2015 年 7 月前往北京并成为中国红学会的会员。

我始终坚信，无论完成多少文化之旅，文化最好的摇篮是那种能真正让人潜心阅读和写作的简约生活。回到家乡后，我郑重其事地开始翻译又一部中文大作——是我最喜欢的一位作家林语堂的《吾国与吾民》。我的工作是将他的作品从英文版翻译成保加利亚语，但恕我对林先生翻译中国古文和古诗的质量和翻译古诗的风格保留鄙人的不同意见。鉴于此，在翻译他的作品中引用的古诗和古文时，我的处理方式都是从中文原文直接翻译成保加利亚语。2016 年，我的这部译作出版，跟我之前翻译的《围炉夜话》一样，国家电台也对我的这部作品进行了推介。同年，我又完成了《包青天》的翻译——这部中文原作是清代石玉昆的《七侠五义》，翻译成保加利亚语时，我把小说名字译成了《包青天》。我的翻译完全遵照原作，没有任何删减，这也是我第一部中文译成保加利亚语的武侠作品，后来这部作品还有幸被陈列在索菲亚的孔子学院。

从那以后我的梦想就是过上中国古代读书人箪食瓢饮的简单生活，极尽可能地远离尘世喧嚣。

接下来，请允许我给大家分享一些我在“富村”简单乡野生活的美好片段。从中国的大都市回到这里，就好像纵身穿越回了一个“小世界”，这里的每一片云朵、每一叶小草、每一颗有分量的石子、每一个字、每一个宝贵时刻都无比难得、无比珍贵。

冬日旋律

我的小房间里，小儿子刚刚入睡，我的大手托着他那两只温暖的小手，轻抚着他的小脸蛋儿。冬夜里，万籁俱寂，我听得见他稍显急促的呼吸——那是我内心最宝贵的呼吸！房子周围是白雪覆盖的田野，漆黑一片，我听见他幼小的心脏快速地跳动——那是我内心最珍视的心跳！万物归一——像黑夜的穹顶笼罩着白茫茫的田野。一切浑然天成、相得益彰，我的小儿子就睡在我身旁！

远处，夜色沉寂，纯白的星光若隐若现，宛若晶莹剔透的露珠，纯洁如孩子的双眸。星光静谧，让我忘记了这世间所有的罪恶和喧嚣，夜空像一个谷场，渺渺茫茫，点缀着金色的麦浪。是谁把它们从宁静的天空播撒到了人间，让它们在地球上生生不息地繁衍？

博加托沃周围那高低起伏的田野，像一汪冰冻了的白色海洋，在墨蓝色苍穹的映衬下，大海开始轻轻摇晃，一浪接着一浪，无穷无尽。我盯着海浪，渐渐地忘记了时间，低声的嗡鸣催我进入了梦乡。

一扇古老的门在我面前打开，我出门走上街头——从孩童时代起，我就一直生活在这里。雪好大啊！厚厚的一层，像蓝白色的羊毛，掩盖了世间所有喧嚣。

皑皑白雪中那颗颗闪亮的星辰，如此灵动聪颖！每一颗都温柔地注视着我，仿佛渴望我能听见它温暖的声音，渴望把自己冬天的故事与我诉说，我感到一股莫名的力量吸引着我……静默，此起彼伏的静默，汇聚成闪烁的无言的洪流。

后来，我走出房门，走进这冰冷的寒夜。夜幕下昏暗的路灯闪了又闪，像夜空中漫天的星辰。

外面寒冷刺骨，但为何我内心无比温暖！脚下的雪嘎吱嘎吱发出清脆的声响……后来，整个世界开始摇摆，雪堆变成了一团团融化的大理石，滚动绵延，涌动着童话故事的金色涓流，那段时光也经历过噩梦。紧接着，又一股山峰一样巨大的浪涌了过来，把我卷入了那乳白色的蔚蓝……

我的小宝稚嫩的小手放在我的掌心，像慈父房子里的火炉，灼烧温暖着我。

平常的夜晚

这是一个平常的夜晚，雨过天晴，云朵消融，零星的白色云朵排着队飘过天空，抹去了宁静的蓝色苍穹上那最后几滴雨。

小秀晗（Katya）在我怀中安然入睡，我把她抱出门——让她在睡梦中呼吸一下田野的空气！

外面的世界，一切都在消融——夜色消融，落日消融，云朵消融，寂静消融，小鸟的啾鸣消融，我的人生也在消融。在这无尽的难以忽视的消融中，我愈发感到这一刻的宝贵，之所以如此，是因为我能在此刻憧憬未来。我仿佛回到了四十年前，这个沉睡的小孩就是我本人，头上方是两棵古老的李子树——可惜四十年后被砍掉了——它们枝繁叶茂，藤蔓交织，如皇冠一般。我身旁的矮长椅上坐着我的太爷爷，两脚被高高的野草埋没。那时候，爷爷奶奶年纪尚轻，却已开始帮忙做家事，即便隔着一道石头高墙，也能听到他们说话的声音，混杂着其他我熟悉的亲人的声音，他们都活生生地出现在我的眼前！我回到了从前！从前的日子，残阳如血。谷仓那边的上空飘着几朵白云，像保加利亚文艺复兴时期的圣像画师的画作般鲜活。湛蓝湛蓝的天空，孕育着无数小小的梦想，仿佛就在片刻之前，基督还伫立云端，仿佛片刻之前，他才消融在无尽的长空。

我怀里抱着小秀晗，眼前，时代的粉饰一层又一层地消融。一切都在消融！画面里不再是我抱着秀晗，而是什么人抱着我……奶奶……爷爷……怀中的我只有两岁大小，虽不记得是谁抱着我，但却记得自己正被爱融化。天色渐暗，我聆听着大片苞谷地中叶子在沙沙作响，两岁时我已熟悉这声响。只有消融的低吟的静默回荡在我的耳畔。

一切好像回到了从前。曾爷爷曾奶奶的话语、爷爷奶奶的叮咛、整个村子都恢复了生机——活生生地出现在我眼前。不知是什么人充满慈爱地抱着我，周遭牧群的铃铛清脆作响，山羊、绵羊叫个不停，牛儿也不时发出动静。周围有好多树，好多、好多。脚下的泥土没有丝毫腐朽的味道，有的只是芬芳。空气中没有从塞夫列沃驶来的汽车鸣笛的喧闹，有的只是飞来飞去的蜜蜂的鸣叫。远处，不知是谁在哼唱那被久久遗忘的乡村歌谣。蓦然间，周遭的喧嚣中歌声消融——是孩子们在嬉闹！就在现在，落日消融，整个村子迎来了凉爽的夏夜。

突然，秀晗醒了，她大大地睁开眼，目光搜索着嘈杂的世界。沉寂再次降临，像涡流吞噬了这一切不可能的幻想。繁茂的玉米地翘首盼着下雨，在它的上空，闪烁着太阳的泪滴。太阳也早已在梨子丘的那边消融。

一切都在消融，

保加利亚也在消融。

今天将一去不返，

永别了，这无法复制的平常夜晚！

（2015 年 6 月 22 日）

平静的时光，突然暴雨来袭，摧毁了我家，夺走了我们的房子，那是十年前父亲亲手盖起的房子。错付了信任，让不可靠的人守护我们的财产，结果被骗得倾家荡产。我们多么希望策划整个骗局的人能良心发现，能归还属于我们的财产，毕竟他们只是名义上的主人。可是，没想到因为贪婪、愚蠢和自欺欺人的心理作祟，他竟选择将房产变卖，从此便彻底毁了我们的生活，也毁了他自己的人生。

如今，曾经的痛苦已经深埋心底，家族的历史可以在我们那幢老旧的房子里继续谱写，这也正好给了我们一个契机，让我们重新翻修那幢老房子，让它从遗忘的尘埃中重新回归到我们的世界。我们把阁楼——旧得掉渣的建筑——改造成了漂亮的书房，旁边还布置了一间带有浴室的客房！

我们失去了很多，但也得到了很多。所有痛苦的经历很快就被遗忘，但我们与邪恶坚持不懈的斗争却历久弥新。父母搬回到我们位于博加托沃的祖宅，我和丽丽搬去了塞夫列沃城里的房子——那里有我童年的回忆。

童年之城　我的家庭文化

人生就好像一个圆，最终都会回归到原点。我也终于回到了我幸福度过童年的地方。回到我曾经梦想的珍爱的家，我们对自己说“永远”也不会再离开。（当然，世间万物没有什么能一成不变，但我心永恒。）

我们一家人生活在一个只有两个小房间和一个厨房的老房子里，这对于一个五口之家来说的确有些局促，但是因为彼此靠近，我们的内心也无比温暖。因为空间太小，磕磕碰碰在所难免，但私人空间的缺失反而拉近了我们彼此的距离。在这样的环境下，有时真的无法创作，写书也罢，翻译也罢，我要随时听命另外三个人的差遣，如今又增加了一位。但是，如果你一味将其视为障碍，那未免过于片面。比起那足够宽敞、每个家人都可以封闭在“自我空间”的大房子来说，我宁愿生活在这里。所幸，我跟妻子对此倒是“英雄所见略同”。

保加利亚与中国的家庭文化传统非常接近，很多方面都有着异曲同工之妙。或许在所有古老的文明中，家庭都是国家最原始、最基本的单位。一个家庭的文化可以充分反映出每个家庭成员的精神状态，正是基于此，我才坚定地认为家庭文化不仅是社会的基石，更是国家甚至整个人类的基石。家庭就像是一个神庙，其成员可以为了彼此的利益而牺牲自我。如果一个人对家人都冷若冰霜，那他对外人更不可能有所谓的人性和尊重。如果你不爱家人、乡亲、同胞，怎么可能会爱全人类!

家庭又像一所小学，能教你学会自我管控、自我意识，教你学会善良、宽容、慷慨，等等。如果一个人能干出背叛家人的事情，那他必然也会背叛自己的祖国。我们的家庭文化有一个极好的特点，那就是家人之间没有所谓的“私人空间”，大家都不会说“这是我的地方，你无权侵入！”这种话。在我看来，家人之间只有一点是不容侵犯的，那就是男女有别的贞洁，除此之外的一切，都是家人共享的领地。在我们家，我们就一直教育孩子：“我”“我的”是最不该说的话。

有一段时间，我一直有种购物的冲动，想心血来潮为自己购置一样东西，但这个物件对我的家人可能没有什么用处。每到这时，我都感觉自己好像背叛了我们家团结一致的神圣宗旨，在一个家庭中，一味沉迷于自己的私欲是非常错误的做法，一旦有了这种想法，你就脱离了家庭，成了孤家寡人，这本身就是一种惩罚，让你失去了有家人依靠时才能拥有的光明和自由。不仅如此，你还破坏了家人之间亲密无间的基本理念。与之相反，我最高兴的事就是每次有了收入，我都会把它作为整个家庭的收入，丝毫没有据为己有的私欲。家庭财产能让我抵御住自私的本能，让我远离自私的贪婪。我所做的一切、所挣得的一切，最终都是为了我的家庭。我妻子跟我是同一类人，为了家人，哪怕让她舍弃自己的舒适、乐趣和愿望，她也在所不惜。对此我们很有默契，正是因为我们可以置自己的私利于不顾，一心为家人着想，我们彼此之间的感情才能更加深厚，牢不可破。

在这一章，我之所以写到我的家庭文化是因为我坚信造成当今社会危机的最大根源就是“家庭危机”，而导致家庭危机的罪魁祸首则是我们常说的“现代文化”和“现代世界”。所谓现代世界，一言以蔽之，就是一个鼓吹自我中心的帝国，充斥着大量的自我分封的神。但殊不知这些神实则目光短浅，奉行的不过是“及时行乐”的“智慧”，这正是对消费主义最全面而深入的诠释。人心和社会已经太久被个人主义所占据，所以人类已经丧失了来自家庭的温暖。人与人之间的冷漠不仅仅对我们发出了警告，更证明了我们的文明很可能因此而最终消亡。古罗马有这么一句感慨，大概是说：家庭——若羊入虎口！如今的社会对于正常的家庭（即传统家庭）怀着一种敌意，其背后的原因就是人们对自由有种完全错误的理解，他们把自由与自私、自我放纵、自我崇拜画上了等号（还打上了“自我认同”或“性自由”的幌子），许多人竟然对大公无私、助人为乐的想法横加诋毁，结果只能是丧失家庭所带来的幸福。一心盯着一己私欲只能蒙蔽我们的双眼，让我们甚至看不到最简单的真理、快乐以及健康生活的规律。

在中国以及古老的保加利亚文化中，家庭都占据着神圣的地位，我真想把一整套记载了中国家庭生活以及传统教育智慧的书籍翻译成保加利亚语，从而把最质朴、最英明的智慧带回给我们国家的人，让我们学会对短暂人生中最为宝贵的东西温柔以待，让我们懂得家庭这个社会最基本的单位对整个社会甚至整个世界的存在有着何等重要的作用和影响。

举家搬回塞夫列沃后，我最大的愿望是收拾出一间书房，好在里面继续我的翻译工作及其他文学创作。在父亲的帮助下，我们将之前客厅三分之一的空间兼并成了一间书房，也就是说房间的西侧是书房，另一侧则是我们的“新房”，整个书房像壁炉一样，神奇地成了我们家最温馨、最亲昵的地方。

2017 年和 2018 年，我又完成了《包青天》第二卷、《红楼梦》第二卷及第三卷的翻译工作，那是我人生的仲夏，随后天气慢慢转凉。事实上，那段时间我愈发强烈地感受到人生苦短，幸福总是稍纵即逝，于是我也就愈发想用文字、文学、翻译和祷告让自己的每一天都充实起来。我希望世间的人和天上的神能听到我的虔诚，我归隐乡野的车辙朝着上帝和自然、书籍和中国古代文学的方向越走越远。

在翻译这条路上，我已经完成或即将着手的作品多以文学著作为主，大多是文言文作品及明清两代的汉语小说或小品文，包括一些经典之作，如陈继儒的《小窗幽记》、沈复的《浮生六记》、唐宋诗词、陶渊明（我最喜欢的作者之一）作品集、李清照及其他女诗人的作品、刘向的《列女传》、其他公案小说、罗贯中的《三国演义》以及冯梦龙的作品。刚刚译完《红楼梦》，我就又迫不及待继续翻译《诗经》和《四书》。除此之外，我还开始了两部字典的编纂，一部是《古汉语常用字汉保字典》，另一部是以《现代汉语词典》为基础增加了我的一些翻译实例和其他注释的《汉保大辞典》，我认为这两部词典对于保加利亚人的汉语学习将有着十分重要的作用。

与此同时，我还在努力完成自己用保加利亚语撰写的两部小说。当然，我也会坚持用英语和保加利亚语进行诗歌、散文及短篇故事的创作，希望有朝一日能出版成书。

2016年，我们开展了一次与佛山南海的友好交流活动，塞夫列沃市长伊万·伊万诺夫（Ivan Ivanov）先生连同他的团队都非常认同与南海建立友好城市的想法，认为可以将其作为中国“一带一路”倡议的重要组成部分。截至目前，我们已经先后两次正式出访南海，来自南海的中国代表团也于这个夏天第二次造访了我的家乡。不仅如此，今年塞夫列沃还破天荒地在我们城市最老的学校瓦西尔·列夫斯基（Vasil Levski）中学开设了汉语课，作为课外班向五年级到十一年级的学生教授汉语。据我观察，我们城市的居民对中国和中国文化的态度真可谓喜闻乐见。

再回北京，获“中华图书贡献奖”

殊途同归

2016年，牵手北京外国语大学外语教学与研究出版社

2016 年开启了我们文化的新征程。外语教学与研究出版社（FLTRP）与东西方出版社（IZP）开始了一系列长期的书籍文化交流活动，而我则有幸成为外研社的一位顾问兼其保加利亚编辑理事会的总编。

2016 年 5 月末，我惊喜地发现北京外国语大学的外研社正着眼于与东西方出版社开展合作，希望成为彼此长期而专业的合作伙伴，以促进中国和保加利亚在出版、文化及文学方面的交流。过去几年来，我一直与东西方出版社有着密切的合作，我们双方都致力于在保加利亚为中国文学和中国书籍开拓出一条发展之路。所以，外研社的战略对实现我们的目标绝对也是一个巨大的推动力量，对此我兴奋不已。

2016 年 6 月初，东西方出版社与外研社在索菲亚展开了首次会晤，出席的中方出版社代表有外研社社长蔡剑锋、国际出版部部长彭东林、国际版权部部长邵磊、国际出版部副部长安宇光、北外保加利亚语系副教授兼保加利亚文学翻译林温霜［翻译过安东 · 东切夫（Anton Donchev）的《分离之间》（中文译者林温霜教授）］。保加利亚方面的代表有东西方出版社社长柳本 · 科扎雷夫以及出版社的其他代表，而我作为出版社远东出版系列的编辑兼中国相关出版业务顾问也有幸出席了本次会议。

我们的首次会面在热情友好的氛围下有序地进行，从一开始我们就发现在未来合作的方向上双方有着一致的态度和视角。

当然，对于我们来说，更重要的信息是外研社希望寻找一家对中国文学及文化具有特殊情怀的保加利亚出版社开展合作。从历史上看，保加利亚在欧洲占有重要地位，未来它的影响力也不容忽视。基于此，双方希望建立一座连接东方和中欧文化和翻译的桥梁。另外，通过合作，双方不仅希望将中国文学——包括教育、学术及虚构作品——通过翻译引进保加利亚，更希望在平等互利的基础上将我们推介的保加利亚文学翻译成中文。在中国叫得出名字的保加利亚作家寥寥无几，对于相关出版业务来说，中国绝对是一片未被开发的处女地。双方努力促成的合作将在全球范围内为保加利亚图书开拓出一片新的天地。这一战略实属一项艰巨的挑战！

会议最后，外研社向我们发出了正式的邀请，邀请我们前往北京对三个问题进行更为深入的协商：1）加强与外研社的合作，双方争取签署一个长期的合作框架协议；2）参加第23届（即2016年）北京国际图书博览会，并在（当年为中东欧十六国特别开设的）荣誉展区推介保加利亚图书；3）参加由中国文化部、国家新闻出版广电总局、中国作家协会联合主办的“中外文学出版翻译国际专家座谈会”，及以此为重要部分的“2016年中外文学出版翻译研修班”（2016年8月21日到29日）。

北京，2016年8月

8月中旬，东西方出版社的社长柳本·科扎雷夫先生和我安全抵达首都国际机场。刚到的那几天北京总是下雨，接下来的几天则阳光明媚，好像阳光向我们绽放出了它一年来最灿烂的笑容。秋高气爽，热浪退去，天空尽显宁静和柔美。

刚抵京的几天我们每天都在开会，与外研社的东道主度过了许多美好的时光。从最开始，外研社的社长就开诚布公地表示他对我们在索菲亚的会晤非常满意，会议中间，出版社各部门的领导分别向我们介绍了推广教学出版物的网站，其中包括一些教外国人学中文的视频教学网站。我们还拿到各种推介出版物的手册——包括教育、学生、通俗读物，囊括了各个门类的中文知识：文化、历史、文学，等等。除此之外，他们还特地带领我们参观了外研社庞大基地的主要编辑展区及其最新的出版作品：教材、词典、书籍等。与此同时，我也向东道主简短介绍了我们东西方出版社的网站，以及一个保加利亚介绍中国文化的网站和一个中国介绍保加利亚文化的网站。

开完这些会我心情大好，不仅仅是因为中方表现出的态度，更是因为他们与我们交流协商的方式。整个过程中，他们言简意赅、切中要害——毫无废话，态度严谨但却时刻面带微笑——双方对一系列基本问题轻松达成了一致意见。最可喜的是，虽然事先要讨论什么话题双方都毫无准备，但对一些主要问题我们总能达成默契——这也充分表现出我们精神的亲近、智力的包容以及毫不刻意的文化共通。拥有这样的合作伙伴，我们的合作必将前途无量，所有挑战必将变成极具吸引力的动力，让我们有信心携手克服未来合作道路上的所有障碍。

经过三天的协商，我们规划出了一个共同的行动方案，达成了成熟的决议，双方将于 8 月 26 日签署了一份长期合作协议。

《说不尽的红楼梦》

8 月 19 日晚，我们应邀与中国红楼梦学会主席张庆善教授、红学会秘书长兼《红楼梦》(第二卷至第四卷)的翻译顾问孙伟科教授、香港红学会主席张惠、保加利亚语言及文学专家兼曹雪芹巨作的热情拥趸林温霜博士共进晚餐，那真是一个令人难忘的夜晚。当晚，我真切地感受到《红楼梦》给当代中国读者带来的生动而鲜活的影响。我无法想象除了这里，世界上还有哪个角落会有一群人针对一部经典小说开展如此热烈的讨论。几个小时的时间，我们的思绪在字里行间纵横驰骋，我们热烈讨论，彼此分享心目中最喜欢的人物，对每个人物的性格特点津津乐道。晚宴接近尾声时，科扎雷夫先生将能言善辩的张教授比作中国的尼克拉 · 高尔基耶夫(Nikola Georgiev)①：两人都对《红楼梦》有着巨大的热忱，都博学多才，都能出口成章，说出话来既可以高深莫测，又可以通俗睿智。不经意间，我们都成了中国经久不衰的文学传统的传播者，口口相传，生生不息，通过共同的情感和思想让它活力永存，这也是另一位知名红学家曹雪芹协会主席胡德平教授的那部《说不尽的红楼梦》所阐释的主题。

8 月 21 日又见证了我们与中国同仁——出版商、作家、翻译家——的一项新的合作。几天后，我们迎来了主题为中国文化翻译研究支持的世界研讨会及同时期在北京举办的国际书展，着实令人叹为观止！

张开翅膀，展翅翱翔

今天是 2016 年 8 月 22 日，是“2016 年中外文学出版翻

① 尼克拉 · 乔治耶夫（Nikola Georgiev）：保加利亚大学文学教授，深受几代保加利亚学生的爱戴，一直以睿智包容、能言善辩、博学多才著称。

译国际专家座谈会”举办的日子，我有幸受邀在开幕式上发表讲话，其间，我与在场的朋友分享了我所认为的中保双边文化关系的重要性，提到了如下内容：

……两国文化最初的传播者就是两国的文人，他们用毕生的经历研究他国语言、历史、文化和文学。感谢他们一辈子付出的心血和几代人的努力，我们终于在两国之间建立起了精神的纽带，传递了各具特色的艺术瑰宝。

从这种角度来讲，与其他欧洲国家探索中国的进程相比，保加利亚与中国之间的文化交往开始得并不算早，但这绝不会影响两国之间交往的宝贵价值。我想，我们两国关系之所以有点复杂，是因为我们之间的交往总是要依靠其他媒介：最初翻译成中文的保加利亚文学并非译自保加利亚语，而是译自某个中介语：俄语、英语、德语……中国第一位保加利亚经典文学的译者和出版人正是伟大的鲁迅。1921 年，他将保加利亚文学之父伊万·瓦佐夫（Ivan Vazov，1850—1921）的一部短篇小说从世界语翻译成中文。同样地，中国文学也是很晚才走进了保加利亚，好在在保加利亚设立汉语学习奖学金以前，许多中文作品已经通过非中文的渠道被翻译成了保加利亚语并得以出版——早在二十世纪四十年代，优秀的保加利亚翻译家涅夫亚娜·洛塞瓦（Nevyana Rozeva）就已经将林语堂的《京华烟云》从英语译成了保加利亚语，十年后，又有人将《水浒传》从俄语翻译成了保加利亚语。被誉为保加利亚首位汉学家的列宁·迪米特洛夫（Lenin Dimitrov）是第一位将《道德经》翻译成保加利亚语的作家，并著有《中国古代文化史》一书。

两国交往的时间尚短，且在某些领域的合作才刚刚开始，想追溯中保文化和文学的交流史，也可谓任务艰巨。

几乎所有引进保加利亚的中国文学作品都译自其他语言，真是可悲可叹：也就是说，它们都是二次翻译的结果。比方说，莫言的第一部保加利亚语译著就译自法语。我特别不喜欢功利主义，我国的出版社在乎的似乎并不是“文学/文化价值”，相反，他们有自己的关注点：他们更愿意迎合大众品位（而当今的保加利亚，大众品位有太多负面内涵），喜欢出版一些来路不明的书，而这些作品在很多方面都存在问题：无法做到翻译的准确呈现、无法真实地诠释中国文化，更谈不上引经据典、治学严谨了。这类书籍涵盖了各个领域：健康美食、中医中药、古玩字画、武术拳脚、哲学思想、宗教信仰、艺术品位，等等，但共性的问题是它们都忽略了最纯正的中国文化。翻译这些作品的人对中国文化就算不是一无所知，也是知之甚少。中国文学囊括了文化的各个方面，因此最能反映一个国家的文化精髓，但它在保加利亚所占有的市场却少得可怜，其中尤以中国古典文学（经时间验证有价值的作品）最为严重，古诗更是凤毛麟角。中国的伟大在其文化中得到了最好的呈现——从某种意义上讲，文化就是中国多年来抵御历史变迁和外来影响后而炼就的金丹——其重要作用不容置疑：

“经典文学所呈现的语言与文化，像一双张开的臂膀，能够带着一个民族跨越任何一个时代直冲云霄。”

会上我向与会官员及其他代表介绍了我们在翻译中国古典文学及人文学术作品上所取得的成绩以及我们未来的计划，以下是我发言的结语：

本次研讨会是一次交流知识、思想和意见的范本，但不可否认，我们除了这种研讨会还有许多更加高效、更加有益的合作模式。每部文化巨著最初都始于一个胚胎、一个想法，而后经过发展才最终抵达终点：生活。借助我们所在的这个平台，我希望能与诸位同人达成一种共识，未来，我希望我们不仅能在中保文化对话上做出相应贡献、留下一丝痕迹，还可以共同打造更多的创意项目。所有志同道合、满腔热忱的同人们，愿我们一起坚持对文化的热情、灵感及热爱，携手前行，创造美好未来。

中国打造21世纪新世界的使命

……我认为东西方交汇的中心非巴尔干民族莫属，他们遭受了新西方文明极端物质至上主义的摧残，好在这种所谓的文明已经步入落寞和萧条。东方，特别是中国，拥有强大的精神力量，但这种力量在西方已经遭到了新自由主义的玷污——新自由主义作为一种意识形态一直在以各种形式蚕食着远东文化，其最常用的手段就是消费主义，人们似乎已经无法在价值观与消费主义热情之间取得一种合理的平衡。然而，在与中国年轻人的对话中，我发现非物质主义、超物质价值情结以及他们的天性智慧在他们心中仍占据着重要地位，对其价值导向有着重大影响，这与西方的情况截然不同……不过，不得不承认，“背离传统”这一趋势在中国也有愈演愈烈的嫌疑，好在你只要社会价值观的根基还是儒家传统价值观，而不是旨在把人类变成社会机器零散部件的现代消费主义，任何影响和腐蚀都会得到有效遏止。无论如何，对于这些趋势，我们都必须认真分析、坦诚面对、公开讨论。堕落的本质常常被曲解成一种“我们必须接受的挑战”，因此我必须从利于中华文明传承的传统文化角度对其公开讨论、严正声明。社会富强的前提不是打着自由旗号的毫无限制，而是受到良心、责任感、创造和克制所制约的真正意义的自由。毫无限制的新自由主义正是造成自然资源浪费的直接原因，任何道德束缚都无法阻止他们对物质享乐的追求。从这种角度分析，人类及人性的头号天敌、人类发展及未来希望的最大阻力并非传统，而是公司形式的资本主义。

（节选自我的“中国游记”）

8 月 26 日，我们与外研社签署了第一个备忘录，那是一个难忘的签约仪式，为中保文化及文学交流打开了良好开端。

意外之旅

2017年8月21日

抵达北京，迎接我们的是严重的雾霾天，这一周我称之为“一周梦”——意外的获奖、夏日计划的突变、从1月以来一直缺乏休息的作息（2017年1月至7月，我翻译了两部中文作品）、超负荷的日程——这些紧锣密鼓的工作让我感觉自己像活在梦里。

北京用它朦胧的天色迎接着我。

飞速发展的城市那一幢又一幢拔地而起的大厦中间，亚洲大酒店显得普通得不能再普通，整个城市似乎正疯狂地奔向无法预知的未来。

终于有了一天的休息时间，不过我早已做好心理准备，要把这一周全部奉献给中文书籍。所以一大早，我就乘地铁跑到北京的一家书店——三联书店。可惜书店在装修，好在一层还在营业，而且大部分经典作品及文学、文化研究书籍都还找得到。我，一个外国人，拎着一篮子书，足有二十多本——很难想象在三联书店的记者眼中，我是怎样一道风景？

我拖着疲惫的身体回到亚洲大酒店，身上的担子虽重，承载的却是无上的伟大。回到房间放下书，我立即转战下一个目标——知名红学家在北京的传统聚会。我太喜欢此类聚会了：张庆善、胡文彬、孙伟科教授在我翻译《红楼梦》的过程中都给了我最真挚、最宝贵的支持，不仅如此，他们还在我翻译中国其他文学经典时也给了我许多参考意见。我特意买了刚刚出版的我翻译的《包青天》第二卷送给孙教授，在我翻译此书遇到疑难词句时，他给了我许多宝贵建议。收到我的作品后，他非常慷慨地将其转赠给了胡教授。

2017年8月22日

今天是最重要的一天，也将是这一周的亮点，当晚就是颁奖典礼，颁发的奖项是中华图书特殊贡献奖，候选人多达两百多位，但提名获奖的只有二十位。这对我来说是莫大的荣誉，毕竟这是奖励为中国文化和图书事业所做贡献的最高荣誉。

当天上午举办了一场新闻发布会，组织方邀请我在会上发言，让我介绍我出版的作品及未来的工作计划。

人民大会堂无比壮观，很难收进一张照片里。早在第十一届中华图书特殊贡献奖的颁奖典礼上我就见过其他提名作家，但直到此时此刻我才意识到，为什么早已步入中年的自己却被划归到“青年成就奖”这一奖项。许多来自五湖四海的外国专家都是白发苍苍但仪表堂堂的人士，他们历经了多年的中国图书之旅，终于来到人民大会堂济济一堂。这一奖项共有二十多位提名获奖者，只有我和另外两位有幸能在典礼上发表获奖感言。

组织方安排了细致入微的彩排后，我们终于迎来了正式的典礼，人民大会堂的小会议厅向我们开启了大门，里面已是高朋满座。

颁奖仪式按部就班地进行。第一位发言的是阿尔巴尼亚的伊里亚滋·斯巴修 (Iliaz Spahiu) 教授，他是一位翻译家兼阿尔巴尼亚汉学会会长。第二位讲话的是来自格拉纳达 (Granada) 大学的西班牙汉学家兼翻译家雷林科 (Alicia Relinque)，雷林科一直以谦逊刻苦著称，翻译了中国中世纪的鸿篇巨著《金瓶梅》(共 3000 多页，翻译时间长达六年之久)。所有人的讲话用的自然都是中文，我太激动了，竟然有机会在中国政要面前讲话，现场还有记者做实时报道和电视直播，这就是说全中国人民都能听到我的讲话，我简直心潮澎湃。虽然只是讲个话，听上去似乎也没什么了不起，但此时此刻却成了我此生难以用言语表述的重要经历！

以下是鄙人的演讲内容：

童年起，我就十分热爱中国，今天，能在这里接受如此至高无上的荣誉，我感到无比荣幸！

虽然这个荣誉是对我微薄努力给予的肯定，但我觉得这些荣誉更应该属于东西方的出版家，属于我的家人、我的祖国、我的家乡和我的同胞——是他们像一座花园一样孕育了我、滋养了我，我希望借此难得的机会向他们致以我最真挚的谢意！

当今的中国正通过独具匠心的“一带一路”倡议向世界特别是我的国家敞开大门，从而向世界介绍其丰富的文化，我非常庆幸自己能参与其中。中国代表了独一无二的文明，这种文明之所以能千秋万代、青春不老，靠的不是战争武力，而是自身的文化魅力：古老时代的文明都被镌刻在了时间的记忆里。对一个国家而言，它能留存的历史记录越古老，它在历史长河中保留的时间也就越长久，也就越能经得起可以吞噬一切的时间[①]的考验。事实上，正是一部关于保加利亚被遗忘时代的作品开启了保加利亚的民族复兴之路。记忆是永恒赐予我们的礼物，书籍是通往永恒的桥梁。

我翻译中国古典文学的时间并不长，但从十六岁（1988）起我就开始为今天从事的工作奠定基础，中国和中国的作品一直都是我最宝贵的财富。学生时代，我就梦想着能翻译中国的巨著《红楼梦》，希望能将它翻译成我的母语保加利亚语——这是我珍藏了二十年的梦想！

这次获奖成了我翻译中文作品道路上的里程碑。翻译之路是我热爱的路，书籍几乎成了我生活的全部。我未来的计划自然是翻译更多的中国古典文学作品，而更长远的想法是编纂《古汉语常用字汉保字典》，深化并丰富现有的《现代汉保语大词典》，从而尽快出版更加详尽的新版本。

在这些方面，中国政要以及文化人士的支持和鼓励对我而言不仅是宝贵的助力，更是灵感的源泉。这些奖项让我更加确切地知道，我对中国的爱终于开花结果。

非常感谢！

---

① 源于拉丁语的名言：Tempus edax rerum，意为时间将吞噬一切。

颁奖典礼落下帷幕，按照惯例，会后主办方在隔壁小厅安排了一些文化节目和茶点。

典礼结束后，北京的夜空飘起了小雨，这座古老的城市立刻凉爽纯净了下来。直到我们离开，北京的天一直晴朗蔚蓝。

2017年8月23日

图书奇幻之旅还在继续。接下来我们转战到北京世界图书博览会东区的第一展厅。来自世界各地的汉学家在此发表了讲话并推介了各自的作品，新的机遇在等着我们——我与中译出版社签署了一份合同，根据双方达成的协议，我将为他们的“外国人写中国”系列撰写一部作品，也就是你眼下读到的这部。但具体我是如何与中译结缘的呢？

刚来中国不久，我就零零散散动笔写了几章内容。忘了是哪一次采访，其间我提到要把我自己的中国之路记录下来，刚好有中译出版社的朋友读到了那篇报道。他们找到我，说希望我能完成这部作品并交与他们出版。开始我还犹豫是否该将如此私密的内容公布于众，但最终还是被出版商的善意和恒心打动，我愿意为之鼓起勇气、奋力一搏。

同一天，中国另一家出版集团——浙江出版集团举办了一场对话中国诺贝尔奖获得者莫言的沙龙。与会代表除了莫言本人外还有翻译了其作品的阿尔巴尼亚翻译家斯巴西修及缅甸和以色列的翻译家，他们各自分享了在非中文世界和传统下演绎这位伟大作家的不同体会和经验。

平衡

以下几段话节选自我的“中国游记”：

平衡：中国为保加利亚开启了一扇新的大门，掀开了新的一页——这是一条通往文化和文学合作的新路径。保加利亚会以同样的姿态回应中国吗？会向中国推介自己的文化吗？无论如何，只要拥有美好的意愿，就一定能攻克所有困难。最可贵的是中国从未把保加利亚视为欧洲后院的二等国家，相反，在中国眼中，保加利亚一直是一个平等的合作伙伴，哪怕在文化方面，我们都堪称彼此的朋友。回顾保加利亚的历史，我想不到还曾有哪个强国给过我们如此的尊重。可悲可叹，我们怎么还能让眼前的机会白白溜走！

如今，保加利亚终于有机会在中国文化中加入自己浓墨重彩的一笔，好让中国了解她还是曾经的那个保加利亚。毕竟在中国，我们保加利亚人再怎么努力也无法假装自己是中国人（而在其他国家，确实有许多保加利亚人总想装作自己不是保加利亚人——一种令我万分迷惑不解的表演）。在中国，我们很骄傲自己是保加利亚人，我们恰恰是因为自己的身份才被中国人欣然接受！

保加利亚终于有机会为自己谱写新的故事——把它讲述给那个我们不了解的世界。

过程中可能会有痛苦。

抑或是饥渴。

但无论如何——那都是她发自肺腑的真诚!

我们眼前就是一张白纸,

是时候该用真实的语言

书写真实的自己。

中国文化印象及大同世界中国的未来

以下是我对中国21世纪伟大倡议的几点思考,我从日记中摘录了这几点,希望与我的中国读者分享:

"一带一路"倡议反映的是一种新型的全球化模式,提倡的不是一个"地球村"的概念,而是"由无数村落组成的地球"的理念。我希望有一天,武力专制会被文化统治所取代。究竟何为文化,难道只是难以幸免与超级大国角逐的时代下的一种道德形象吗?中国自古以来就崇尚中庸及内敛,我们都渴望拥有一个人们不再为了无上的权位而狂热追求超级思想、理想主义的世界,对此,中国成了我的希望所在。当然我也清楚,伟大也要付出代价,即便是巨人也有自己的能力边界:这也正是古老世界的文明所在,而并非鲁迅在《狂人日记》中形容的那个人吃人的社会。后现代社会似乎成了对一个精神贫瘠的古老文明所做的尸检报告。人们提出的相对哲学的谎言导致西方社会发生了一系列重大转变,但事情并未到此为止，西方又将这看似合理的荒唐传向了远东地区。经济发展并不意味着必须要摒弃悠久的道德观，这一点中国就做得很好，它的道德价值一直蕴藏在其传统文化中，无法割裂。我始终抱有一线希望，希望儒家思想和道德标准能够渐渐治愈新罗马帝国文化称霸全球时所带来的棒喝效应。要想实现文化复兴就离不开阅读复兴，所谓文化复兴绝不是通过电闪雷鸣的变革所能实现的。所谓中国文化，就是潜移默化、静水流深，这种缓慢的改变源自教化的思想和修养的心灵，因此不会打破传统的社会秩序及价值体系。

所谓文化，首先是指语言的“特质”，即其与众不同的领域及基础——正所谓“细节之处”见“差异”，也就是说，它的“独到之处”[①]某种程度上来讲在其他“老外”的语言中是没有的。这也就是为什么国际文化总是一种杂交产物——文化不足的现象，有些民族文化甚至也可能出现这种现象——杂交，预示了非我思想已经侵入的程度。一个民族的自我思想需要担负起帮助该民族文化抵抗全球化的使命。以多元文化为特征的全球化是当今世界最为普遍的一种反文化现象，就其本质而言，全球化也罢，多元文化也罢，都是贸易的附属产物。核心文化不仅能保护自己，甚至能在全球化及多元文化的压力下蓬勃发展。民族文化不仅可以不被边缘

① 源自拉丁语 particula，意思是小的部分。

化，还可以驾驭并升华外来元素，将其收入囊中，为己所用。与之相反，多元文化则有打着“共性特征”的口号筛除他者的独特之处。从这种意义来说，一种文化越是宏大，就意味着为了“求得共同特性最大化”，它的特别之处要做出越大的牺牲，以保证其成为共同融合体即“全球文化”的一部分。文化的丧失必将导致原始部落和民族的沦丧，基于这种考虑，我认为全球化和多元文化并未对我们自己的文化起到任何“有益作用”，它们唯一的功能是给我们提供机会，让我们让渡自己的文化。

文化摧残如今已经成为一种全球普遍的现象，这一点令我无比心痛。我总是在想：到底什么是高端（高尚）文化？又是什么创建、滋养并加强了高端文化？一个国家可不可能如沙皇阿里克谢（Tsar Alexey）[①]希望的那样用国家的政治智慧创建并有机地发展出一种文化？一个国家，统一也罢，分裂也罢，它有权力或义务像对待自己的公民一样维系高端文化的有机发展吗？还是如许多例子证明的那样，某种错误思想就可能如癌症般遏制高端文化和教育[②]的出现（即高端文化的形成），正如

---

① 阿里克谢·米哈伊洛维奇·罗曼诺夫（Alexey Mikhailovich Romanov，1629—1676），也称俄国的阿里克西斯 Alexis，罗曼诺夫王朝第二位俄国沙皇，是彼得大帝的父亲。在其统治时期，中央集权得到巩固，农奴制度得以合法化，乌克兰与俄国实现了统一（1654）。

② 保加利亚语中表示“教育”的词是 obrazovanie，来自词根“obraz”，意为形象，表达的意思是（上帝的）的形象呈现在人类的灵魂中。就本质而言，“教育”一词具有强烈的理想主义的高尚含义。

我们保加利亚当前所面临的挑战一样？

我们可以把当代社会的文化空间看成一幢房子的花园，现在我们就用花园的例子来看看文化，再用花园所属的房子来分析一下我们的社会。

花园可以在房前，也可以在房后——房前的话，匆匆而过的陌客也看得见，若是在屋后，随意路过的人可能完全不会留意。我做的类比与其原形有个巨大差异，那就是花园的园丁无须陷入左右为难的境地：有了稗草要不要拔掉——要不要留着毒麦任其在“富有文化价值”的花朵中间生长？（用这个寓言故事来分析文化，再考虑到民主的各种功能）可以说园丁绝对是霸道的，他们关心的就是“高端文化”——花朵，而不是野草，他们关心的是精心养育的花朵，而不是野蛮生长的野草——只有高端文化才能给花园带来艳丽和芬芳。我相信，就本质而言，文化就是上层社会的文化，毕竟高端文化都是长年教育的结果，有时还难免经历痛苦和苦难才能获得，而（迥然不同、肆意生长的）“民众”所渴望的，如保加利亚那句谚语所说的，是“温和的、容易的东西”——能一点点吸收消化的内容。中国高端的古典文化可谓是贵族渴求的范本，哪怕只是作为“消费者”去理解它，都需要花上几十年的光景，更别说要企及古典文学作家、诗人的高度了。只有在贵族环境下长大的人，才有条件受到良好的教育，才能创造出这样的高端文化，不仅可以用来装点自己的领地，还可以通过文化同化影响周边的民族。只有贵族的高端文化才能实现教化的作用。正因如此，人们为追求教育和文化高度所做的努力，才会在中国历史及文学中备受推崇。即便出身平民，但只要你愿意改变命运，成为真正的哪怕是贫困的学子，也会被赋予英雄主义的光环，中国古代招贤纳士的科举制度就是这样打造出了许多英雄。

因此，文明真正的传承者从来不是那些半吊子学生，而是当时时代的“难民”，无一例外，他们创造性的功绩都带着一丝贵族的孤芳自赏，与现代风潮格格不入，甚至可以说，他们一直都与充斥着坚持平庸跟风者的现代风潮大相径庭。

文化排他现象与社会上（“容忍低俗平庸”文化的）普罗大众、平民价值、推行民主等做法都不无关系，在这样的社会中，声势浩大的大众根本无法听到高端文化的声音。

然而，高级的园丁会将高端文化以不同比例融合起来，这些高端文化与简单纯洁并不矛盾。园丁清楚地知道容忍野草的存在就意味着会扼杀真正馨香的可以开花结果的植物。虽然用比喻来解释这个问题显得过于简单化，但我认为这种类比能真实反映出对“民主”的错误理解将给真正的高端文化带来的伤害。当今社会，我们就能看到可怕的后果——经典文化的隐退就是其一，有些经典文化已经被隔离开来，只有依靠人工呼吸机才能存活，完全失去了民族精英灵魂的土壤的滋养。

在保加利亚，高端文化已经被排挤到保加利亚社会的后花园，更像是一盆孤独的盆景，而非一株鲜活的绿色生命，已经无法净化空气、沁人心脾，无法让路过的人（不管是特意前来还是碰巧路过）领略它的芬芳。

我想问这样一个问题：国家是否会害怕做个园丁？毕竟认为牛蒡、野蓟会扼杀周围每一朵鲜花的“民主”论调似乎也包含着某种极权主义。另外，国家是否会害怕滋养比野蓟和石楠脆弱的花朵？毕竟花朵存在的价值是给生活带来芬芳，而野草的唯一作用似乎就是生存。一旦遭遇到生物界“生存法则”的破坏，高端文化就变得毫无招架之力。“后园丁心态”的社会虽然不再需要面对任何道德标准的束缚，但也丧失了分辨野草和鲜花的能力——过去也罢，现今也罢，玫瑰的刺都是衡量玫瑰价值的标准，“精英”艺术给玫瑰刺开出了价，但是归根结底，其价格反映的是园艺的匮乏。

新丝绸之路沿线可否有保加利亚的一席之地？

以“欧洲”的现代意义来看，我们保加利亚人算不上欧洲人，虽然保加利亚已经被部分“欧化”，但追根溯源我们还是东方人。“东方”这个概念理解起来并不容易，由于缺乏一以贯之、自然发展的身份认同，我们一直在东方和西方之间摇摆不定。大部分巴尔干半岛的人都有这一特质，尼古拉耶·菲力米洛维奇（Nikolaj Velimirovici）主教在他的著作《超越东西方》中就提出过如此说法。每天走在大街小巷，奉行习俗制度，去购物或去度假我们总能遇到长着东方脸孔的保加利亚人。我们国家知识分子最大的失败就是极不明智地拿自己做试验，证明了自己根本做不了保加利亚人，他们太想成为欧洲人了，其代价就是逐步切断了自己保加利亚的根。在亚洲看来，他们是西方人，在欧洲看来，他们又成了东方人。地处东西方的交会路口，保加利亚的命运似乎也早已注定——我们的道路不可能笔直畅通。

由于我们无法对自己准确地定位，导致我们在界定保加利亚文化与欧洲及亚洲文化的关联时出现了许多错误的解读。我们身处欧亚中间的事实似乎并非好事，反倒成了我们愿意走极端的缘由。要想证明这一点并不难，只要看看我们国家"阿猫阿狗"关于纯正巴尔干动画中"欧洲思想"的讨论，就可见一斑。他们用的都是欧洲的表达，但他们所做出的欧洲对抗欧亚的交锋却一点也不欧洲。我想我们"亲欧选择"的唯一好处是将欧洲巴尔干化，大量非欧洲移民带来的多元文化对欧洲大陆造成了巨大冲击，去欧洲化正甚嚣尘上，这也让欧洲的巴尔干化有了更大的可能性。很遗憾，脚踏两条船最终必将无船可坐。对我来说，保加利亚文化的价值一直埋藏在它的根部——最初源自拜占庭的东正教文明，而后经历了"保加利亚化"的过程（此处"保加利亚化"为褒义）。只有在这种文明下我们才能重新找到属于我们自己的发展道路。其他道路总会令我们误会自己的身份，而后就是误会自己的命运，让我们选择与错误的人为伍，背离真实的自己，从而与整个世界历史渐行渐远。

记得有一次，我参与了钟爱的佛山南海石门学校举办的“英文庆典”，而后，我问当地教英文的同事许伟老师说：“你为什么花那么多时间向这些聪明可爱的学生灌输美国的生活方式呢？中国有着五千年悠久的文化，它的根深深地扎在这片土地，它有着深厚的文学和艺术底蕴，有太多值得学习和研究的东西。我欣赏欧洲文化的杰出成就，也深爱英语这门语言，但这种不均衡有时会让我内心隐隐作痛。”

我认为我们已经迎来了新的时代，东方注定会找回自己的根，从中寻找到生存和发展的智慧。和平从来都来之不易，没有适度的自制和谦卑就不可能有真正的和平。中国自古以来的传统就是培养这些美德，中国的学者和人民从来都把阅读和求学视作无比珍贵的人生追求。

后记

在这部拙作的最后，我想与各位分享一下我真切的希望，我希望中国丰富的传统文化在遭受了长达一个世纪的忽视和冷漠之后，能迎来一个全新和平的繁荣时代；我希望中国的传统智慧能够帮助我们摆脱欧洲和西方正在经历的困扰梦境。过去，我们亲手毁掉了曾经拥有的传统深度，我希望，即便我们还有道德缺陷，即便我们曾经背叛了自己的道德价值，我们还能做到摒弃后现代主义的噩梦，重新开始，重新回归我们传统的教养之根，与现代自我毁灭的物质消费主义和用纯粹流行取代所有哲学和文化的愚蠢行径断绝关系。中国之所以能在后现代世界保持自身的重要地位正是得益于它宝贵普世的高尚道德，这些道德价值与传统基督教的普世价值如出一辙，内心的美德比身体的外在更宝贵，克己的品质比奢侈无度更难得。

当前，摆在家人和我面前的使命正是如此：我希望我们伟大的民族能够在精神上变得更加谦逊、勤劳，能够义无反顾地为崇高的事业奋斗不息。